은 퇴 자 의

A retiree's trip

세계 일주

around the world

은 퇴 자 의
세계 일주

문재학

생각나눔

목차

은퇴자의 세계 일주_ 8

미국 및 캐나다 동부 1차 · · · · · · · · 10

1996년 5월 2일·11 | 1996년 5월 3일·12 | 1996년
5월 4일·16 | 1996년 5월 5일·18 | 1996년 5월 6
일·19 | 1996년 5월 7일·20 | 1996년 5월 8일·26
| 1996년 5월 9일·30 | 1996년 5월 10일·33 |
1996년 5월 11일·35 | 1996년 5월 12일·39

미국 및 캐나다 동부 2차 1부 · · · · · · · 44

2014년 7월 16일 (수)·45 | 2014년 7월 17일 (목)·47
| 2014년 7월 18일 (금)·51 | 2014년 7월 19일
(토)·55 | 2014년 7월 20일 (일)·58

미국 및 캐나다 동부 2차 2부 · · · · · · 64

2014년 7월 21일 (월)·65 | 2014년 7월 22일 (화)·68 | 2014년 7월 23일 (수)·70 | 2014년 7월 24일 (목)·73 | 2014년 7월 25일 (금)·76 | 2014년 7월 26일·84

서부 캐나다 여행기 · · · · · · · · 86

2000년 7월 10일·87 | 2000년 7월 11일·88 | 2000년 7월 12일·96 | 2000년 7월 13일·106 | 2000년 7월 14일·114 | 2000년 7월 15일·118 | 2000년 7월 16일·126 | 2000년 7월 16일·130 | 2000년 7월 17일·131 | 2000년 7월 18일·132

멕시코·쿠바 여행기 · · · · · · · 134

2018년 3월 23일 (금) 맑음·135 | 2018년 3월 24일 (토) 맑음·139 | 2018년 3월 25일 (일) 맑음·149 | 2018년 3월 26일 (월) 맑음·153 | 2018년 3월 27일

(화) 맑음·159 ｜ 2018년 3월 28일 (수) 맑음·165 ｜
2018년 3월 29일 (목) 맑음·169 ｜ 2018년 3월 30일
(금) 맑음·173

남미 여행기 1부 · · · · · · · · · · 181

2014년 11월 2일 (일) ～ 3일 (월)·182 ｜ 2014년 11월
4일 (화)·186 ｜ 2014년 11월 5일 (수)·191 ｜ 2014년
11월 6일 (목)·198

남미 여행기 2부 · · · · · · · · · · 204

2014년 11월 7일 (금)·205 ｜ 2014년 11월 8일
(토)·208 ｜ 2014년 11월 9일 (일)·212 ｜ 2014년 11월
10일 (월)·218 ｜ 2014년 11월 11일 (화)·224

아프리카 여행기 · · · · · · · · · 228

2016년 11월 5일 (토) 흐림·229 | 2016년 11월 6일 (일) 약간 흐림·235 | 2016년 11월 7일 (월) 맑음·243 | 2016년 11월 8일 (화) 맑음·253 | 2016년 11월 9일 (수) 맑음·259 | 2016년 11월 10일 (수) 흐림·265 | 2016년 11월 11일 (금) 맑음·271

이집트 아부다비 여행기 · · · · · · · · 276

2018년 10월 10일·277 | 2018년 10월 12일·286 | 2018년 10월 13일·290 | 2018년 10월 14일·295 | 2018년 10월 15일·302 | 2018년 10월 16일·304 | 2018년 10월 17일·309 | 2018년 10월 18일·315 | 2018년 10월 19일·320 | 2018년 10월 20일·320

은퇴자의 세계 일주

     지금은 모두 고인이 되셨지만, 옛날 중학교 시절 지리 선생님은 자기가 직접 남아공의 희망봉이나 아르헨티나의 팜파스 대초원을 다녀온 것처럼 이야기했고, 역사 선생님은 한니발 장군이 포에니 전쟁 때 이베리아 반도에서 알프스 산맥을 넘어 로마 본토인 이탈리아로 가는 전쟁에 참여한 것처럼 하셨고, 나는 그 흥미로운 이야기에 해외여행의 꿈을 키워왔다.

    공직생활을 정년퇴임하고 세계 여러 나라를 둘러보고픈 욕망, 즉 나라마다 어떻게 살아가는지 풍습이 궁금했고, 찬란한 유적 깊은 어떤 역사의 향기가 있는지, 그리고 아름다운 자연풍광을 직접 체험하려고 가는 행선지를 정할 때마다 가슴에는 늘 설렘으로 출렁이었다.

    흔히 해외여행을 하려면 건강이 허락해야 하고, 경제적으로 뒷받침되어야 하고, 시간이 있어야 한다고 했다. 필자의 경우는 건강과 시간은 문제없지만, 경제적으로 어려움이 있어 여행경비가 마련되는 대로 나갔다. 물론 자유여행이 아닌 패키지(package) 상품이었다.

    여행 중에 눈으로 보는 것은 전부 동영상으로 담아와 DVD로 작성하여 느긋한 시간에 언제든지 꺼내볼 수 있도록 진열해 두었다.

    세계 7대 불가사의(1. 브라질 리우데자네이루의 예수상, 2. 페루의 잉카 유적지 마추픽추, 3. 멕시코의 마야 유적지 치첸이트사, 4. 중국의 만리장성, 5.

인도의 타지마할, 6. 요르단의 고대도시 페트라, 7. 이탈리아 로마 콜로세움)와 세계 3대 미항(1. 브라질 리우데자네이루, 2. 호주 시드니, 3. 이탈리아 나폴리), 그리고 세계 3대 폭포(1. 북아메리카 나이아가라 폭포, 2. 남아메리카 이구아수 폭포, 3. 아프리카 빅토리아 폭포)도 둘러보고 독일 퓌센(Fussen)에 있는 백조 석성(노이슈반스타인 성)과 스페인 세고비아(Segovia)에 있는 백설공주 성 등 이름 있는 곳은 대부분 찾아가 보았다. 그리고 세계 각국의 아름답고 진기한 꽃들도 영상으로 담아왔다.

여행지의 호텔 음식은 세계 어느 곳을 가나 비슷하지만, 고유 토속 음식은 나라마다 조금씩 다르기에 그것을 맛보는 재미도 쏠쏠했다.

해외여행을 함으로써 좋은 분을 만나 글을 쓰게 되어 시인과 수필 등단도 하게 되었다. 처음에는 여행기를 메모 형식으로 간단히 하고 사진도 동영상 위주로 영상을 담다 보니 일반 사진은 다른 분이 촬영해 주는 것밖에 없었다. 더구나 일찍 다녀온 몇 곳은 관리 부실로 메모도 사진 한 장도 없어 아쉬웠다. 등단 이후에야 본격적인 기록을 남기면서부터 필요장면을 사진으로 담아 여행기에 올렸다. 그리고 자세한 여행기를 남기기 위해 여행 중의 주위의 풍경과 그 당시 분위기 등을 상세하게 기록하려고 노력했다.

또 세계 곳곳의 유명한 명소는 부족하지만, 시(81편)를 쓰면서 그 풍광을 함께 담아왔다. 본 세계 일주 여행기는 여러 카페에서 네티즌들의 격려 댓글을 받기도 했지만 앞서 여행을 다녀오신 분에게는 추억을 되새기는 기회가 되고, 여행 가실 분에게는 여행에 참고가 되기를 소망해 본다. 특히, 여행 못 가시는 분에게는 그곳의 분위기를 간접적으로나마 상상을 곁들여 느껴 보시기를 감히 기대해 본다.

2021년 소산 문재학

미국 및
캐나다 동부

1차

1996. 5. 2. ~ 1996. 5. 14. (13일간)

　　　7시 35분 대한항공(KAL132편)편으로 중간 기착지인 LA 공항으로 향했다. 도중에 샌프란시스코부터 LA까지는 고도를 다소 낮춘 데다가 날씨가 맑아 지상이 잘 보였다. 처음 보는 미국 땅 많은 호기심을 갖고 내려다보았다.

　대부분 산악지대이고 울창한 숲을 지나는가 하면 자연초원이 많이 보였다. 때로는 헐벗은 산이랑 산사태 난 곳도 있었다. 평야 지대는 대규모 경지 정리한 곳이 간혹 보이기도 했다. 김포 공항에서 출발한 지 11시간이 지난, 한국 시간 5월 3일 6시 35분에 LA 공항에 도착했다.

　잠시 쉬었다가 다시 댈러스(Dallas)로 향했다. 소요시간은 3시간 예정이다. 한국에서 출발할 때는 여객기가 잔여석이 없을 정도로 만원이었는데 LA에서 대부분 내리고 지금은 10% 정도로 텅 비었다.

　날씨가 좋아 우리 일행은 창가로 자리 잡았다. 내려다본 LA의 시가지는 광활했다. 다운타운의 일부 빌딩 지역을 제외하고는 단독 주택들이 잘 포장된 도로망을 따라 숲속에 그림같이 들어서 있었다.

　LA 앞바다는 극히 평온했고, 작은 배조차 보이지 않았다. 로키산맥의 지맥의 산악지대는 직선화된 도로를 어떻게 개설하였는지 시원하게 나 있었다. 농경지 일부는 경지 정리가 되어 있었다.

　1필지에 3~5ha의 농경지는 곳곳에 있는데 인가는 보이지 않았다. 이름 모를 농작물이 파랗게 자라고 있었다. 지대 높은 산이나 평지는 나무나 풀 한 포기 없는 거대한 황무지(모하비 사막)가 이어지고 있었다. 얼마 가지 않아 하천이 잘 정비된 콜로라도 강이 펼쳐지고 있었다.

간혹 황무지 사이로 죽 뻗은 직선 고속도로가 보였다. 지금 지나가는 곳은 비행지도를 감안해 보니 애리조나주 피닉스(Phoenix)시 부근인 것 같았다. 댐인지 큰 저수지 중심으로 경지정리가 잘된 경작지들도 보였다.

다시 여객기는 뉴멕시코주 엘패소(Elpaso)시를 통과하고 있었다. 댈러스(Dallas)가 가까워지니까 거대한 경작지도 보이기 시작하면서부터 어둠이 내려앉고 있었다. 세관 통과 시 10,000$ 이상 소지자는 신고하라고 안내 방송을 하고 있었다. 도착지까지 남은 거리 120km부터는 어둠 속에 고도를 낮추고 있었다.

밤하늘 여객기에서 내려다본 댈러스는 도시 구역이 넓어 보였다. 전 도로에 가로등 불빛이 밝아 전력이 풍부한 나라임을 한눈에 알 수 있었다. 단독 주택들이 숲속에 잘 정돈된 포장도로 중심으로 들어서 있고 야경도 아름다웠다. 이곳 시간 5월 2일 21시경, Dallas 공항에 도착, Dallas Park 호텔에 투숙했다.

1996년 5월 3일

댈러스는 미국에서 아홉 번째로 큰 도시이다. 면적은 약 997㎢이며, 인구는 122만 명이다. 텍사스주 유행의 도시 댈러스는 1841년 개척지의 교역소로부터 시작됐다. 1855년에 200명의 프랑스 외 2개국의 과학자와 예술가들이 유토피아 건설을 해왔지만, 그 목적은 좌절되었으나 댈러스는 프런티어 도시로는 보기 드물게 문화의 중심이 되었다.

미국 서남부 최대의 상업과 문화의 중심임과 동시에 패션의 중심지로 높이 평가되고 있다. 제2차 세계대전 중에는 군사, 항공기 제조와 상업에 의해 인구 경제 모두 비약적인 성장을 했고 전자기기와 생산되는 석유제조사업도 함께 댈러스의 거대한 산업으로 발전했다.

댈러스시에는 한국인이 3만8천 명 정도 살고 있다. 텍사스주는 산이 없는 큰 주이다. 처음으로 밟아보는 미국 땅 시내 관광에 나섰다. 제일 먼저 지방 검찰청을 지나 댈러스 시청 옆 올드시티 공원으로 갔다.

댈러스 시청

도로 건너는 대형 원뿔형 게양대에 성조기가 펄럭이고 있는 댈러스 시청이다. 처음 대하는 꽃과 큰 나무들이 듬성듬성 있는데 모두가 새로운 것들이다. '롱혼'이라는 큰 뿔을 가진(牛) 동상이 줄지어서 있었다. 50% 이상이 공원 묘지였다. 묘지는 가족 단위로 비석만 있는 평탄 묘지였다. 경제적인 여유가 있는 집안은 비석이 크고 화려했고 없는 집 비석은 작고 초라했다.

공원묘지 내는 느릅나무 같은 큰 나무들이 곳곳에 산재해 있어 멀리서 보면 숲을 이루고 있었다. 나무 그늘아래 누워서 쉬는 사람들도 있었다. 우리나라는 묘지가 혐오시설이라 부근에도 기지 않는데 시내 최중심지 묘지라 그러한지 정말 공원처럼 여기고 많이 이용하고 있는 것 같았다.

바로 옆에 있는 국제 상품전시관에는 행사 시에 한국 상품도 전시 홍보를 한다고 했다. Y형 댈러스 시청은 외관만 영상으로 담았다. 시청사가 좁아 부근에 빌딩을 임대하여 시정 업무를 보고 있단다. 인접해 있는 은행 건물(73층)을 비롯한 고층건물 등 모든 건물은 간판이 전혀 없었다. 건물 입구에 가서 조그마한 동판 간판을 보아야 무슨 건물인지 알 수 있다. 한국의 돌출된 대형 네온간판 등을 설치하는 것과는 대조적이었다.

거리에는 택시와 시내버스는 거의 다니지 않았고, 거리를 걷는 사람도 별로 없었다. 심지어 인도(人道)는 빈약하거나 어떤 곳은 인도조차 없었다. 대부분 승용차를 이용하고 있는 것 같았다. 건물들도 대체로 어두운 색상이었다.

유니온 타워를 방문하는 길, 외곽에 대형 농산물 공판장이 있었다. 새벽 4시에 개장한다는데 우리가 도착해 보니 일부 소매를 하고 있었다. 유니온 타워에서 댈러스 시내를 내려다보고 영상으로 담았다.

한국인 식당에서 점심을 했다. 소주 한 병에 12$였다. 댈러스 외곽 6대 도시 중 하나인 LAS CALLERS는 전자 중심지이고, 이곳에 칼텍스 본사 및 제록스 본사가 있었다.

오후에는 STOCK YARDS의 COW BOY촌을 방문했다. 읍 정도 마을인데 곳곳에 서부영화에 자주 등장하는 판자로 된 낡은 2~3층 집들이 있었다. 1908년에 준공한 COW TOWN Cellseum(야생 소 타는 실내 경기장)을 방문했다. 이곳은 토요일(내일) 오후 16시와 그리고 야간경기를 한다고 했다.

위성도시 알링턴 UTA 대학을 방문하여 캠퍼스 내를 둘러보았다. 댈러스 외곽 지대의 모든 도로변 건물 중앙에 우측은 짝수번호, 좌측은 홀수 번호 큰 간판이 붙어있는데, 일명 도로명 주소라는데, 시속 80km를 달려도 집을 쉽게 찾을 수 있단다.

댈러스 중심일부와 위성도시 중심에는 고층건물 10여 동이 내외가 있고 가정집(2~3층)은 대부분 교외에 있는데 대체로 집값이 비싸다고 했다. 땅이 넓어서인지 넓은 정원의 숲속에 주택들이 있고 집 앞 잔디는 곱게 깎아 두어서 보기 좋았다.

가정집 잔디를 조금만 늦게 깎으면 이웃에서 시청에 고발하고, 시청에서 대신 깎아주고는 청구하는 비용이 너무 많아 주민들이 스스로 잔디를 잘 깎는다고 했다. 텍사스 주는 우리나라보다 24배나 넓지만, 산이 하나도 없다고 했다.

가도 가도 끝없는 대평원인데도 필자의 눈에는 과수원이나 논밭은 전혀 보이지 않았다. 울창한 나무는 향나무, 수양버들 등이 보이고 그 외는 이름 모를 나무들이었다. 가로수나 집안의 정원수는 과일나무나 꽃나무는 보이지도 않았고, 심지도 않는단다. 집안에는 주로 느릅나무뿐인 것 같았다.

개인 경비행기 비행장이 가끔 보이고, 이착륙하고 있었다. 고속도로가 잘되어 있고 정체현상이 없어도 먼 거리는 경비행기로 이용한단다.

잘사는 나라라는 것을 실감 할 수 있었다.

이어 1963년 11월 22일에 미국 케네디 대통령이 차를 타고 텍사스 주 댈러스 시내에서 퍼레이드를 하고 있을 때, 오후 12시 30분 케네디 대통령의 차량에 인근 건물 6층에서 오즈월드가 총을 쏴 암살당한 도로 바로 옆에 있는 작은 공원에 내려서 부근을 둘러보았다.

1996년 5월 4일

8시에 호텔을 나와 댈러스 공항으로 향했다. 하늘이 먹구름으로 드리워져 있다. 9시 20분 아메리칸 항공기(AA 2047 여객기)로, 휴스턴(Houston)으로 향했다. 구름이 많아 지상이 잘 보이지 않았다.

휴스턴에 가까워지니 구름 사이로 보이는 휴스턴은 우거진 숲 사이로 단층 주택들이 그림처럼 들어서 있었다. 역시 산도 없고 농경지도 없었다. 초원과 골프장만 곳곳에 보였다.

바닷가인지 주택 배열이 부채형으로 나타나더니 이내 비행장이다. 댈러스를 출발한 후 50분 만에 도착했다.

휴스턴 시는 미국 텍사스 주의 가장 큰 도시이다. 남쪽 멕시코 만에서 80km 떨어져 있고, 인구는 도시 근교 도시를 포함하여 약 350만 명으로, 미국의 네 번째로 인구가 많은 도시다. 우리 교포는 3만 명이 살고 있단다. 면적은 1,552.9㎢이다.

상공업 도시이자 항만도시인 휴스턴은 석유 등 에너지화학과 과학의 도시, 우주 도시로 각광받고 있다. 세계의 두뇌로 최신기술을 집결한 메디컬 센터와 폭넓은 문화 활동 등으로 세계의 시선을 모으고 있는 생기 넘치는 도시다.

10시 20분, 휴스턴 시내 관광에 나섰다. 시내 중심가에 들어서니 40~70층 빌딩가에 마침 멕시코인들의 최대 명절이고 큰 행사인 1년에 한 번 펼치는 CINCO DEMAYOR를 보았다. 갖가지 가장행렬을 차량을 이용하거나 도보로 가족 단위 또는 단체로 펼치고 있었다. 기마 경찰이 차량 통제를 하고 있었다. 처음 보는 광경이라 열심히 영상으로 담았다.

다운타운에는 일방통행이 많았다. 그리고 느릅나무를 비롯한 소나무가 많이 보였다. 다음은 NASA로 향했다. 고속도로를 한참 달려 NASA 입구에 도착했다. 승용차는 주차료를 받고, 버스는 무료였다.

입장료는 어른은 1인당 12$이었다. 다 보려면 5시간 소요되지만, 3시간으로 줄여서 보기로 했다. 예쁜 아가씨가 운전하는 5량이 연결된 미니 관람차에 올랐다. 필요지역을 영상으로 담으면서 둘러보았다.

휴스턴 시내 분수대

　이곳 휴스턴도 도로에는 인도가 보이지 않고 택시나 버스도 잘 보이지 않았다. 전부 자가용을 타고 다니기 때문인 것 같았다. 텍사스 메디칼 센터의 외관과 리버오크스 휴스턴 항구와 아스트로돔 (Astrodome) 구장 등을 찾아 둘러보고 Herver 호텔에 투숙했다.

1996년 5월 5일

　　　　　오늘은 자율학습 식으로 시간을 갖기로 했다. 아침 식사 후 택시를 타고 휴스턴 다운타운에 있는 글로리아 백화점에 가서 이곳저곳 둘러보고 중학교 시절 불렀던 스와니 강, 켄터키 옛집 등 스티븐 포스터 곡 모음 원본 CD를 구입했다. CD 매장이 엄청나게 넓었다. 그리고 딸 주려고 청바지를 58$에 신용카드로 구입했다. 처음 외국에서 사용해보는 신용카드가 신기했다. 1층에 내려오니 재고품 정리하는 곳에서는 같은 것을 10$에 팔고 있었다.

점심은 메뉴판을 보고 쌀과 팥으로 된 죽과 빵을 시켰는데 죽 맛이 이상해 같이 간 사람은 한 술만 뜨고 먹지 않았다. 필자는 텁텁해 먹기 고약했지만 찬물을 마시면서 억지로 먹었다. 택시를 타고 시내를 둘러 본 후 호텔로 일찍 돌아와 휴식을 취했다.

1996년 5월 6일

오전에 SAN JACINTO 기념탑(멕시코 1835~1836년 1년 전쟁에서 승리한 전쟁 기념탑임)을 보기 위해 출발했다. 고속도로 가는 좌우에 거대한 석유화학 단지가 끝없이 이어지고 있었다. 석유화학 단지를 비롯한 가로등을 낮인데도 소등을 안 하고 그대로 켜두었다. 풍부한 전력 여유가 많은 나라인 것 같았다.

SAN JACINTO 기념탑은 텍사스 독립전쟁의 전사자를 추모하는 기념탑이다. 1936년에 건립한 570피트(174m)의 거대한 탑이었다. 어느 독지가 기증했다는 승강기로 오르내렸다. 관람객이 많아 위쪽에 올라 가보지는 못하고 영상으로만 담았다. 그리고 그 당시 전쟁에 참여했던 큰 군함을 관광했다.

거대한 석유단지 등을 관광한 후 14시 50분 애틀랜타(콘티넨탈 1610편)로 향했다. 300~400명이 탈 수 있는 대형 여객기였다. 휴스턴서 애틀랜타까지도 평야 지대였다. 농사짓기에 알맞은 복 받은 땅인 것 같았다. 여객기에서 내려다보니 약 20% 정도 목초지인지 밀인지 재배하고 있고, 관리사도 곳곳에 보였다. 나머지는 숲으로 뒤덮여 있었다. 고속도로 등은 시원하게 뚫려있었다. 그리고 잘 포장된 도로변마다 숲속에 주택들이 들어서 있었다.

나무들이 수고(樹高)가 높아 전주가 지나는 곳은 나무를 제거해 두었다. 애틀랜타 공항에 내리니 우리 여객기와 나란히 내리는 비행기도 있었다. 애틀랜타 공항은 세계 2번째 큰 공항이고, 하루 1,600대가 이착륙을 한다고 했다.

여객기 수백 대가 몇 곳의 공항청사를 중심으로 늘어서 있었다. 제26회 하계올림픽 개최 74일 전이라는 전광판 자막이 올림픽 개최도시임을 알려주고 있었다. 17시 50분, 하츠 필드 애틀랜타(Atlanta) 국제공항에 도착 후 Comfdrtin 호텔에 투숙했다.

1996년 5월 7일

　　　　　조지아(Georgia)주 북서부에 있는 애틀랜타(Atlanta)는 상공업과 교통의 중심지이다. 조지아 주는 우리나라 남북한보다 약간 넓은 면적에 인구는 900만 명이다. 애틀랜타 시내 인구는 약 42만 명이나 흑인이 많은 도시이다. 그리고 우리 교민은 4만 명이 살고 있다.

명작 「바람과 함께 사라지다」의 촬영 무대이기도 하다. 남북전쟁 때 북군에게 철저하게 파괴되었지만, 지금은 미국 동남부의 경제, 문화, 교통의 중심지이다.

시내에는 조지아풍의 저택들이 오랜 남부의 정취를 맛볼 수 있고, 유리와 스틸제의 마천루가 새로운 남부를 상징하고 있었다. 주요 관광명소로는 CNN 센터. 코카콜라 본사 및 박물관. 킹 목사 기념관. 델타항공 본사 스톤마운틴 공원 등이 있다. 공항 내 이동은 지하철이고, 지하철 안내자막에 중국, 일본, 한국, 그 외 아랍어까지 4개국 자막이 나오는데 한글을 보니 반갑기도 했지만 우리나라 국력을 새삼스럽게 실감했다.

애틀랜타는 산이 없는 평야지이나 주종인 소나무(일명 미송)는 굵기도 하고, 수고(樹高)는 우리나라 콘크리트 전주 2배 이상 높고 울창했다. 아침에 호텔을 나와 다가오는 하계올림픽 준비하고 있는 주경기장 등, 시내 이곳저곳을 둘러보고 8차선 고속도로를 통과하여 조지아주 국립공원 스톤마운틴(Stone Mountain)으로 향했다. 미국의 도시는 다운타운을 중심으로 외곽에 원형으로 순환 고속도로가 되어 있어 아무 곳이나 필요지역에 단시간 내에 접근할 수 있다.

스톤마운틴은 높이 251m, 둘레가 8km(72만 평)인 세계 최대의 하나의 돌로 된 거대한 산이다. 돌산 옆으로는 울창한 숲속에 큰 인공호수가 있었다. 이 호수에 낚시는 1년에 회비 7$를 내야 하는 허가제로 운영한단다.

스톤 마운틴(stone mountain)

애틀랜타시 외곽
계란형 거대한 바위산
그 이름도 정겨운 스톤 마운틴

울창한 미송(美松) 숲을 돌고 돌아
민둥산을 찾아들면

오십 년 걸작품(傑作品)
남군의 세 영웅, 데이비스, 리, 잭슨의
축구장 크기의 살아있는 기마상(騎馬像) 양각(陽刻)
손바닥처럼 작게 다가온다.

그림 같은 호수를 끼고
케이블카로 정상에 오르면
수림(樹林)의 지평선 저 멀리
아스라이
애틀랜타가 손짓을 한다.

작열(灼熱)하는 태양도 쉬어가는

대평원의 스톤 마운틴

자연의 경이(驚異)로움에

절로 터지는 경탄(驚歎)의 소리

억겁의 세월이 숨 쉬고 있었다.

※ 스톤 마운틴은 높이 251m, 둘레 8km로, 단일 바위로는 세계 최대이고, 한 장 사진
　으로는 모두 담을 수 없다. 정상에서는 360도 조망할 수 있다.

스톤 마운틴에는 기존 케이블카가 있고 그 옆으로 다가오는 하계올림픽 개최를 대비해서 새로운 케이블카가 마무리 공사가 한창이었다. 케이블카 아래에는 거대한 기마상을 양각하여 놓았다. 1909년에 시작하여 중간에 쉬긴 했지만 1960년까지 19년 동안 건설했다는 남북전쟁 당시 장군과 대통령을 축구 경기장만 한 넓이에 양각으로 새겨 놓았다.

제퍼슨 데이비스 대통령, 로버트 리 장군, 스톤잭슨 세 사람의 기마상이다. 기마상 규모를 예를 하나 들면 리 장군의 코 길이가 1.5m라 한다. 준공 시 멀리서 보면 발 디딜 정도밖에 안 되는 곳에서 파티를 했단다. 케이블카를 타고 올라가면서 가까이 내려다보니 바닥 너비가 4~5m 정도는 되어 파티가 가능해 보였다.

풀 한 포기 없을 것 같았던 산 위에는 바위틈에 작은 소나무 등이 몇 개 있었다. 360도 조망할 수 있는 바위산 멀리 애틀랜타 시내 (25km)가 울창한 숲 너머로 보였다. 주위 풍광을 영상으로 담고 내려왔다.

다시 울창한 숲속 직선화된 고속도로를 달려 시내에 있는 코카콜라 본사로 향했다. 넓은 평야지에 경작지 하나 없어 거대한 미국의 새로운 모습을 보는 것 같았다. 도중에 조지아 대학을 주마간산 식으로 보았다.

MIT 대학 다음으로 공과대학으로 유명하다는데 캠퍼스는 좁고 운동장도 보이지 않았다. 교포 학생이 600명이나 다닌다고 했다. 그 옆에는 올림픽 선수촌 아파트가 있었다.

코카콜라 박물관은 애틀랜타 정중앙에 위치해 있고, 옥상에는 대형 황금으로 된 둥근 조형물이 찬란한 빛을 뿌리고 있었다. 코카콜라 앞 대형광장에서 내려 박물관 내로 들어가니 3층 높이(?)에 코카콜라 작은 병에서부터 사람 크기의 대형 병들이 서서히 아래위로 움직이고 있었다.

2층에 올라가면 코카콜라 시음장(試飮場)이다. 약간 어두운 조명 아래 반원형 긴 테이블 위에 컵이 진열되어 있고, 빈 컵을 얇은 홈에다 놓으면 50cm 정도의 콜라 물줄기가 날아오는데 그 색상이 다양했다. 그리고 한 방울도 튕겨 나가는 일이 없고, 컵의 80%를 채우는데, 신기하기 그지없었다.

빈 컵만 놓으면 어김없이 날아오는 콜라를 필자는 평소 잘 안 먹기에 맛만 보았지만, 우리 일행 중에는 몇 잔을 하는 분들도 있었다. 그리고 옆방으로 가면 벽면을 가득 채우는 대형 스크린으로 코카콜라 소개하는 홍보관이 있었다.

연 매출이 우리나라 일 년 예산 정도라고 하니 놀라웠다. 그런데 우리나라는 코카콜라 소비국에 들어가지도 않았다. 관람을 끝내고 나와 광장 앞에 있는 시장을 들러 필요 물건을 사면서 장사를 하시는 교민들도 만나보았다.

시간이 있어 조지아 주 청사 견학에 나섰다. 현관 입구에는 공항처럼 검문검색이 철저했다. 사무실 내는 개방이 안 되어 보지 못하고 1~3층 발코니마다 전시된 돌, 농산물, 각종 새, 물고기 등 표본을 전시해 둔 것을 둘러보았다. 모든 것이 잘사는 나라답게 새롭게 보였다. 그리고 사람 키보다 큰 목화나무(?)를 전시회 둔 것을 보고 주 의회(議會) 사무실을 창 넘어보니 몇 사람이 책상과 의자에 걸터앉아 잡담을 나누고 있었다. 아래층으로 내려오니 역대 주지사들의 초상화들이 정면벽면에 전시되어 있었다. 지미 카터 대통령은 흉상으로 자리하고 있었다.

다음은 버스로 마틴 루터킹 목사 생가와 기념 전시관으로 향했다. 시내에서 얼마 떨어지지 않은 곳인데, 낙서로 얼룩진 지저분한 건물이 즐비한 흑인 빈민가와 전시관 등을 간단히 둘러보았다.

미국은 다운타운에는 빈민가도 있고 거지도 있지만, 외곽지는 공해를 피해 나온 고급주택에 잘사는 사람들이 거주하고, 시내는 못사는 사람들이 거주한다고 했다.

이어 세계적인 뉴스 전문 방송국, CNN 방송국으로 향했다. 복합건물 내에 있는 CNN 방송국의 24시간 방송한다는 4~5층에 있는 국제관과 국내관을 관람했다. 남녀 아나운서가 PD의 지시에 따라 뉴스를 하는 것을 보았다. 모든 것을 컴퓨터로 정리하면서 세계 곳곳에 있는 12개 방송국을 움직이고 있다고 했다.

방송 원리에 대한 설명을 듣고 실제 시연도 직접 해보니 신기했다. 그리고 필요지역에 방송에 나왔던 캐릭터들이 실물 그대로 전시되어 있었다. 견학을 끝내고 우리만 있을 때 안내원은 CNN 방송국이 싫다고 했다. 이유는 우리나라 성수대교와 삼풍백화점 붕괴장면을 반복해서 방영하여 우리나라 부실공사 장면은 보는 것이 부끄럽고 가슴 아팠다고 했다.

CNN방송 시연 장면

한인이 경영하는 비원이라는 식당에서 대구탕으로(7$) 중식을 했다. 물가는 한국과 비슷한 것 같았다.

1996년 5월 8일

　　8시 30분, 호텔을 나와 공항으로 가는 길에 8월에 개최되는 올림픽을 위해 공사 중인 주경기장(8만 명 수용 규모)을 찾았다. 1개월 후는 완공한다고 했다. 건너편 대형 야구장은 철거하여 올림픽 때 주차장으로 사용 계획이란다.

　　다음은 부속건물(관리사무소)이 크게 붙어있는 거대한 실내 체육관을 견학했다. 여기서 축구, 야구 등 각종 경기를 다 할 수 있고, 수용인원이 7만5천 명으로 세계에서 제일 크다고 했다. 물론 부근에는 넓은 주차장들이 준비되어 있는데, 차량은 보이지 않았다. 도로에 차량이 우리나라보다 많이 다니는데도 정체되는 곳은 아직은 없었다.

하츠필드 잭슨 애틀랜타국제공항에서 11시 25분 DELTA 항공기(델타 364편)로 워싱턴으로 향했다. 여객기에서 내려다본 워싱턴 외곽지역은 역시 다른 도시와 마찬가지로 주택들이 잘 포장된 도로를 따라 숲속에 줄지어 있었다. 전부가 평야 지대로 보였다. 워싱턴 시내를 관통하는 포토맥강변에 있는 워싱턴 국제공항에 착륙했다.

대략 2시간 여객기를 탄 것 같았다. 워싱턴 DC는 23층 이상 건물을 지을 수 없다고 했다. 포토맥 강 건너 버지니아 주는 고층건물이 보였다.

워싱턴 D.C.(Washington, D.C.)

미합중국의 수도로서 연방 직할시이다. 면적은 65평방킬로미터이다. 정식 명칭은 컬럼비아 특별구(District of Columbia의 약칭으로, 워싱턴 D.C)이다. 조지 워싱턴과 크리스토퍼 콜럼버스로부터 이름을 따지었다. 미국의 어느 50개 주에도 속하지 않는 독립된 행정 구역이다.

미합중국 및 세계의 정치외교의 중심지이다. 금융 센터로서도 높은 중요성을 가진다. 인구 87만 명 중 2/3 정도가 연방 직원 및 가족이란다. 또 주변의 Metro Politan을 포함하면 약 350만 명이 살고 있다.

워싱턴 D.C.는 포토맥 강 북쪽 유역에 자리 잡고 있으며, 남서쪽으로 버지니아 주와 다른 쪽으로는 메릴랜드 주와 경계를 하고 있다. 1790년에 조지 워싱턴 대통령이 이곳을 수도로 정하고, 시원하게 잘 정비된 현재의 도로는 프랑스 출신 피에르 랑팡의 설계를 골격으로 하여 이어받은 것이란다.

기후는 여름과 겨울의 차이가 크고, 여름에는 상당히 덥다고 한다. 정연한 도시계획에 따라 건설된 거리와 풍부한 녹지 속에 모두가 석조로 된 거대한 관청, 박물관, 기념관 등이 들어서 있어 정말 잘사는 나라로 보였다.

관광명소로는 백악관, 국회의사당, 링컨기념관, 워싱턴기념탑, 토머스 제퍼슨 기념관, 벚꽃의 명소인 포토맥공원, 스미소니언박물관 및 미술관 등이 있다.

제일 처음 포토맥 강을 건너 버지니아 주 쪽에 있는 알링턴 국립묘지로 갔다. 75만 평에 22만5천 명이 매장되어 있고, 매일 18~20구의 장례식이 있다고 했다. 2002년이면 포화상태가 될 것이라 했다.

묘지 입구에는 대형 기념관에는 남북전쟁 시에 기념물과 묘지에 관련된 모든 전시자료를 둘러 볼 수 있었다. 내부로 들어서면 같은 규격의 비석들이 전후좌우로 어디를 보아도 일렬로 묘비(墓碑) 줄이 직선으로 끝없이 늘어서 있었다.

공원묘지 뒤편 제일 높은 언덕에는 남북전쟁 당시 남부군 총사령관이었던 로버트 리 장군의 저택이 있고 이것을 북군이 점령한 후는 야

전 사령부로 사용하다가 현재는 기념관으로 사용하고 있다.

동 기념관 언덕 아래에는 미국 제35대 대통령 존 F. 케네디(John F. Kennedy, 1917~1963)와 재클린 케네디 오나시스(Jacqueline Kennedy Onassis) 부인이 자식들과 함께 영원히 꺼지지 않는 가스 불과 오석(烏石)으로 안장된 묘지가 있었다.

영원의 가스 불이 타는 케네디 묘

또 그 옆에는 상원의원을 지낸 동생 로버트 케네디 묘가 영원히 마르지 않는 물을 앞에 둔 묘지가 있었다. 알링턴 국립묘지는 하루에 관광객이 수천 명이 찾는 관광지로 되어 있었다.

인근에 있는 미 해병대 승전기념 동상인 이오즈마 동상도 둘러보았다. 1775년 독립전쟁부터 2차 대전 이후 월남전까지 미 해병대 참전 기록을 연도별로 명기해 두었다. 물론 한국 6·25 사변 참전 기록도 있었다.

아카시아 꽃이 시내 곳곳에 만발한 것을 보니 한국의 남부지방보다 10일 정도는 계절이 빠른 것 같았다. 미 국무성을 둘러보고 케네디

센터에 도착했다. 거대한 석조 건물로 웅장하고 화려했다. 주로 공연
장으로 활용한다는 실내를 이곳저곳을 보았다. 그리고 얼마 떨어지지
않는 곳에 1640년도 건물을 그대로 재현한 조지타운이 있었고, 조지
타운 대학도 있었다.

이곳은 내일 견학하기로 하고 미 국방성 펜타곤(지상 4층, 지하 5
층, 복도 길이 19km, 2만 명이 거주) 건물을 뒤로하고 4개 건물이 연결
된 펜타곤 몰(백화점 이름)에서 쇼핑을 했다. 워싱턴 외곽지대에 있는
HIYTT 호텔에 여장을 풀었다.

1998년 5월 9일

워싱턴 기념탑

호텔에서 나와 워싱턴 시내 관광에 나섰다. 순환 고속도로라 시원

하게 달려 워싱턴 시내에 도착하자 교통 체증이 약간 있었다. 제일 먼저 1884년에 완공했다는 169m의 워싱턴 기념탑 계단이 무려 897개라는데 우리 일행은 승강기로 전망대에 올라갔다. 이곳이 워싱턴 중심지이다. '十' 자 형으로 북쪽에는 백악관과 연방청사, 남쪽에는 제퍼슨 기념관과 포토맥강변에 있는 펜타곤이 있고, 서쪽에는 링컨기념관, 비스듬히 강 건너편에는 어제 방문했던 케네디기념관과 워터게이트 스캔들로 유명한 워터게이트 호텔이 있다. 동쪽으로는 국회의사당이 있고, 그 옆으로는 연방청사 일부와 박물관이 보였다.

워싱턴 기념탑에서 내려와 다시 제퍼슨 기념관으로 향했다. 미국 제3대 대통령 토머스 제퍼슨의 200주년 탄생일을 기념하여 세운 건물로 루즈벨트 대통령 때 착공해 1943년에 펜타곤과 함께 준공했다 한다.

제퍼슨 기념관은 지붕이 이오니아식 돔 구조로 된 원형 건축물이다. 건물 안에는 대륙회의에서 연설하고 있는 제퍼슨의 동상이 있다. 토머스 제퍼슨은 미국 독립선언서(1776년)의 기초자이다.

우리 일행은 다시 국회의사당으로 향했다. 가는 도중 왼쪽은 석조 건물에 빨간 지붕은 연방정부(FBI 포함)이고 오른쪽은 박물관이다. 또 독립선언문 권리장전이 보관된 국립문서 보관소를 지나기도 했다. 이 문서들은 낮에 관람 후, 야간이면 지하 6m로 이동한다고 했다.

국회 앞을 가기 전 이태리 대리석으로 1935년에 완공한 거대한 연방대법원건물이 있었다. 차에서 내려 외관만 영상으로 담았다. 6명의 대법원 판사가 있는데, 임기가 없는 종신 판사라는데 놀랐다.

국회의사당은 높이 93.6m, 폭 228m로 오른쪽은 상원. 왼쪽은 하원이다. 이 건물도 부족하여 4~6차선 도로를 횡단하는 지하통로를 따라 별관이 있단다. 검색대를 지나 의사당 내부를 2시간 정도 관람했는데 화려한 돔 아래를 비롯해 웅장한 건물을 밀려드는 관광객들과 함께 둘러보았다.

　다음은 워싱턴 시내 18개 박물관 중 나이트 형제 비행기서부터 아폴로 우주선까지 진열된 스미소니언 박물관을 보고 우주 식품 몇 가지를 쇼핑했다. (스미소니언박물관 소장품은 억만 점이 넘는데 1% 정도 공개하고 그중에 하나인 우주항공박물관 한 곳을 본 셈임)

　다시 백악관 후문을 지나 대부분 석조 건물로 지은 시내를 한 바퀴 돌아 백악관 정문에 도착했다. 백악관은 1773년 조지 워싱턴 초대대통령 때 착공 1779년에 완공한 가장 오래된 건물로, 지하 3층, 지상 2층이고, 132개의 방으로 되어 있는데, 방 2개는 공개한다고 했으나 우리는 보지 못했다.

백악관 경비들과 함께

　2대 대통령부터 41대 클린턴 대통령까지 40명의 대통령이 근무한 셈이다. 백악관을 배경으로 경비 경찰 3명과 기념사진을 남겼다. 정문 앞 인도에는 18년간 하루도 빠지지 않고 단신 반핵운동 시위를 하는 멕시코 연인을 만났다.

　동아일보에 난 자기 기사 사본을 한 부 주어서 받았다. 미국에서
우리나라 신문을 보니 반갑기도 했다. 거리에는 가끔 거지가 보였다.
잘사는 나라에서 있을 수 없는 일이지만, 이것이 직업이란다. 조금 일
찍 호텔로 돌아갔다.

1996년 5월 10일

　　　호텔을 나와 링컨 기념관으로 향했다. 울창한 숲속 고속
도로를 지나는데 도로변 방음벽에는 우리나라에는 없는 컬러 색상으
로 시원하게 단장을 해 두었다. 워싱턴 기념탑 서쪽에 있는 링컨 기념
관을 돌아보았다.

높이 30m의 링컨 기념관은 미국 제16대 대통령 에이브러햄 링컨을 기념해 지은 기념관이다. 건물은 그리스의 도리스 양식으로 지어졌으며, 내부에는 링컨 대통령이 앉아 있는 거대한 석상이 있다. 1963년 8월 28일에 마틴 루터 킹의 "나에게는 꿈이 있습니다."란 유명한 연설이 이곳에서 행해졌다.

3일째 같은 지역을 돌아보고 있지만, 매일같이 가는 곳마다 인파로 북적였다. 거대한 링컨 대통령 좌상을 배경으로 영상으로 담고, 31인의 참전용사들 동상과 6·25 전쟁 당시의 한국의 생활상을 오석에 음각 처리한 기념 석벽을 둘러보았다. 그리고 화강석에 나열된 기록은 사망 유엔군 628,833명, 미군 54,246명, 실종 유엔군 470,267명, 미군 8,177명, 포로 유엔군 92,970명, 미군 7,140명 부상 유엔군 1,064,453명, 미군 106,200명이라는 엄청난 희생을 치르고 얻은 '자유'라는 큰 화강암 글씨가 새삼 옷깃을 여미게 했다.

이어 워싱턴 시내에 있는 링컨이 암살당했다는 극장을 찾았다. 흑인 빈민가 옆에 있었는데, 이곳도 관광객이 줄을 잇고 있었다. 1865년 남북전쟁 완료 5일째, 이곳에 연극을 관람하러 왔던 링컨 대통령이 관람석 우측 2층 별실(別室)에서 연극 배우에게 암살당했다고 했다.

관람석이 300~400석 정도인데 모든 것이 당시 모습 그대로 보존해 두어 그런지 약간 어두웠다. 여자 안내원이 열심히 설명하고 있었다. 지하에 있는 링컨 대통령 유품을 둘러보고 나왔다.

다음은 워싱턴에서 가장 오래되었다는 조지타운을 방문했다. 모든 것이 처음 조성한 옛 건물 그대로라 하지만 주택(2~3층)들이 모두 화려했다. 주택 중앙에 있는 큰 백화점(지하 1층, 지상 3층으로 안내 없이는 길을 잃을 정도로 복잡함)에 들러서 쇼핑하면서 오후 시간을 보냈다.

물건 사는 것은 팔려는 사람과 살려는 사람의 욕심 때문에 언어 훈

련에 도움이 되었다. 미국은 어디를 가나 정찰제 + 세금이지만, 이곳
에서는 물건값을 깎기도 했다. 역시 호텔로 일찍 돌아왔다.

9시에 호텔을 나와 워싱턴 공항으로 향했다. 10시 15분
Air Canada(AC 553) 여객기로 캐나다 토론토로 향해 이륙했다. 워
싱턴은 포토맥 강을 중심으로 버지니아 주와 접해 있고, 여느 도시와
마찬가지로 도시 주위 숲속에는 잘 포장된 도로 따라 주택들이 그림
처럼 들어서 있었다.

워싱턴에서 약간 벗어나자 경지정리가 잘된 농경지에는 밭작물을
재배하고 있었고, 경작지 주위로 주택들이 산재해 있었다. 이어 여객
기는 구름 위로 상승해서 아무것도 볼 수 없었다.

토론토까지 소요 시간은 1시간 10분이다. 캐나다 에스피피어스 공
항에는 비가 내리고 있었고 날씨가 추웠다. 이 공항은 3개 청사에 68
개 항공사가 연간 3천만 명의 승객을 수송한다고 했다.

캐나다는 1492년 콜럼버스가 아메리카 발견 후, 16세기 퀘벡을 중
심으로 프랑스인들에 의해 개발되었고, 1763년 영국의 침략으로 영국
의 식민지로 발전해 오다가 1949년 완전히 독립하였다.

10개 주와 2개의 준주로 되어 있고, 면적은 9,976천 평방킬로미터
(한국의 45배)이고, 인구는 2,800만 명이다. 비자 없이 출입국 가능하고
미국 달러에 비해 캐나다 달러는 약 70% 환율 가치이다. 그리고 원주
민은 모히칸 인디언이고 북쪽은 이노 족인 에스키모가 살고 있다.

온타리오 주의 주도 토론토는 면적 627평방킬로미터이고, 인구는 약 375만 명이다. 온타리오 호수의 북쪽 연안에 있는 캐나다 최대의 도시다. 토론토는 인디언 어로 '화합의 장소'라는 의미이며 모피의 교역 장소이기도 했다. 캐나다의 여러 도시와는 세인트로렌스 강과 연결되어 있고, 미국의 공업 도시와도 연결되어 있다. 이러한 입지 조건으로 토론토는 캐나다의 경제, 운송, 통신의 중심지로 발달했다. 1인당 GDP는 2만2천 불로, 우리나라의 약 2배 정도이다.

공항을 나오니 가이드 이ㅇ호 씨가 기다리고 있었다. 비 오는 차창 밖을 보니 아직 나뭇잎이 나오지 않은 것이 있고 개나리도 이제 막 피려고 하고 있었다. 아카시아 꽃이 만발한 워싱턴과는 1시간 10분 거리인데도 여기는 내의를 입어야 할 정도인 영상 4~5도로 싸늘했다.

먼저 한인 타운에 도착했다. 비교적 한산한 거리이고 간판은 한글이 대부분이었다. 한인 식당에서 뷔페로 점심을 하고 차이나타운을 지나 CN 타워 등 시내 관광에 나섰다. 캐나다는 복지제도가 잘되어 있다 한다. 예를 들어, 병원비는 치과 및 성형외과를 제외하고는 모두가 무료이다.

고등학교까지는 무료이고, 대학도 한화로 180만 원, 수업료만 내면 되고 장학금도 많단다. 그 대신에 세금이 15%나 되고, 차 보험료도 연간 200만 원이나 되어, 우리나라보다 3배나 많다.

캐나다는 공산품이나 식료품 대부분은 수입한다고 했다. 식료품은 관세가 없어 굉장히 싼데 소고기는 한국의 수입 쇠고기의 절반 가격이란다.

날씨는 5~6월이 봄이고, 7~8월이 여름, 9~10월이 가을이다. 겨울은 11월부터 이듬해 4월까지 무려 6개월이다. 그래서 캐나다 인구 80%가 미국과의 국경 지대에서 300km 이내인 남부 부근에 편중하여 살고 있단다.

치안도 잘되어 있어 미국과의 경찰범죄 자료를 즉시 교환 공유 자료로 활용하고 있단다. 거리에는 교통사고를 줄이기 위해 모든 자동차들이 낮인데도 라이트를 켜고 다녔다. 자동차 회사에서 처음부터 시동을 걸면 라이트가 바로 켜지게 했다. 도로변의 주택 NO(도로명주소)나 잘 정돈된 잔디밭 등 생활모습은 미국과 같았다.

온타리올(남한의 반 정도 넓이) 호반에 있는 CN(캐나다 네셔날의 약자) 타워에 도착했다. 높이 553m, 계단 2,570개이고 전망대는 346m 높이에 있다. 승강기를 타고 올라가 보니 날씨가 흐려 멀리까지는 잘 보이지 않았지만, 토론토 시는 끝없는 대평원에 자리 잡은 도시였다. 토론토에는 해마다 우리나라서 3천 명 정도가 이민을 온단다. 현재 교포는 4만7천 명 정도이다. 중국인은 20만 명이나 된다.

총인구의 36%가 영국인, 27%가 프랑스인 그다음 중국, 이태리 순이고, 일본인도 만 명 정도 살고 있다. 이런 추운데도 아프리카 흑인들도 이민을 많이 오고 있단다. 농촌인구는 25% 정도이나 모두 기계화되어 있다. SKY Dome(6만 명 수용)이라는 유명한 스포츠 경기장을 지났다.

토론토에서 가장 높은 건물은 은행 건물로 72층이다. 이곳도 미국과 마찬가지로 건물에 돌출된 간판은 하나도 보이지 않았다. 그러나 도로변에는 대형 간판이 곳곳에 있었다. 가끔 우리나라 엘지와 삼성의 홍보 간판이 반갑게 맞이했다. 1670년에 개장하여 300년 역사를 가진 유명한 DAY 백화점도 있었다.

비가 와도 토론토 중심가는 한국처럼 보행자가 많았다. 빗줄기가 가늘어졌다. 1910년에 수력 발전 건설로 거부(巨富)가 된 헨리 펠라드가 당시 300만 불(24억 원) 넘게 들어 지은 카사로마(Casa Loma) 성을 견학했다.

건축물이 고딕양식 비슷하게 외관이 화려했다. 방이 98개나 된다고 했다. 1920년 각종 세금과 과다한 관리비 때문에 토론토시에 넘겨주었다. 입장료를 내고 내부를 둘러볼 수 있지만, 시간이 없어 생략했다. 길옆에 있는 말 관리 하는 집이 우리나라 궁궐보다 화려하고 크게 보였다.

카사로마 성 앞에서

우리나라 겨울에 진눈깨비 내리는 날처럼 추운 날씨 속에 시내 중심 지하에 있는 재래시장을 찾아갔다. 바람도 조금 불고 비가 계속 내렸다. 토론토 겨울 날씨는 영하 35도까지 내려간단다. 그래서 밀을 제외하고는 수입에 의존하는 과일 등 식품은 지하상가를 이용한단다.

풍성한 시장을 둘러보고 장서 300만 권을 자랑하는 14층 건물 토론토대학 도서관을 찾았다. 7층에는 한국, 일본, 중국의 책을 코너별로 소장되어 있다. 국회의사당(130명 주의원)도 지나고 라이온스 대학도 지났다.

시내 곳곳에 공원묘지가 보였다. 시내 교통은 티켓 하나로 버스와 지하철의 환승이 자유로워 대중교통이 편리하다고 했다. 이어 약간 외곽지에 있는 RAMADA 호텔에 투숙했다.

1996년 5월 12일

　　　　오늘은 날씨가 맑아서 좋다. 9시에 호텔을 나와 나이아가라 폭포로 향했다. 캐나다는 나이아가라 수력 발전 때문에 전력이 풍부해 주간에도 사무실 아파트. 공장 등에 불을 켜 놓는다고 했다.

특히 가정에는 모두 형광등을 켜지 않고 백열등을 사용하고 있다. 나이아가라 폭포로 가는 도로변에는 단독 주택이 대부분이지만 고층 아파트도 점점이 또는 집단으로 산재되어 있고, 특히 눈길을 끄는 원형 아파트도 있었다. 그리고 계속되는 평야지인데도 목초지나 경작지는 보이지 않았다.

아름답게 도색한 방음벽이 길게 늘어서 있었다. 평지에 생긴 큰 골짜기로 흘러가는 계곡물은 어제 내린 비 때문인지 흙탕물이다. 모두 몬트리올 호수로 흐르고 있었다.

토론토를 벗어나 30~40분 거리에 온타리올 호수 옆 대형 다리를 중심으로 양안에 철강회사가 즐비한 '해밀턴'이라는 공업 도시를 지났다. 이어 시원하게 뚫린 과수원(포도, 배, 사과나무 등) 사이로 달리고 있었다. 그리고 10km 정도 더 가니 과수원 사이로 꽃을 재배하는 연동 하우스들이 보였다.

나이아가라 폭포까지 10분 정도 남았다고 한다. 나이아가라 시는 인구 9만6천 명 미국 측에는 200만 명이 살고 있는 보팔로 시와는 강을 사이로 국경을 두고 있다. 보팔로 폭포에는 아직 녹지 않은 얼음 덩어리가 있었다.

미국의 이리 호에서 캐나다 온타리올 호수로 흐르는 나이아가라 폭포는 높이 99m로 하늘 높이 치솟는 물보라와 굉음은 장관이었다. 나이아가라 폭포는 벨기에 신부가 1678년에 처음 발견하였다는데 빙하기에 생성되었고, 매년 3cm씩 바위가 깎여 줄어들고 있다고 했다.

수량은 분당 1억 5천만 리터가 쏟아진다. 이 물로 연간 4,000킬로와트 수력전기가 폭포 주위에서 발전된다고 했다. 대형 송전탑 5개가 나란히 서 있었다. 물론 미국 측에도 발전 시설이 있다.

나이아가라 시내 한인 식당에서 점심을 한 후 폭포 주위를 둘러보았다. 그리고 전망대로 가 폭포 전경을 영상으로 담고 토론토 시내로 향했다. 소요시간 2시간 예정이다.

나이아가라 폭포 전경

나이아가라 폭포

신이 빚어낸

거대한 나이아가라

난파선(難破船)도 위태로운

푸른 급류(急流)가 일으키는

분당 일억 오천만 톤

물

지축(地軸)을 흔드는 굉음(轟音)

하늘 높이 치솟는 물보라

안개비로 흩어지며

시공(時空)을 가른다.

헬기로

뱃머리로

속살을 파고들지만

좀처럼 들어내지 않는 비경(秘境)

살아 숨 쉬는 자연

구백 미터 장엄(莊嚴)한 광경

경탄(驚歎)의 소리도

넋을 잃은 시선도

포말(泡沫)되어 부서져 내렸다.

도중에 지하 발전소. 꽃시계. 미니교회. 전통가옥 등을 둘러보았다. 해밀턴 시에서 멀리 높이 70~80m 정도의 나이아가라 산맥이 800km 길게 뻗어 있는 것이 토론토 외곽의 유일한 산이다. 안내원의 말로는 일반인은 출입 금지하고 천 년 이상의 나무가 서식한다고 했다.

온도는 미국은 화씨(F), 캐나다는 섭씨(℃)를 사용했다. 나이아가라 폭포 주위는 내의를 입어야 할 정도로 5℃로 쌀쌀했다. 13시가 지나니 12℃정도 온도가 올랐다.

미국이나 캐나다 주택은 담장이나 울타리가 없었다. 주소 번지는 주택 중앙에 크게 표시해두어 집 찾기가 쉽다. 버스는 다시 토론토 대학에 도착했다. 1827년에 설립된 토론토 대학은 재학생이 6만 명이나 되는 최고 명문대학이란다. 작은 마을처럼 캠퍼스가 넓었다.

꽃시계

유학 시험으로 입학하려면 토플 점수 600점 이상 취득해야 하는 하버드 대학과 같은 수준이라 했다. 이 대학에서 인슐린을 최초 발견한 업적이 있고, 법학과와 의과대학이 두각을 나타낸다고 했다.

21시 공항으로 출발 전 토론토에서 가장 높은 곳 온타리올 호수를 내려다볼 수 있는 하이파크 공원을 둘러보았다. 조경을 아름답게 잘 조성한 공원이지만 추운 날씨 때문에 조금은 불편했다.

23시 50분, 토론토 공항을 이륙했다. 1시간 반 정도의 거리 시카고 공항에 내렸다. 밤하늘에서 내려 본 시카고의 화려한 불빛이 바둑판처럼 정돈된 시가지를 밝히고 있었다. 전력이 풍부한 나라임을 실감했다. 시카고 공항에서 1시간 정도 대기 하다가 이륙했다. 눈과 얼음으로 뒤덮인 알래스카 남부와 일본의 북부 지방을 거쳐 14일 아침 6시 5분에 김포 공항에 도착했다.

미국 및
캐나다 동부

2차 1부

2014. 7. 16. ~ 7. 27. (12일)

　　장마 기간인데도 가뭄 소식이다. 하루가 지나면 비가 온
다는 반가운 소식을 안고 새벽 4시에 집을 나와 인천공항으로 향했
다. 여유 시간을 가지고 출발하였지만, 수원을 지나면서부터 차가 밀
리기 시작하여 불안했다.

　　공항에 도착하여서는 관광객이 너무 많아 수하물 탁송과 출국심사
지연으로 마음을 졸이면서 12시 15분 DELTA 158(미국 국적 보잉 747)
에 간신히 탑승했다. 대형 비행기인데도 한 자리도 비지 않은 만원이
었다. 경제가 어렵다고 하여도 여행객은 계속 늘어나는 것 같다. 안도
의 한숨을 내쉬면서 마음을 진정시켰다.

　　여객기는 미국의 중간 기착지인 디트로이트까지 총 10,650km, 소
요시간은 12시간 예정이다. 일행이 16명인데도 가이드가 없어 조금
은 불안했다.

　　현지 시간으로 16일 11시 30분(시차 13시간), 디트로이트 공항에
무사히 도착했다. 입국 수속을 밟고 수하물을 찾아 뉴욕 라과디아
(LAGARDIA) 공항으로 보내고, 이리저리 미로(迷路)를 지나 뉴욕행
국내선 DELTA 2248(소형 비행기)를 타고 오후 4시 40분(현지시간) 출
발했다. 이 여객기도 빈자리가 없었다. 물론 우리의 좌석은 한국에서
이미 예약된 것이다.

　　하늘에서 내려다본 디트로이트 공항 주변은 녹색 융단의 평야 지

대였다. 점점이 떠 있는 솜털구름이 숲속에 긴 그림자를 뿌리는 그림 같은 풍경이 무척 아름다웠다. 대평원의 울창한 숲 위로 흰 구름이 아름다운 꽃 그림을 계속 그리고 있어 여행의 즐거움을 더했다.

1시간 50분, 비행 끝에 뉴욕시 상공에 도착했다. 허드슨 강 하류에 섬들로 이루어진 뉴욕시 멘 허튼 마천루 상공을 돌아갈 때, 강 가운데 작은 섬 위의 자유의 여신상과 뉴욕시 전역의 아름다움을 동영상으로 잡는 행운도 가졌다.

5시 30분경에 뉴욕의 작은 비행장 라과디아(LAGUARDIA) 공항에 도착하여 호남형 장인호 가이드를 만났다. 여러 여행사에서 온 관광객 46인이 합류하여 대형 버스에 올랐다. 많은 섬과 다리로 이루어진 뉴욕시 관광은 마지막 일정으로 미루고 워싱턴 D.C.로 향했다. 허드슨 강의 1931년도에 완공하였다는 복층(複層) 철교인 조지 워싱턴 다리를 지났다. 약 80년 전에 이런 거대한 철교 공사를 하였다니 그저 놀라울 뿐이다. 강 양안(江 兩岸)은 40~50m나 되어 보이는 절벽이다. 숲이 우거진 강변을 따라 아파트들이 들어서 있어 풍광이 무척 아름다웠다.

미국의 4번째 작은 뉴저지주(NEW JERSEY)에 들어섰다. 한인들이 20만 명이나 살 정도로 쾌적한 환경이고, 뉴욕과는 가까워 접근성이 용이해 공해 많고 복잡한 뉴욕보다는 누구나 이곳을 선호하는 지역이라 했다.

한인이 경영하는 식당에서 한식으로 저녁을 하고 좌측으로 대형 크레인이 줄지어 서 있는 엘리자베스 항구를 끼고 편도 9차선 도로를 달려 숙소인 HOLIDAY INN hotel에 시차에 젖은 피곤한 여장을 풀었다. 이곳은 워싱턴 D.C.로 가는 길을 1시간 단축할 수 있는 곳이라 했다.

8시에 호텔을 나와 워싱턴 D.C.로 출발했다. 2일 전, 이곳에 강풍과 심한 폭우가 지나간 탓인지 간혹 부러진 나무와 토사가 보였지만 다행히도 그때를 피해온 우리 일행의 여행길은 휘파람을 불 정도로 날씨가 쾌청했다.

대평원의 숲속 길을 달리는 관광버스는 금년도에 생산 출고된 54인승 최신형 볼보 대형 버스다. 편도 6차선에 외측 2개 차선은 대형 버스와 화물차 전용이고, 내측 4개 차선은 승용차 전용인가 보다. 모두들 시원하게 빠지고 있었다.

우리가 달리는 도로는 95번 도로다. (우리나라도 미국의 도로명을 본받아 모든 국·고속도로는 남북(南北)으로는 홀수, 동서(東西)로는 짝수로 명명하여 사용하고 있다. - 예: 경부고속도로는 1번이다.) 파란 하늘의 흰 구름을 앞에 두고 워싱턴 D.C.로 향해 기분 좋게 달렸다.

온통 녹색 수벽(樹壁)을 이룬 나무들이 밝은 햇살에 싱싱한 윤기로 넘쳐흘렀다. 한참을 달리니 맑디맑은 푸른 물에 짙푸른 숲으로 그림자를 드리운 DELA WARE 지역의 강을 지났다. 도로변에 위치한 의류 혁명을 일으킨 그 유명한 듀퐁 나이론 공장을 만나기도 했다. 나일론이 없었다면 우리는 삶의 풍요를 누리지 못했을 것이다. 마음속으로 감사의 인사를 드렸다.

해안 도시 볼티모어가 보이는 가까운 곳에 있는 60년 된 해저 터널을 통과하였다. 특이한 장면이라 동영상으로 잡아 보았다. 아름다워 보이는 해안 도시 볼티모어에 한인이 많이 산다는데, 그냥 지나치기에는 아쉬움이 많았다.

워싱턴 D.C.에 도착 때까지 계속 숲속 평원이지만, 경작지는 보이지 않았다. 워싱턴 인구는 85만 명인데, 그중 87%가 흑인이란다. 그 때문인지 워싱턴 D.C. 시장은 계속하여 흑인 시장이 선출된다고 했다.

워싱턴 시내에 들어서면서 제일 먼저 1800년 11월에 개원한 국회의사당을 찾았다. 맑은 파란 하늘 아래 새하얀 돔의 국회의사당 아름답기 그지없었다.

1996년도 필자가 왔을 때는 국회의사당 내부를 관람하면서 보았던 돔의 천장에 장식된 아름다운 그림을 이번에는 동영상으로 담으려 했는데, 그동안 몇 번의 불상사가 있어 지금은 출입을 통제하고 있어 아쉬웠다.

장엄한 국회의사당 외관만 영상으로 담으면서 아쉬움을 달랬다. 200년 전에 이런 웅장한 석조 건물을 건축한 미국인들의 기술에 새삼 감탄하지 않을 수 없었다.

국회의사당 앞 광장에는 많은 학교들이 노란 복장과 플래카드, 피켓 등을 들고 반륜궁 기념행사를 하고 있었다. 이들의 시가행진 때문에 차량이 움직일 수 없어 여행시간을 뺏기고 있었다.

다음은 스미소니언 박물관((Smithsonian Museum)의 15개 박물관 중 자연사 박물관으로 향했다. 관람객이 너무 많아 북새통이다. 소지품 등 검사를 받고 곧장 2층으로 올라가 진기한 광물 전시장을 둘러보고 아래층 동물 화석과 박제 등을 둘러보았다.

1996년도에 둘러본 각종 나비와 다양한 새들의 전시장은 어디에

있는지조차 모르고 시간에 쫓기어 박물관을 나왔다. 이어 화강석으로 건축한 미려한 연방청사 농무성과 상무성의 석조 건물을 지나니 지난번 세상을 떠들썩하게 한 모 비서관의 추문이 얽힌 워싱턴 호텔 앞 도로변에 버스를 대기시키고 백악관 후문을 향해 시원한 공원길을 걸었다. 무더운 날씨라 우거진 나무 그늘이 반갑기 한량없었다. 검은 쇠창살로 울타리를 친 백악관 로즈 광장 앞 좁은 도로에는 먼저 온 관광객들로 붐비고 있었다.

로즈 광장의 시원한 분수 뒤로 멀리 있는 백악관을 쇠창살 사이로

카메라를 넣어 기념 영상을 담았다. 지난번에는 지금의 반대편 백악
관 정문 광장에서 경마 경비원과 기념사진을 촬영도 하였는데 폐쇄되
었다니 무척 아쉬웠다.

다시 차는 워싱턴 탑을 중심으로 돌면서 조폐공사를 지나 제퍼슨
기념관에 도착했다. 돔 구조의 원형 지붕 구조의 제퍼슨 기념관은
1943년 완공되었다.

삼권분립을 처음 주장한 정치가이고 과학자이다. 또 미국 독립선언
서 집필자이기도 한 제3대 대통령 토마스 제퍼슨의 200주년 탄생일
을 기념하여 세운 건물이다.

7월의 햇살에 잠긴 넓은 호수를 안고 있는 제퍼슨 기념관 내의 제
퍼슨 입상은 맞은 편 멀리 국회의사당을 감시(?)하는 듯한 모습이다.
부지런히 영상으로 담아냈다. 차는 다시 링컨 기념관으로 향했다.

링컨 기념관은 그리스 신전을 모티브로 하였다는데, 동 기념관은
링컨 대통령 생존 시 1867년에 계획하여 1922년에 완공하였다. 기념

관 안에는 제16대 대통령 링컨의 거대한 좌상(석상)이 자리하고 있다. 노예 해방 선언을 주장했던 대통령 기념관 앞에는 유명한 흑인운동가 마틴 루터 킹의 연설 흔적을 동판으로 남겨 놓았다. 워싱턴 기념탑 쪽으로는 넓은 수로를 시원하게 조성하였다.

멀리 포토맥 강 건너편으로는 필자가 지난번에 왔을 때 둘러본 알링턴 국립묘지가 있는 곳이라 했다. 지난번에는 3일간이나 체류하면서 링컨 암살당한 극장, 조지타운 대학, 백화점 등 여러 곳을 보았는데, 단 몇 시간 동안 워싱턴 D.C. 시내를 본다는 것은 무리였다.

차는 다시 포토맥 강의 다리를 건너 나이아가라 폭포로 향했다. 포토맥 강 맞은편 숲속에 그림처럼 자리한 조지타운 대학을 마주하면서 버지니아 주를 지나고 있었다.

MARYLAND주로 들어설 때는 왕복 10차선인데도 교통체증이 심했다. 따가운 저녁 햇살을 안고 굽이굽이 돌아가는 자동차 행렬이 이어지고 간간이 이름 모를 작은 하천이 푸른 숲을 거느리고 흘러가고 있었다.

동서남북 시원하게 뚫린 넓은 고속도로 주변은 잔디를 곱게 깎아 정리를 잘해 두었다. 한식으로 저녁 식사를 한 후 COUNTRY INN hotel에 투숙했다.

2014년 7월 18일 (금)

나이아가라 폭포까지 6시간 소요되기에 어둠이 가시지도 않은 5시 30분 정각에 호텔을 나섰다. 붉은 아침노을이 대지를 적시는 멋진 풍광을 안고 새벽길을 달렸다. 10여 분이 지나 안개가 피어오르는 야산을 처음으로 만났다. 이곳도 사방으로 뚫린 고속도로를 달리는 자동차 불빛이 살아있는 동맥 같아 정겹기만 했다.

버스는 하폭이 넓고 수량(水量)이 많은 강 상류를 따라 달리고 달렸다. 붉은 태양이 떠오르면서 강은 한층 아름다운 풍광을 그려내고 있어 관광객을 즐겁게 했다. 한가로운 작은 어선들이 강가 나무그늘 아래 쉬고 있는 모습이 평화롭기 그지없었다.

버스는 계속하여 상쾌한 기분으로 강 상류로 올라가고 있었다. 얼마를 달렸을까 버스는 시골길로 들어섰다. 간혹 보이는 물안개 속에 피는 이슬에 젖은 잘 조성된 초지(草地)가 무척 목가적(牧歌的)이다.

펜실베이니아(PENNSYLVANIA)주를 지나는 현재시간 7시 17분이다. 강변의 풍광이 아름다운 숲속 주거단지를 지나기도 하고, 산마루에 새털구름이 손짓하는 구릉 야산 지대를 지나면서 휴게소에서 잠시 내려 주위의 풍광과 함께 맑은 공기로 충전했다.

나이아가라 폭포가 가까워질수록 서늘한 가을 날씨 같은 상쾌한 기분이 들었다. 광활한 초지 조성과 많은 싸이로가 나타나는데, 이곳이 뉴욕주의 바타리아(?) 마을이란다. 특이한 광경은 도로변 전주가 전부 나무로 한 것이 이색적이었다. 우리나라 1950~1960년대의 나무 전주가 지금 이곳에 있는 것이다.

버스는 90번 도로를 들어서서 나이아가라로 향했다. 장장 6시간 30분이나 버스로 달려 미국 쪽 나이아가라시에 도착하니 11시가 조금 지났다.

중국식 대형식당에서 뷔페식으로 점심을 서둘러 하고 관광지로 향했다. 관광객이 너무 많아 지체시간을 최소화하기 위한 가이드의 독촉이다.

나이아가라(인디언 말로 '천둥 소리'라는 뜻임) 강의 폭포는 미국의 이리

(ERIE)호에서 캐나다의 온타리올(ONTARIO, 빤짝인다는 뜻, 5대 호수 중 가장 작은 호수인데도 그 면적이 경상남도만 한 바다 같은 호수임)호수로 흘러들면서 폭포를 이룬다.

제일 먼저 나이아가라강의 강물이 큰 와류(渦流)를 일으키는 곳으로 갔다. 주차장과 전망대 등 관광 필요시설을 해둔 높은 곳에서 흘러가는 물을 급류가 가로막으면서 거대한 소용돌이를 일으키는데, 자연의 경이로움에 감탄을 하지 않을 수 없었다.

미국 측 나이아가라 폭포 쪽(폭: 330m)에 있는 바람의 동굴을 가기 위해 배부하는 샌들(sandal)과 비닐 우의 복장으로 승강기를 타고 아래로 내려가 폭포 아래로 향했다. 많은 관광객과 함께 목책의 계단을 오르내리며 동심(童心)으로 돌아가 춤을 추면서 세찬 물보라로 더위를 식혔다.

버스는 다시 캐나다 쪽으로 향했다. 긴 기다림 끝에 미국의 출국 수속과 캐나다의 입국 수속을 자동차의 긴 행렬 속에 끝내고 캐나다 쪽의 나이아가라 폭포(폭: 790m)로 갔다. 한 번 와보았기에 익숙한 지형이다.

먼저 버스는 상류에 지금도 남아있는 1916년도 난파선을 보여주었다. 급물살에 보기만 해도 아찔함을 느끼게 하는 난파선. 현재의 기술로는 제거가 가능하지만, 이 역사적 사실이 100년이 지난 지금은 관광 상품으로 보존하고 있다는 것이다.

갖가지 꽃과 정원수로 단장한 주차장을 비롯하여 많은 관광객이 무더위 속에 붐비었다. 그 뒤로 나이아가라 폭포로부터 솟구치는 물보라들 속으로 거대하고 화려한 무지개가 우리를 탄성으로 반기고 있었다.

정오의 햇살에 계속 분출되는 물보라 따라 무지개는 살아있는 신기루였다. 우리가 위치를 바꿀 때마다 무지개의 위치도 변하는데, 이 환상적인 분위기의 무지개는 1년에 30일 미만 나타난다는데 우리 일행은 그 행운을 누리고 있는 것이다. 모두 영상으로 담느라고 정신이 없었다.

　일반적인 무지개는 잠시 나타났다가 사라지지만, 나이아가라 폭포 위의 무지개는 햇빛이 내리쬐는 한 몇 시간이고, 무지개가 사라지지 않았다.

　우리 일행은 승강기를 타고 폭포 아래로 내려가 폭포의 뒷면과 옆면을 보는데 그곳에도 거대하고 화려한 무지개가 폭포의 굉음 위로 다리를 놓고 있었다. 흥분 속에 폭포의 장관 등을 방수카메라로 담고 또 담았다. 십수 년 전에 왔을 때는 이런 감동을 맛보지 못했다.

이어 가까이에 있는 IMAX 영화관에서 영화를 보았다. 나이아가라 폭포에 얽힌 여러 가지 사연을 대형 스크린과 입체 음향으로 감상하고, 저녁 식사 후, 나이아가라강변에 위치한 RADISSON hotel 732 호실에 여장을 풀었다. 그리고 저녁 9시에 호텔을 나와 스카이론타워 전망대에 올라가 미국 쪽과 캐나다 쪽의 나이아가라시의 화려한 야경을 조망하면서 시원한 여름밤을 즐겼다. 더구나 나이아가라 폭포도 야간 조명을 하여 환상적인 분위기를 연출하고 있었다.

특히 비가 오지 않으면 매주 금요일마다 10시부터 나이아가라 폭포 위에서 실시하는 데, 오늘이 그 행운의 날이라 화려한 불꽃 쇼를 감상하면서 동영상으로 담았다. 잊지 못할 감동적인 추억으로 남을 것 같았다. 좁은 전망대에서 사람이 너무 많아 불꽃 쇼 영상을 담기가 쉽지 않았다. 밤 11시가 넘어 불야성을 이루고 있는 시가지를 지나 호텔로 돌아왔다.

2014년 7월 19일 (토)

8시에 호텔을 나와 나이아가라 선상관람에 나섰다. 깨끗한 시가지의 꽃들로 장식한 도로를 지나 강변 선착장에 도착했다. 모두들 붉은 비닐 우의를 입고 폭포를 향해 가는데, 세찬 물보라에 눈을 뜨기가 힘들 정도였다. 그래도 모두 호기심에 찬 눈으로 감상하고 영상으로 담아내고 있었다. 모두들 방수카메라를 미리 준비해온 것 같았다.

필자도 현기증이 일 정도로 쏟아지는 옥수 물 폭포 거대한 비말(飛沫)의 장관을 동영상으로 담아내면서 시간 가는 줄 모르고 비경(秘境)을 즐겼다. 어떤 이들은 직성이 덜 풀렸는지 헬기로(1인당 150$) 폭포를 둘러보기도 했다.

우리 일행은 지난밤 야경을 감상한 타워 전망대의 회전식당에서 와인을 곁들인 스테이크로 점심을 하면서 다시 한 번 나이아가라 폭포와 시가지를 내려다보면서 완벽하게 풍광을 즐겼다.

식사 후, 버스는 135km 떨어진 토론토시로 향했다. 퀸엘리자베스여왕 고속도로는 온타리올 호수를 끼고 달렸다. 도로변은 멀리 언덕 같아 보이는 산맥 이외는 평야 지대다. 과일나무 등 일부 농작물을 재배하고 있었다. 차가 밀리지 않아 한 시간 조금 지나온 트리올 호반에 위치한 CN타워(높이 553m, 114층 높이)에 도착했다. 날씨가 기어이 심술을 부려 가랑비로 변했다. 흐린 날씨라 시계가 흐릴 것을 염려하면서 전망대로 올라갔다.

여기도 사람이 너무 많았다. 토론토 금융가 거리 등 시내와 온 트리올 호수를 내려다보았다. 가랑비가 내려 멀리는 시계가 흐려 잘 보이지 않는 아쉬움이 남았다. 1996년도 왔을 때보다는 많이 변한 것 같아 격세지감(隔世之感)을 느낄 정도였다.

다양한 스타일의 화려한 고층 건물들이 눈길을 사로잡고 있었다. 금융, 상업의 중심도시 토론토는 캐나다의 제일 큰 도시로 전체 인구 3,300만 명의 1/10이나 되는 인구 300만 명 된다고 했다.

간간이 내리는 비속에 금융가의 번화가를 지나 신구(新舊) 청사가 함께 있는 토론토 시청을 방문했다. 100년 전의 석조 건물로 고풍스런 외관을 자랑하는 구청사는 현재 법원으로 사용하고 있다. 구청사 옆에 있는 넓게 자리 잡은 날아갈 듯 날렵한 반원형의 마주 보는 미려한 쌍둥이 건물, 신청사는 분수가 솟는 넓은 광장을 안고 있었다. 신청사 모양은 하늘에서 내려다보면 좌우 건물은 눈까풀이고 가운데 낮은 대형 원형 형상물은 눈동자란다.

독특한 신청사의 설계는 공모로 채택된 시드니 오페라하우스를 만든 세계적인 핀란드 건축가의 작품으로, 1965년도 완공한 건물이다.

전자 감응 장치가 있는 자동 목조문(木造門)을 지나니 현관 우측 벽에 10만 개의 못으로 장식한 눈동자 모양의 조형물이 있었다. 시민들의 감시(?)의 눈이다. 모두다 호기심으로 사진으로 담았다.

시청 앞 한쪽 고정무대에서는 태국의 무희들이 민속춤을 추고 있어 잠시 관람을 하였다. 나라별로 일정을 정하여 공연을 실시한다고 했다.

광장에는 비가 내려도 많은 천막 아래 먹거리와 공산품을 팔고 있었다. 비가 내려도 이용하는 사람이 많았다. 우리 일행은 다시 토론토 대학 타운 중앙의 약간 높은 지형에 위치한 110년 된 주청사를 방문하고, 넓은 정원에서 이슬에 젖은 꽃이랑 맞은편 시가지를 바라보면서 기념사진을 남겼다.

토론토 대학은 학생 수가 5만4천 명인데, 그중 1만8천 명이 동양인이다. 특히 중국 유학생이 많다고 했다. 미국의 하버드대와 예일대와 버금갈 정도의 대학이란다. 즉, 세계 20위권 안에 들어갈 정도(서울대는 100위권에 못 들어감)로 명문대학으로, 거대한 대학 타운을 이루고 있었다. 도서관의 장서가 많기로도 유명한데, 한국 서적도 도서관 한 층을 단독으로 가득 채우고 있다는데, 한번 보았으면 하는 아쉬움이 있었다.

버스는 한인촌으로 가서 한식으로 중식을 했다. 1996년도에 왔을 때는 한적한 외곽지대 같았는데, 지금은 번화가로 변했다. 버스는 다시 북으로 향했다. 그리고 시원한 고속도로 평원을 달려 '마카파(?)'라는 지역의 HILTON hotel에 오후 7시경에 도착했다. 호텔이 최신 시설들이 눈길을 끌고 있었다.

2014년 7월 20일 (일)

7시 30분에 호텔을 나와 천섬으로 향했다. 흐린 날씨가 즐거운 여행에 지장을 줄까 염려스러웠다.

가는 도중 왕복 8차선 도로 주변은 평야 지대로 APT들이 띄엄띄엄 들어서 있고, 짙푸른 녹음은 무척 평화롭고 삶이 풍요로워 보였다. 때로는 왕복 20차선이 나타나 국토의 넓음을 새삼스럽게 느꼈다. 가끔은 숲 사이로 잘 조성된 대형초지가 나타났다 사라지기를 반복했다.

넓은 도로가 약간의 구릉지를 지날 때마다 새로운 풍광, 미지의 세계가 우리를 유혹하면서 펼쳐졌다. 버스는 쉼 없이 달렸다. 약간의 야산도 곳곳에 있었다. 오전 9시경에 ONROUTO TRENTON 휴게소에서 잠시 정차했다. 대체로 미국과 캐나다는 휴게소에서 생필품을 구입하는 것 같았다.

파란 하늘이 나타나면서 물안개도 사라지고 있어 상쾌한 기분이었다. 천섬은 미국과 캐나다의 국경 지대에 있는 세인트 로렌스(St. Lawrence) 강의 가운데 1,800여 개의 섬을 지칭하는 것이다. 백만장자들의 여름 별장지로 유명한, 신의 정원이라 불릴 정도의 천섬. 가을의 단풍으로 이루어진 환상적인 풍광을 그려 보면서 둘러보기로 하였다.

풍광이 제일 좋다는 ROCK, PORT 선착장에 도착했다. 간단한 점심을 하고 유람선에 올랐다. 승객은 각국에서 온 인종 전시장 같았다. 호수 같은 넓은 강, 섬 사이로 많은 유람선이 떠다니고, 굉음을 내면서 시원하게 질주하는 하얀 보트들과 섬마다 다양한 건축양식의 아름다운 풍경들이 절로 탄성이 터질 정도였다.

특히 아내를 위해 독특한 양식의 고성을 연상시키는 아름답고 화려한 별장을 짓다가 사랑하는 아내의 사망으로 중단하였다는 슬픈 사연을 안고 있는 볼트성의 관람은 천섬의 백미(白眉)였다. 내부를 보지 못하는 아쉬움을 뒤로했다.

천섬

가도 가도 끝없는
세인트로렌스 강의 아늑한 품속
천섬의 향연이 눈부시다.

부호들의 그림 같은 별장들
맑은 물에 행구어 내며
나그네 가슴을 감탄으로 물들였다.

여유로운 유람선 사이로
쉴 새 없이 질주(疾走)하는
젊은 낭만의 하얀 포말(泡沫)들
환상적인 풍경을 주름잡으며

국경(國境)의 바람을 가르고

애틋한 사랑의 전설
볼트성의 웅장한 자태는
인생무상의 긴 그림자로
뱃머리에 흔들리었다.

신비에 홀(惚)려 맴도는
천섬의 황홀한 풍광들

뇌리(腦裏)를 떠나지 못하는
천혜의 지상낙원이었다.

※ 천섬은 미국과 캐나다의 세인트로렌스 강 국경에 있다.

　한 시간 정도 선상관람을 마치고 13시가 지나 몬트리올로 향했다. 버스는 세인트로렌스 강을 따라 계속 올라갔다. 오직 흰 구름과 미루나무가 풍광을 그려주는 대평원의 고속도로를 달려 퀘백(Quebec, 좁아지는 곳이라는 인디언 말)주에 들어섰다. 이곳은 프랑스 언어권이고 독립을 주장하고 있는 주라고 했다.

　다시 한참을 달려 몬트리올 주의 몽로얄 산 중턱에 자리 잡은 성요셉 성당에 도착했다. 왜소한 체격에 심장이 좋지 않으면서도 수많은 사람들에게 치유(治癒)의 기적을 베푼 앙드레 신부(1845~1937) 때문에 유명한 성당이다.

목발 짚고 찾아온 불구자가 이곳에서 완치 치료를 받고 두고 간 모아둔 많은 목발이 그 사실을 입증해 주는데, 거짓말 같은 사실이었다. 성당 규모는 작았지만 많은 방문객들이 7월의 더위를 달구고 있었다.

버스는 몽로얄산 자락을 돌아내려 가면서 몬트리올 시내 중심지로 향했다. 숲 사이로 멀리 1976년도 올림픽 경기장의 크고 독특한 디자인의 하얀 건물을 차창을 통하여 영상으로 담아 보았다. 우리나라 양정모 선수가 레슬링에서 금메달을 땄던 경기장일까? 산록의 몽로얄 공원에는 강한 햇빛 아래서도 수많은 사람들이 붐비면서 여가를 즐기고 있었다.

몬트리올(인구 300만 명)의 중심 시가지를 통과했다. 미려한 고층건물들이 서울 도심 못지않게 즐비했다. 특이한 것은 퀘백주 소속 모든 차량은 차의 앞쪽에 번호판이 없었다. 독립운동을 위해 퀘백주가 독자적인 시책을 추진하는 시책 중의 하나라고 했다.

노틀담 광장에서 하차하여 도보로 까르띠에 광장으로 갔다. 남녀가 악기 연주를 하기도 하고, 묘기를 보이는 곳도 있어 잠시 관람을 하였다. 약간 경사진 지형 따라 다양한 꽃들로 장식하였고, 그 사이로 많은 관광객들이 붐비었다. 프랑스의 몽마르트르 언덕처럼 즉석에서 초상화를 그려주는 곳이 줄지어 있는데, 이곳저곳에서 초상화를 그리는 사람도 있었다.

광장 양측에 있는 많은 노천카페에는 빈자리가 없을 정도로 많은 사람들이 여유를 즐기고 있는 풍경이 아름다웠다. 다리가 아프도록 감상을 하면서 둘러보았다. 모든 것이 색다른 이국 풍경이라 즐거움을 더했다. 저녁은 중국식 뷔페였는데, 가이드의 권유로 마리당 50$

를 주고 대서양의 커다란 랍스터를 맛보았다.

노을 지는 몬트리올 시내 중심을 약간 벗어나 넓은 세인트로렌스 강의 샴플레인 다리를 지나 몬트리올 경찰서 옆에 위치한 COUVERNEUR hotel 405에 투숙했다. 이곳에서 2일간 머무를 예정이다.

💬 COMMENT

황　　토	동행한 것 같은 여행기 잘 보았습니다. 아직 끝나지 않은 여행인 것 같습니다. 나머지가 기대됩니다.
영　　민	생생한 기행문에 다녀온 듯 착각합니다.
青野/김영복	소산 선생님, 좋은 글을 두고두고 잘 감상하겠습니다. 감사합니다.
雲岩/韓秉珍	소산 선생님, 미국 여행 기행문을 자세하게 올려주셔서 마음이 꼭 같이 여행하는 느낌으로 잘 감상했습니다. 말복과 입추 날 저녁 시간에도 건강하시고 복된 시간 보내시기 바랍니다.
흐물소리	실제 여행을 하고 있다는 착각에 잠시 행복했었습니다. 2일 후의 일정도 궁금합니다.
팔　마　산	세계의 여행기 글을 올려주시어 감사합니다. 항상 건강하시고 늘 즐겁고 행복하십시오.
청암 류기환	고운 여행기 올려주셔서 참으로 고맙고 감사하오며, 잘 읽고 갑니다. 고맙습니다.

미국 및
캐나다 동부

2차 2부

2014. 7. 16. ~ 7. 27. (12일)

아침 새소리에 잠을 깨고 창문을 열어보니 가까이에 세인트로렌스 강물이 유유히 흘러가고 있었다. 오늘도 날씨는 아주 좋을 것 같다.

7시 15분에 퀘백(Quebec)시로 향했다. 소요시간은 3시간 예정이다. 버스는 세인트로렌스 강을 지나 한적한 시골길을 가다가 고속도로에 진입하였다. 캐나다는 농사를 거의 짓지 않는 곳으로 알았는데, 이곳 퀘백 지역은 초지 조성이 끝없이 펼쳐지고 있고, 일반 농작물도 가끔 보였다. 특히 보리는 우리나라는 6월 초순에 수확이 끝나는데, 이곳은 이제 노랗게 익어가고 있었다.

세인트로렌스 강이 나타났다가 사라지기를 몇 번 하더니 퀘백시에 도착하였다. 곧바로 퀘백시 외곽에 있는 몽몰랜시 폭포를 찾았다. 날씨가 너무 더워 반소매 바람으로 케이블카를 탔다. 관광객의 편의를 위해 케이블카 내 입석 자리가 계단식으로 되어 있어 탑승자 모두 쉽게 아름다운 폭포를 볼 수 있게 배려하였다.

야산 정상에 도착하니 영국의 엘리자베스 여왕이 부모님을 위해 건축하였다는 별장(현재는 휴게소로 이용함)이 있었다. 시원한 분수와 다양한 꽃들로 단장하여 관광객의 눈을 즐겁게 하였다. 폭포로 가는 산허리 길은 목책 등으로 절벽에 길을 만들었다. 2백 미터 정도 가니 굉음을 내는 하얀 포말을 일으키는 폭포가 나왔다.

돌출(突出) 전망대에서 잠깐 영상으로 담고, 폭포 위로 가로지르는 철책 다리를 지났다. 좁은 다리를 오가는 다양한 인종의 관광객들이 꼬리를 문다. 다시 수백 미터 능선 숲속을 따라 돌아가니 산 능선을 따라 만든 목조계단이 나왔다. 목책 계단 곳곳에 조망대를 만들어 맞은편 폭포를 시종일관 가까이에서 보면서 하산토록 하였다.

　눈부신 태양 아래 폭포 아래쪽에는 황홀한 무지개가 꼬리를 치면서 관광객 시선을 유혹하고 있었다. 풀 한 포기 없는 암반 위로 설치한 기나긴 목책계단이 폭포의 바닥까지 이어지고 있는데, 목책계단 자체도 관광거리였다. 폭포를 뒤로하고 30여 분을 더 걸어서 케이블카 타는 곳까지 왔다.

버스는 고속도로변 가까이에 있는 대형식당 앞에 세웠다. 많은 관광객과 함께 점심을 한 후, 퀘백시의 구시가지로 향했다. 구시가지 중앙 조금 높은 곳에 있는 퀘백주 청사 앞 광장에 도착했다. 우리 일행 이외도 계속하여 버스가 도착하면서 관광객을 풀어내고 있었다.

광장이 상당이 넓었다. 커다란 주청사 앞에는 분수대를 중심으로 다양하고 아름다운 꽃들로 정원을 조성하였는데, 꽃이 귀한 이 여름에 주위 어디를 둘러보아도 전부 꽃밭을 조성해 둔 것에 대해 퀘백시 당국에 감사드리면서 즐거운 기분으로 영상으로 담았다. 그리고 청사를 둘러싼 굳건한 성벽은 지난날 이곳이 요새였음을 자랑하는 것 같았다. 성벽 가까이에는 커다란 검은 포신이 세인트로렌스 강을 향하고 있었다.

일행은 청사 바로 맞은편 성문을 빠져나와 1893년에 지어진 대형 호텔로 하루 저녁 숙박료가 수백 불씩 한다는 고딕 양식의 샤또 프롱트냑 호텔로 향했다. 동 호텔은 1980년에 캐나다 국립사적지로 지정되었다. 도중에 프띠 샹플랭 화랑가와 왕의 산책로 등을 여유롭게 둘러보았다. 세인트로렌스 강이 내려다보이는 언덕에서 샤또 프롱트냑 호텔의 아름다운 외관을 영상으로 담아냈다.

멀리 큰 화물선이 정박할 정도로 세인트로렌스 강은 넓고 풍부한 수량을 자랑하고 있었다. 강변의 골목길의 벽화와 성당. 거리음악가의 연주 등을 감상했다. 정말 낭만과 여유가 넘치는 도시 같았다.

오후 2시 45분, 버스에 승차 다시 세인트로렌스 강을 따라 3시간을 달려 지난밤에 투숙한 호텔 앞 식당에서 식사했다.

2014년 7월 22일 (화)

     오늘은 뉴욕시까지 가야 하기에 새벽 4시 30분 모닝콜이다. 4층에서 밖을 내다보니 눈썹달 뒤로 아침노을이 어둠을 밝히고 있었다. 다른 일행들은 벌써 버스에 짐을 옮기기도 하고 어떤 이들은 피곤한 몸을 뒤틀면서 피로를 풀고 있었다. 우리 일행들도 서둘러 호텔을 나왔다.

  얼마를 달렸을까? 미국 국경 지대가 가까워오니 케이트 위에 가로로 UNITE STATE OF AMERICA라는 대형 간판이 수백 미터 밖에서도 보였다. 바로 인접한 면세점에 잠시 들리고 게이트 앞에 도착하니 먼저 온 버스 여행객의 입국 심사가 상당히 오랜 시간을 두고 실시되고 있었다. 그런데 캐나다 출국심사는 없었다.

  우리 버스에 반바지 차림의 가스총을 찬 세관원이 올라와 우리 일행의 여권과 얼굴을 대조하면서 여권을 회수해 실내로 들어 가드니 10여 분 만에 여권을 되돌려주어 앞차보다 먼저 국경을 통과했다.

  미국의 뉴욕주에 다시 들어섰다. 끝없는 평야 지대 수림(樹林)이 시야를 가려 오직 보이는 것은 전방 고속도로뿐이다. 간혹 숲 사이로 단독 주택도 보이고 사과농장도 보였지만, 극히 일부분이었다.

  도중에 2억 년 전에 형성되었다는 미 동부의 작은 그랜드 캐니언 AUSABLE CHASM을 옵션으로 둘러보았다. 대형 목조건물의 토산품 판매점과 매표소를 겸한 실내에 들어서니 그윽한 목재의 향기가 진동했다.

  일행은 석조 다리를 지나 울창한 숲속 산책길에 들어섰다. 산책길에는 목재 부스러기를 깔아놓았는데, 쿠션이 너무 좋아 발걸음이 붕

붕 뜨는 느낌이었다. 깊은 암벽 협곡의 기기묘묘한 풍경들 협곡을 울리는 맑은 물소리, 상쾌한 공기는 마치 신선(神仙)이 된 기분이었다.

한 시간여를 풍광에 취해 걷다 보니 여독은 씻은 듯이 풀리는 것 같았다. 이 협곡에서 레프팅을 하기 위해 보트를 절벽을 타고 내리는 것도 보였다. 물보라를 시원하게 일으키는 소형 폭포를 뒤로하고, 버스는 우드머리 아울렛 대형쇼핑몰로 향했다. 버스는 바람을 가르면서 굽이굽이 산길을 돌아 숲속 길을 내려가고 있었다.

도중에 토카(?) 온천마을의 대형 뷔페식당에서 점심을 하고 우드머리 매장에 도착하니 무더운 날씨인데도 주차장은 승용차로 만원이다.

매장이 220여 개나 되어 약도를 가지고 길을 찾을 정도로 큰 규모였다. 세계 명품을 비롯하여 온갖 물품을 시중가보다 30~70% 싸게 판다고 하는데, 다리가 아프도록 둘러보아도 그런 매장은 없었다. 밖은 무덥고 매장 안 에어컨 성능이 좋아 2시간 반 정도 둘러보아도 전체 매장의 1/10도 보지 못하고 6시경에 출발했다. 버스는 역시 평야 지대를 달리고 달려 뉴욕의 외곽 뉴저지 주에 도착하니 시내가 가까 워질수록 교통체증이 아주 심했다.

뉴욕시 입구에도 나무 전주가 많았다. 8시가 지나 허드슨 강이 내려다보이는 EMPIKE, Meadaw, hotel 902호에 짐을 풀었다.

2014년 7월 23일 (수)

상쾌한 날씨 속에 보스턴으로 향했다. 거리는 대략 부산과 서울 간 거리라 한다. 허드슨 강의 조지 워싱턴 다리를 건너 뉴욕시로 들어섰다.

뉴욕 인구는 850만 명, 그중 250만 명이 흑인이고 47%가 170여 개국에서 온 이민자들이라고 했다. 조금 지저분한 인상을 주는 뉴욕시 외곽지대도 교통체증이 심하다. 한 시간 정도 시달리다가 벗어나니 95번 도로다. 고속도로 통행은 무료다. 9시경 대서양이 나타나는 지점에서 91번 고속도로로 갈아탔다.

강원도 크기의 코네티컷 주를 지났다. 이곳 주에 있는 뉴 헤이븐 시에 예일(Yale)대학이 있고 이 부근에는 유태인이 많이 거주한다고 했다. 하버드 대학과 예일대학은 한국의 고대와 연대와 같은 관계를 유지한다고 했다.

다시 버스는 매사추세츠주에 주에 들어섰다. 매사추세츠주는 국민소득 6만8천 불이나 되어 6년 전부터 미국에서 유일하게 캐나다와 같은 의료 시혜를 하고 있다고 했다. 드디어 말로만 들었던 하버드 대학촌에 도착했다. 하버드 대학은 매사추세츠(Massachusetts = 언덕이라는 뜻) 주의 보스턴 시 인근에 있는 케임브리지시에 MIT 공대와 함께 있다.

하버드대학은 1639년에 설립하여 프랭클린 루즈벨트, 존 F. 케네디, 버락 오바마 등 8명의 대통령과 69명의 노벨상 수상자 등등 유명인들을 배출하였다. 제일 먼저 도로변의 도서관이 반겼다. 노거수(老巨樹)가 우거진 캠퍼스 내로 들어가 하버드대학 설립자 동상으로 갔다. 많은 관광객들의 카메라 세례를 받고 있었다. 사진 촬영이 쉽지 않을 정도로 복잡했다.

세계인의 관심이 집중되는 대학 짙은 그늘을 드리우는 숲 사이로

붉은 벽돌의 대학건물이 들어서 있었다. 대학 타운을 가로지르는 도로를 건너 화려한 양식의 식당 건물 내로 들어갔다. 아주 고풍스런 분위기가 중세 교회 내에 들어온 기분이었다.

공학부를 지나 버락 오바마를 비롯해 유명 인사를 많이 배출한 법대를 찾았다. 법대 건물도 넓은 면적에 산재되어 있었다. 한 시간 정도 둘러보고 법대 화강석 표지석을 영상으로 담고 돌아섰다.

이어 인접한 MIT 공대를 둘러보았다. MIT 공대 부근에는 학생들의 실습용 공장들이 많았다. 이론을 실제 실험을 통하여 익힌다니 정말 부러웠다. 한국인들도 MIT 출신이 많다니 그나마 기분이 좋았다. 대학건물 내로 들어가 여러 곳의 시설물 등을 둘러보았다. 여기도 관람객이 가이드의 설명을 들으면서 따라 다니고 있었다.

버스는 다시 MIT 공대 옆 찰스강의 다리를 건너 보스턴의 다운타운에 들어섰다. 다리 부근의 화려한 아파트는 모두 100년 이상 된 건물인데도 튼튼해 보였다.

보스턴 시내 관광은 버스로 주마간산(走馬看山)식으로 둘러보았다. 가수 싸이가 다녔다는 도로변 음악 대학과 보스턴 컨벤션 센터도 통과했다. 보스턴 메인거리 도로바닥에 가로로 주황색으로 넓게 채색한 것이 보였다. 이 지점은 마라톤 결승점이라는데, 1947년 우리나라 서윤복 선수를 떠올려 보았다. 계속하여 관리 보존할 것이라 했다.

최번화가에 들어섰다. 작년(2013. 4. 15.)에 세상을 떠들썩하게 했던 보스턴 마라톤 폭발사고 지점도 지났다. 깨끗이 정리를 하여 어딘지 확실히 구분되지 않았다. 시내 중심에 있는 미국 최초의 공원 Boston Common도 지났다.

이어 매사추세츠 주의사당이 있는 언덕길을 돌아 주대법원 등 건물 등을 보고 미국 최초의 재래시장 퀸시 마켓(Quincy Market)을 둘러보왔다. 이곳에서 한 그릇에 10$ 주고 일본 우동을 맛보았다.

5시 30분경, 버스는 보스턴 시내 지하도로를 벗어나 고속도로 진입 시까지 차가 많이 밀렸다. 한참 후 93, 95번 고속도로를 따라 1시간 정도 달려서 미국에서 가장 작은 주 로드 아일랜드 주의 수도 프로비던스시에 들어섰다. 멀리 우거진 숲속에 브라운 대학이 보였다. 우리 일행은 해변가에 위치한 WYNDHAM, GARDENHotel에 투숙했다.

2014년 7월 24일 (목)

8시에 NEW PORT로 출발했다. 얼마 안 가서 뉴포트의 부호들 휴양별장 지대에 도착했다. 우거진 숲속에 독특한 양식의 별장들이 소로(小路) 길 좌우에 그림처럼 들어서 있었다. 일행은 기선사업과 철도사업으로 부를 축적한 Vander bilt가의 Breakers 별장을 관리인의 엄격한 통제 속에 둘러보았다.

무쇠 울타리와 육중한 철문을 지나 100m 정도 들어가면 1892년도에 완공한 방이 70개나 되고, 장밋빛 대리석 기둥과 거대한 샹들리에 등 화려한 장식의 별장이 있었다.

　소왕국처럼 꾸미고 하인을 40명이나 거느리고 생활한 별장 내의 식당, 침실, 응접실, 목욕탕 등 모든 것이 100년 전 화려한 모습 그대로 보존되어 관광객들에게 공개되고 있었다. 별장의 바닷가 쪽의 넓은 후원의 잔디밭 등 해안 풍경도 그림 같았다.

　이어 버스는 별장 단지를 지나 아름다운 해안길, 수십 km 따라 멋진 위치에 개성 있는 별장들을 보는데 별천지에 온 기분을 느꼈다. 풍경이 좋은 해안가에 차를 잠시 세우고 시원한 해안 풍광을 영상으로 마음으로 담아 보았다.

　선착장 가까이에 있는 뾰족한 탑이 있는 성당은 1953년도 존 F. 케네디와 재클린이 결혼한 성당이라 했다. 하선하여 바로 옆을 통과하면서 보았는데 그리 크지 않은 성당이었지만 역사적인 사실이 이루어진 곳이라 다시 한 번 바라보았다. 그리고 뉴포트 선착장으로 가서 유람선을 타고 관광에 나섰다. 수천 척이 정박해 있는 호화요트 속을 벗어나 해안 절경을 따라 들어선 별장들을 탄성 속에 둘러보았다.

　한인 부부가 운영하는 식당에서 중식을 한 후, 명문대학으로 유명한 예일대(Yale)로 향했다. 소요시간은 2시간 예정이다. 6~10차선 도로를 바람을 가르며 달렸다. 늪지대도 지나고 숲속의 그림 같은 주택도 만났다. 그러나 목축지나 경작지는 보이지 않는, 가도 가도 끝없는 평원이었다.

　코네티컷주의 뉴웨이븐시에 있는 Yale대는 1701년에 설립하였다. 조지 부시, 부자를 비롯하여 5명의 대통령과 20명의 노벨 수상자, 수많은 외국의 국가원수를 배출하였다. 한국을 좋게 보고 있는 예일대는 수년 전 신 모 여인의 예일대 졸업 여론이 들끓고 난 이후는 이미지가 흐려졌다고 했다.

하버드대학과 쌍벽을 이룬다는 이 대학도 타운을 이루고 있었다. 캠퍼스 내에 있는 창업자 동상을 둘러보고 컬러 石을 많이 이용한 중앙도서관을 지나 법대 앞으로 가서 역시 표지석이 있는 외관만 둘러보고, 인접한 고문서 장서관(古文書 藏書館) 내부(2층)를 찾았다.

중앙에 진열된 도서를 중심으로 돌면서 관람하는데 관람코스 주위에는 예일대에 관련된 유명인들의 인적사항을 전시하여 두고 있었다. 다시 뉴저지 주로 출발했다. 소요시간은 2시간 예정이다.

해안가 만(灣)이 있는 곳곳에는 하얀 요트들이 보였다. 인근의 울창한 숲속에는 별장 같은 주택들이 수없이 있었다. 정말 풍요로운 삶을 살고 있는 것 같았다.

허드슨 강의 워싱턴 다리 위층(upper level)에 교통사고로 차가 심하게 밀려 5분 거리를 거의 한 시간 소요되었다. 다리 위에서 멀리 뉴욕시의 마천루 위로 옅은 저녁노을이 내려앉고 있어 동영상 줌으로 당겨 보았다.

시간이 너무 지체되어 맨해튼 야경을 포기해야만 하는 것이 아쉬웠다. 뉴저지 주의 한적한 곳에 위치한 COUERYARD MARRIOTT hotel에 밤 9시가 지나서 도착했다.

2014년 7월 25일 (금)

오늘은 마지막으로 뉴욕 시내 맨해튼 관광이다. 아침 7시에 훤칠한 키의 호남, 박성진 가이드를 만났다. 뉴욕시 명명(命名)은 1664년 영국인들이 강제 점령하여 통치하면서 찰스 2세가 동생 요크 공에게 땅을 주면서 뉴욕이라고 부르기 시작했다.

우리가 승차하는 버스는 처음 보는 대형 버스로 천정이 일부 투명 유리로 되어 있었다. 동부관광 소속으로 특수 제작된 유일한 버스라 했다. 아래층은 짐을 싣고 위층에는 승객이 타는데 가파른 계단으로 올라가야 했다. 차가 너무 높아 도로변 가로수 가지가 수시로 걸려 유리가 깨지지 않을까 깜짝깜짝 놀랄 정도였다.

여름에는 강력한 에어컨이 나와도 복사열 때문에 고생하지만 비가 올 때를 감안하여 뚜껑을 덮었다고 했다. 뉴욕 시내의 고층 빌딩 등을 관람하기에는 아주 편리했다.

시내에 들어섰다. 빌딩이 높아 도로가 좁아 보이는 착각을 일으킨다. 6차선 도로가 양측으로 주차하여 실제는 4차선 기능이다. 뉴욕 시내는 거의 대부분 프랑스 파리처럼 일방통행으로 교통 흐름을 유도

하는데, 전방에 일제히 파란불이 들어오면 마음 놓고 달릴 수 있었다.

2차 대전 당시 일본에 투하한 원자탄 프로젝트를 진행하였다는 콜롬비아 대학을 지났다. 오바마 현 대통령이 이 학교의 행정학부를 졸업 후 하버드 법대 대학원으로 진학했단다. 우리나라 조병욱, 김활란 박사도 이 대학 출신이라 했다.

다운타운에 들어섰다. 상당히 복잡한 번화가이다. 우리 일행은 타임 스퀘어(Time Square, 일명 세계의 교차로)에서 하차하였다. 흥청거리는 뉴욕의 진수를 맛보았다. 낮인데도 이곳저곳 빌딩의 벽면에서 뿌리는 현란한 광고판 과연 세계의 최고라고 생각되었다.

도로 중앙 갈림길에 서 있는 좁은 건물 벽면 전체의 광고판에 여러 개의 광고가 현기증이 일어날 정도로 명멸(明滅)하는데 하루 맥주 광고 1개 비용이 7억을 지불한다는데 놀라지 않을 수 없었다.

15층(?) 높이의 대형 광고판에 늘씬한 몸매를 자랑하는 광고 모델이 압도적으로 다가오고, 사방 어디를 둘러보아도 쉴 새 없이 흐르는

휘황찬란한 광고판 아래로 차량도 밀리고 사람도 넘쳐났다. 세계 어디에서도 볼 수 없는 장면들이기에 동영상으로 열심히 담아냈다.

타임 스퀘어(Time Square)

뉴욕의 맨해튼(Manhattan) 중심에
세계 첨단을 달리는
광고의 명소(名所) 타임 스퀘어

넘실거리는
인파의 물결 속에
다양한 거리공연이
흥분의 도가니로
녹아내리고

고층건물 벽면 가득히
늘씬한 몸매를 자랑하는
대형광고 모델 여인의 율동이
압도하는 현기증으로 흘러내렸다.

흥청거리는 인파들 위로
사방팔방 시시각각
현란하게 명멸(明滅)하는
살아있는 대형 광고판들이

휘황찬란한 빛을

끊임없이 쏟아내고 있었다.

※ 코카콜라 1일 광고료가 우리나라 돈으로 7억 원이라니 놀랄 정도였다.

타임 스퀘어 반대편의 모습
15층이나 되어 보이는 건물 벽에 반나체의 거대한 여자 동영상 광고

911 테러 건물 부지에 120층 세계 최고의 빌딩을 짓는다는데 자세히 둘러보지 못해 아쉬웠다. 이 지점에서 100m 정도 떨어진 간선 도로변에 천주교 묘지가 수백 평(?) 있는데, 이 묘지의 땅값은 얼마나 될까?

우리나라 같으면 혐오시설이라 이장공고를 내고 건물을 짓는 등 개발을 하였을 것인데, 이 금싸라기 같은 비싼 땅에 그대로 유지 보존되고 있는 것이 신기하기만 했다.

세계 경제의 중심지인 월가는 눈요기만 하고 지나갔다. 뉴욕 시청을 지나고, BATTERY park를 돌아서 선착장으로 향하는 길에 세계 각국의 경제를 평가하는 S&P 신용평가 건물도 지났다.

버스는 바로 인근의 EAST 강변에 있는 자유의 여신상 관광유람선 선착장에서 하차했다. 관광객이 너무 많아(특히 중국인) 강한 태양 아래 줄을 서 기다리는 것이 조금은 고통스러웠다.

11시 20분경, 유람선에 승선했다. 사방을 자유롭게 둘러보기 위해 3층 갑판으로 올라갔다. 턱수염이 하얀 노인이 설명하기 시작했다. 유람선의 뱃고동소리와 강변의 관광용 헬기 여러 대가 연달아 이·착륙을 하고 있었다. 유람선은 맨하탄의 다운타운을 돌아 허드슨 강을 지나는데, 멀리 엠파이어 스테이트 빌딩이 보였다. 배는 맞은편 뉴저지 주의 신흥 빌딩이 즐비한 앞을 통과했다. 마치 허드슨 강을 사이에 두고 경쟁하듯이 고층 건물이 많았다.

쾌청한 날씨 속에 잔잔한 파도가 이는 허드슨 강의 하류 지점의 리버티 아일랜드라 불리는 섬에 있는 자유의 여신상으로 뱃머리를 돌렸다.

1884년도에 제작한 자유의 여신상은 프랑스가 미국독립 100주년 기념사업 선물로 준 것이다. 무게 225톤, 대좌를 포함 높이 93.5m의 거대한 청동 입상이다.

자유의 여신상

허드슨 강 하구 리버티 아일랜드에
인류평화와 번영의 상징

구십삼 미터의
거대한 자유의 여신상

청동의 푸른 의상을 휘날리며
유리알 같은 맑은 허공에
황금빛 햇불로
자유의 빛을 달구고

지척(咫尺)에 있는
물질문명의 찬란한 꽃
뉴욕 맨해튼의 마천루
자유의 햇살로 피워냈다.

끊임없이 밀려드는
세계인의 호기심의 눈길은

넘실대는 푸른 물결을 가르는
분주한 유람선으로
하늘에는 요란한 헬기의 날갯짓으로

허드슨 강을 자유롭게 누비고 있었다.

오른쪽에는 세계를 비추는 자유의 빛을 상징하는 햇불이고, 왼손
에는 1776년 7월 4일이 새겨진 독립선언서를 들고 있다.

　자유의 여신상이 있는 리버티 아일랜드에는 관광객이 개미처럼 붐비고 있었다. 섬에 내려서는 자유의 여신상 전신 촬영이 불가능하다고 하지만, 여신상의 머리에 있는 전망대(사전 예약제임)를 가보지 못하고 선상에서 바라보는 것으로 만족해야 하는 것이 아쉬웠다. 한 시간가량 많은 관광객들과 영상 담는 씨름을 하고 하선하여 엠파이어 스테이트 빌딩으로 향했다.

도중에 EAST 강변에 자리 잡은 자랑스런 반기문 사무총장이 근무하는 유엔 본부 앞을 지났다. 만국기가 펄럭이는 속에 쉽게 발견되는 태극기가 반갑기 그지없었다.

다시 뉴욕 국립도서관과 철도왕 코넬리어스 밴더빌트(Cornelius Vanderbilt, 1794. 5. 27. ~ 1877. 1. 4.)의 석조 2층 건물 위의 커다란 황금 시계도 차의 천정을 통하여 동영상으로 담았다.

조금 늦은 중식은 엠파이어 스테이트 빌딩 옆에 한인이 경영하는 독특한 간판, MISS KOREA bgg에서 비빔밥으로 했다. 뉴욕 중심지인 동 식당 앞 도로 좌우에는 한글 점포들 간판이 줄지어 있어 마치 한인촌 같아 기분이 좋았다.

엠파이어 빌딩전망대 관람은 옵션이다. 2층 영상물 관람실 입구에서도 검색을 받고 입체 동영상 관람을 했다. 다시 전망대로 향하는 승강기 입구에서도 또 검색했다. 여기도 관광객이 많아 오랫동안 기다려야 했고, 또 미로를 돌고 돌아 80층까지 1차 올라가서 동 빌딩에 자세히 전시된 건축과정을 둘러보았다.

다시 줄을 서서 기다려 6층을 승강기로 더 올라가 전망대에 도착했다. 뉴욕시가지는 물론 허드슨강변에 있는 뉴저지 주까지 한눈에 조망할 수 있었다. 관광객들 사이로 뉴욕 시내의 사방 풍경을 열심히 영상으로 담았다.

다음은 녹음이 우거진 뉴욕시의 허파 거대한 센트럴 파크로 향했다. 맨하탄은 '암반'이라는 뜻인데, 뉴욕시의 대부분은 단단한 암반이기에 아무리 고층 빌딩이라도 지하 2층 이상 뚫지 못해 주차난이 더욱 심하다고 했다.

1876년에 완공된 센트럴 파크는 면적이 778에이커(315헥타르)로 대단히 넓다. 높은 빌딩 숲에 싸인 4각형 센트럴 파크 안으로 들어갔다. 공원 안 곳곳에 커다란 암반과 호수 등이 있고 공원 내를 순회하는 마차도 화려한 장식을 하여 손님을 끌고 있었다.

또 많은 사람들이 일광욕을 하거나 산책을 여유롭게 하고 있었다. 시간에 쫓기어 공원의 극히 일부만 보고 발길을 돌려야 했다. 공원 밖 광장 거리공연장에는 시장통처럼 사람들이 많았다. 저녁 식사 후, 저녁노을을 안고 지난밤 묵었던 숙소로 돌아왔다.

2014년 7월 26일

아침 5시에 일어나 뉴욕 라과디아 공항으로 출발하여 디트로이트 공항에서 환승하여 인천 공항에는 7월 27일 오후 6시경에 무사히 도착했다.

所向 **정윤희** 선생님 대단하십니다. 미국 여행 잘 다녀오셨는지요. 전 다리가 아파가 못 갈 것 같습니다. 부지런히 담아 오시어 감사드리며 찬사를 드립니다.

曉井 **강욱규** 한 땀 한 땀 수를 놓듯이 사진의 배열과 함께 특정단어들에 대해 밑줄까지, 선생님의 정성이 도드라집니다. 거기에다 실제 여행을 방불케 하는 해설과 선생님의 역사, 문화 등의 지식은 글을 더욱 빛나게 합니다. 즐겁게 감사히 감상하고 갑니다. 건필하십시오.

가 을 하 늘 생동감 있게 전해주는 미 동부 캐나다 동부 여행 이야기가 재미있습니다. 처음 가시는 분들에게 좋은 참고자료가 되겠네요.

글　　　벗 정말 멋지고 아름다운 곳을 다녀오셨군요. 부럽습니다. 좋은 글, 자주 만날 수 있으며 감동입니다. 축복합니다.

향경 윤기숙 고운 멋진 여행수기 감사합니다. 즐거운 주말 되세요!

눈　보　라 문재학 님, 미국, 캐나다 동부 여행기 참 소상히 밝혀주셨네요. 경치를 보니 저도 가고 싶어요. 좋은 사진 올려주셔서 감사합니다.

黃　京　姬 여행을 기록 쓰셨네요. 저도 여행을 가면 늘 여행 독후감을 저녁에 꼭 씁니다. 그래야 잊지 않고 다시 추억하는 좋은 여행 후기가 됩니다. 잘하셨네요. 감사합니다.

雲岩 / 韓秉珍 소산 선생님, 그동안 미국 여행기 기행문을 올려주셔서 잘 감상했습니다. 오늘 밤도 건강 유의하시고, 행복이 가득한 주말 밤 보내시길 기원합니다.

김　재　찬 여행기 1~2부 잘 보았습니다. 감사합니다.

bangkihui 수고하셨습니다. 여행일기(行日誌)를 작성해서 올리느라 애쓰셨습니다. 감사(感謝)합니다.

연 ~~~~~ 꽃 김 선생님, 저도 6년 전에 둘러 본 course이군요. 영어, Spell-out 하셔서 아주 정확하여, 정말로 감사합니다. 잘 보고 갑니다.

서부 캐나다
여행기

2000. 7. 10. ～ 2000. 7. 18. (9일간)

　　장시간 준비했던 해외여행을 위해 집사람과 함께 오전 9시 진주 문화 예술회관 앞에 도착했다. 대만 부근에 태풍이 북상 중이라는 방송이 있긴 했지만, 진주 지방에는 비가 내리고 있었다.

　태풍은 중국 쪽으로 상륙한다는데 그 영향인가 보다. 예상 강우량이 60~200mm라고 보도를 했다. 11시 진주 출발 미니버스로 김해공항으로 가는 도중에 남해안 고속도로에 비로 인한 교통사고로 지체되어 김해공항에 13시 10분에 도착했다. 여객기는 14시 30분 JAL기로 출발케 되어 있어 그동안 출국 수속을 마쳤다.

　일본 동경 부근 나리타(成田) 공항에 1시간 30분 후인 16시 9분에 도착했다. 나리타공항 도착한 후, 21시 밴쿠버행 JAL를 타기 위해 4시간 30분을 공항 내에서 무료하게 보냈다. 공항 내 면세점을 충분한 시간을 갖고 둘러보았다.

　일본의 찹쌀떡은 정말 잘 만들었고, 가격도 비교적 싸다. (1,000엔, 우리 돈으로 1만 원 정도이지만, 양(量)이나 질(質)로 보아서는 그렇게 느꼈다.) 여기저기를 둘러보고 일본 전국 지도를 9$ 주고 하나 샀다.

　처음으로 일본 땅을 밟았고, 공항 내 상점의 점원에게 일본말을 해보았다. 잘 통했다. 말하는 것도 일부 알아들을 수 있었다. 여객기에서 내려다본 공항 주변의 일본은 한국의 농촌풍경과 흡사했다. 실제 현지를 방문하면 어떤 차이가 있을지 모르지만, 달관적으로 보아 차이가 없었다. 오후 20시가 조금 지나자 일본공항 아가씨들이 우리가 앉아 있는 곳으로 돌아다니며 탑승권 체크를 했다. 20시 30분부터 출구를 빠져나가기 시작했다.

일본인 관광객은 모두 명찰을 달고 탑승하고 있었다. 여객기는 종 62석 횡 10석 ⇒ 600석? 대형 점보기다. 김해에서 동경 나리타공항 오는 JAL기는 종 61석에 횡 7석이었는데 그것보다 컸다. 앞쪽을 바라보니 100m도 더 되어 보였다.

여객기가 이륙하면서 바라본 나리타 공항주위는 어느 농촌과 비슷하게 아주 조용하고 평화로워 보이는 야간 풍경이었다. 이륙한 지 5~6분 지나자 바다만 보였고, 이어 어둠 속으로 빠져들었다. 이륙하자 물수건을 주었고, 곧이어 음료수와 술 등을 주었다. 저녁 식사를 주면 좋을 텐데 모두들 저녁은 먹지 못했기 때문이다. 이럴 줄 알았으면 공항에서 어묵이라도 한 그릇 할 것을, 이어 소등이 되고 모두 잠이 들었다.

KAL과 달리 간식으로 주는 것도 없고 스튜어디스들도 교대가 없었다. 한국 시간 11일 새벽 4시경(캐나다 시간 10일 12시), 아침 식사용으로 빵과 요구르트와 음료수를 주었다. 한국 시간 11일 4시 30분 지나자 캐나다 공항 입국 안내 방송이 나오고 있다. 한국 시간 새벽 2시경 밴쿠버 공항에 도착했다.

2000년 7월 11일

밴쿠버 공항 주변은 평야 지대다. 주위에 얕은 구릉 지대도 있었지만 임상(林相)은 좋았다. 멀리 숲속으로 10~20층 건물도 보였다. 활주로 이외 잔디밭에는 클로버 꽃이 소담스럽게 많이 피어있었다. 공항규모는 그리 크지 않은 것 같았다.

(※ '캐나다'라는 말은 인디언 말로 마을이라는 뜻이라 한다.)

나○열 과장이 안내를 나왔다. 밴쿠버의 위도는 만주와 시베리아 일부 지역처럼 북쪽에 위치해 있다. 인구는 250만 12개 시가 합쳐진 광역시로, 인구는 92개 민족으로 다양하지만, 중국인이 35%나 된다. 프레이즈강 하구에 위치해 있다.

위도는 북쪽에 위치해 있지만, 멕시코 난류 때문에 겨울은 영상 섭씨 5~7도이고, 여름은 평균 25도로 아주 쾌적한 날씨이다. 여름에는 건기가 되어 비가 적지만 강물은 눈이 녹아 많이 흐른다고 한다.

풍수지리상 벤쿠버 공항은 지형이 용머리 형에 위치해 있단다. 캐나다는 면적이 남한 면적의 100배이고, 10개 주와 3개 준주 등 합계 13주로 구성되어 있다. 역사는 130년밖에 안 된다. 캐나다 총인구는 3,200만 명 정도라 했다.

밴쿠버에서 가장 넓은 도로 캔 비로를 지나갔다. 시내 집들은 대부분 단층인데 40년 되었다고 하지만 조금은 초라해 보였다. 집집마다 정원수는 잘 가꾸어져 있었다. 4월에 겹 벚 꽃이 화려하게 핀다고 하는데 오래된 벚꽃 가로수가 많이 보였다. 토론토와 여기와는 6,000km 떨어져 있어 시차가 3시간이나 된다.

캐나다의 3대 방문지는 첫째 나이가라, 둘째 로키산맥, 셋째 부차드 공원이라 한다. 곧이어 퀸엘리자베스 공원(해발 150m)에 갔다. 밴쿠버 100여 개 공원 중 제일 높은 곳에 위치해있고 시민 체육공원이라 했다. 나무는 전부 지면에 닿도록 정지를 해놓은 것이 이색적이었다.

나무는 아는 것이 편백나무, 누릅나무, 독일가문비, 프라다 나스,

단풍나무 등이 있었다. 먼 키퍼절이라는 나무가 있는데 가시가 많아 원숭이도 이 나무는 못 올라간다고 했다.

높은 곳에서 바라보니 밴쿠버 시내와 다운타운 프레이즈강 등이 한눈에 내려다보였다. 멀리 휘슬러 산도 보였다. 코스모스가 피었는데, 키는 30~40cm 정도이나 꽃은 우리나라 코스모스의 4배 정도 컸다.

곳곳에 각종 꽃으로 조경을 많이 하였고, 단풍나무 종류도 많았다. 진기한 꽃들이 너무 많았다. 황금 편백나무도 기둥처럼 곧게 자랐고 화려했다. 우리나라 연꽃잎처럼 자라는 옆면이 약간 거칠긴 해도 잎 크기가 직경 1m나 되기에 신기해하면서 사진으로 남겼다.

공원 풍경을 둘러보고 로키산맥으로 향했다. 공원을 조금 벗어나자 공원묘지(공동묘지)가 나타났다. 공원 내에는 물론 공동묘지가 주택지 가운데 위치해 있었다. 그리고 휴식과 산책코스로 이용하는데, 혐오시설로 생각해 기피하는 우리들로서는 이해가 잘되지 않는 부분이다. 도로변 주택지 가로수 등 곳곳에 처음 보는 나무들이 산재되어 있어 우리를 즐겁게 했다.

겨울에는 6개월 동안 비가 계속 내린다고 한다. 연간 강우량은 1,300mm가 내리는데, 대부분 부슬비가 내린단다. 이곳 캐나다는 1993년 이후는 교통사고 예방을 위해서 모든 차량이 낮에 불을 켜고 다닌다.

겨울에 비가 계속 오는 이유는 멕시코 난류와 로키산맥의 냉기류가 만나 형성되는 비라는 것이다. 가정집 앞 정원에는 주로 장미와 수국 꽃들이 잔디밭에 심겨 있었다. 울타리는 목책이 많았다.

시내에는 전기로 운행되는 버스가 자주 지나가고 있었다. 이 버스는 시외로 나가면 전기 연결을 접고 gas로 운행한다 했다. 다운타운을 제외하고는 주택들이 산재해 있는데 보통 1~2층 목조 건물로 이루어지다 보니 주택면적이 넓었다. 난방 연료는 전부 전기로 하고 일부 gas를 이용한단다.

캐나다 교포가 운영한다는 코스모스 버스를 이용했는데 운전수는 고향이 대구라 했다. 1번 고속도로(빅토리아 섬에서 밴쿠버를 거쳐 토론토로 연결되는 우리나라 경부고속도로와 같다.)를 따라 외곽지대로 나갈수록 나무 수고가 너무 높아 전주가 지나는 곳은 미국과 같이 나무를 베어내고 세웠다.

캐나다는 미국과 달리 고속도로가 교통체증이 심했다. 고속도로에도 버스 전용차선제도가 시행되고 있었다. 속도위반은 1회 170$ 과태료가 부과되고 2회 적발되면 300$ 이 다시 부과되기 때문에 모두들 상당히 조심한다고 한다.

고속도로변 우측에 곡물을 적재한 기차가 정차해 있었다. 기차는 주로 곡물과 광물을 운반한다. 이색적인 것은 기차 차량수가 158

개, 우리나라의 12 열차에 비하면 끝이 보이지 않을 정도로 길게 하여 달린다고 한다.

캐나다는 국토면적의 3분의 1이 울창한 나무(더글러스 플, 전나무, 소나무, 편백나무 등)숲으로 조성되어 있고 나무들이 한결같이 직립으로 곧게 자라 임목 축적도도 대단하여 나무만 베어서 팔아도 캐나다 인구가 150년은 먹고살 수 있을 정도라 했다.

캐나다 주산업은 농사와 광물이고 공장은 비교적 적다. 잠시 후 밴쿠버 시내를 관통하는 프레이즈 강을 횡단하는 포터만 브리지를 좌우로 강에는 목재 뗏목이 많이 떠 있는 곳을 지났다. 이 강이 가을에는 강에 연어 반, 물 반이 된다고 했다. 이곳 강물은 눈이 녹아서 된 강물이라 한다. 눈이 녹아내리면 흙을 동반하기 때문에 강물이 흙탕물이 되기 십상이란다.

도심을 약간 벗어나자 차량이 순조롭게 가고 있었다. 차가 빨리 가는 것 같지만 70~80km 정도로 가고 있었다. 밴쿠버에서 한 시간쯤 지나자 옥수수농장과 블루베리(포도 크기의 과일) 농장이 연이어 나타났다. 목장과 골프장도 계속하여 있었다. 캐나다의 주택 및 아파트 등은 교통이나 남향 등 일반적인 주거여건이 아닌 무조건 높을수록 좋고, 강이나 바다가 보이는 곳, 즉 경관이 좋으면 비싸다고 했다.

밀 재배지도 보이기 시작했다. 폐·휴경지도 많이 보였다. 원통형 일반건물의 3층 높이의 사이로 탑들도 많이 있었다. 이곳은 논농사, 즉 미곡농사는 거의 없고 전부 밭농사란다. 로키산맥 가는 길 주변은 거의 90%가 목장이다.

건조한 땅 때문인지 스프링클러 시설이 많이 되어 있었다. 가는 길에 주유소 옆 약간 떨어진 곳에 약 200m 높이의 브라이언 폭포가 있었다. 밴쿠버 시에서 약 70km 떨어진 곳이다.

10월에 눈이 오면 이듬해 4월까지는 이동을 못 한다고 했다. 너무 많은 눈이 쌓이기 때문에 일상생활에 어려움이 많단다. 관광은 여름철 6개월뿐이지만 관광객이 너무 많아 수용하기 힘들 정도로 온다고 했다. 관광객은 일본인이 많고 다음은 한국, 중국인 순이라 했다.

브라이언 폭포가 있는 처음 만나는 산은 해발 600~700m이고 경사가 70~90도로 급경사지이다. 나무도 수고가 20~30m로 우리나라와는 차이가 많았다. 편백나무가 20~30% 되는 것 같았다. 어떤 지역은 우리나라 전주보다 높아 보이는 백색의 나무줄기가 산 8~9부 능선 급경사지에 많이 보였다.

이곳은 세금은 많이 부과하지만, 노후대책은 걱정 없다고 한다. 또한, 상속·증여세가 없어도 졸부는 없고, 꾸준히 노력하여 부의 축적이 이루어지므로 그 점이 조금은 특이했다.

로키산맥을 가는 길은 계속하여 강물은 홍수가 난 것처럼 많이 흘러가고, 호프 지역에서는 가늘게 쏟아지는 폭포가 있었다. 이 부근은 산세가 수려하고 여건이 좋아 맥가이버, x파일 등 영화를 많이 촬영하는 곳으로, 영화인들에게는 각광받는 곳이다. 프레이즈 강은 강물이 눈이 녹은 물이라 그러한지 약간 흐렸지만, 강 가득히 흐르고 있었다.

강의 이름은 영국의 사이버 프레이즈가 2회에 걸쳐 범선으로 1,430km를 탐험한 것을 기념하여 프레이즈 강이라 명명하였다. 산악지대로 오를수록 독일 가문비? 전나무 등이 울창한 숲을 이루고 있고 가까운 산봉우리에는 흰 눈이 쌓여있었다.

잠시 쉬었던 주유소에서 20분 정도 올라가니 울창한 숲은 계속되고, 계곡의 아주 깨끗한 물은 폭 30~40m의 계곡을 급류로 흘러가고 있었다. 주위 산들은 경사가 50~70도로 급경사지이지만, 나무만은 울창한 것이 이색적이다.

임상(林相)은 독일가문비 60~70% 편백나무 종류는 30~40%로 구성되어 있고, 암석지인데도 잘 자라고 있었다. 산악을 오르는 길은 계곡을 따라 계속되고 있었다. 나무 수종도 독일 가문비와 편백나무 류뿐인 것 같았다.

산악 길은 고속도로로 4차선으로 때로는 2차선으로 계속되고 있었다. 안내원의 이야기로는 밴쿠버에는 우리 교민이 3만5천 명 정도 살고 있다고 했다.

암반 급경사지인데도 나무가 크게 자랐고 산 능선과 정상으로는 잔설(일부는 만년설(萬年雪))이 있고 계곡 따라 실 폭포가 되어 흘러내리고 있었다. 나무의 높이는 대략 한국의 전주 3배 정도는 되어 보였다. 조금 지나다 보니 눈사태 방지터널을 지났다. 눈이 많이 내리는 지역임을 실감 나게 했다.

산 이름은 크라운 랜드라는 국유지라 한다. 지금은 해발 1,250m의 위치이다. 산 곳곳에 눈들이 쌓여있고, 나무 또한 울창하다. 도로는 경사진 4차선이 계속되고 있었다. 해발 1,400m에 조그만 호수가 있었다. 이제는 나무가 조금 작아지고 소나무들이 많아졌다.

계곡에 물도 많이 흘러내리고 있었다. 로키산맥에는 호수가 많다. 캐나다 3,200만 인구에게 호수를 하나씩 나누어 주어도 될 정도로 호수도 많고, 물의 양도 아주 풍부하단다. 나무들이 밀생되어 울타리처럼 되어 있었다. 도로를 따라 양측으로 동물 보호망 목책 철망이 설치되어 있어 사람의 출입도 자연히 통제되게 되어있었다.

현재 현지 시각으로는 오후 19시인데 곧 땅거미가 져야 하는데도 아직 한낮이다. 이곳에는 오후 22시에 지고 아침 일출 시간은 4시 30분이다. 북극이 가까운 곳이라 한국의 하루와는 조금 다른 것 같앉다. 고속도로는 계속되고 있었다.

나무줄기가 붉은 미송 소나무 큰 것이 가끔 보였다. 30분쯤 더 달리다 보니 도로는 약간 내려가기 시작했다. 메리트라는 부락으로 향하고 있었다. 이 부락은 인구 약 2만 명 정도 살고 있고, 한국인이 경영하는 식당과 호텔 등이 두 집 있다. 한국인이 경영하는 식당에서 불고기로 저녁 식사를 끝내고, 충청도 아줌마의 정에 넘치는 전송을 받으며 차에 올랐다. 주위가 어두워지기 시작했다.

이 부락은 대부분 목재 산업을 위해서 산중에 형성된 것이라 했다. 적송나무의 색깔이 너무 고왔다. 이곳은 칡덩굴과 뱀은 없으나 곰은 주의를 해야 한다고 했다. 메리트 부락 주위의 산은 좀 특이한 것이 우리나라에서 초지 조성한 것처럼 나무 큰 것 이외는 민둥산인데 풀뿐이다. 그런데 찔레, 칡, 산머루 등 덩굴류 식물이 없어 보기도 깨끗하고 산에 다니기도 좋다. 비가 오면 빗물이 지하로 스며들어 사막화되어서 그렇다 한다.

산이 나무가 울창하든 아니든 하층 식생 덩굴류가 없어 숲속을 마음대로 다닐 수 있겠고, 나무도 특이한 것이 가지가 뻗지 않고 수관 폭이 모두 2~3m를 넘지 않았다. 나무는 전신주를 세워 놓은 것처럼 수고는 낮은 것이 20m 이상이다. 임상이 우리 상식을 벗어난 형태로 좋았다. 정말로 신기했다. (나뭇가지와 잎이 있어야 나무 굵기가 굵어지는 것인데 잎이 별로 없고, 가지만 위로 솟고 굵어지니 이해가 되지 않았다.)

메리트 부락에서 식사 후 20~30분 지나왔을까? 산정상인 것 같은데 대평원과 구릉지 호수가 울창한 숲 사이로 보였다. 모든 나무는 모두 직립이다. 굽은 나무는 하나도 보이지 않았다. 곧이어 아름다운 낙조를 보면서 숙소로 향했다.

현지 시간 21시경 '캠 롭스' 지역 부락에 도착했다. Aberdeen inn

의 Room No 110호에 투숙했다. 바깥은 아직 밝았다. 이곳은 목재 수집으로 유명하고 교통의 요지라 하지만 부근에는 모텔 2개 inn급 3개뿐이고, 주택은 산 높은 곳에 획일적인 스타일로 늘어서 있었다.

캠 롭스 숙소 앞에서

2000년 7월 12일

6시 30분 기상하여 부락 전경 사진을 몇 장 담고 서양 식 아침 식사를 했다. 목재 수집 지역이라 곳곳에 제재소와 목재 하 치장이 있었다. 우리가 투숙한 지역은 위치가 약 8부 능선이었다. 식 사 후 우리 일행은 '밴프(Banff)'로 향했다.

고속도로 따라 석탄 열차가 지나가는데 길이가 1km나 되어 보였 고, 중간에 엔진이 하나 더 있었다. 사막화된 산야의 목초지는 전부 스프링클러 시설로 이용하고 있었다. 또 도로변 곳곳에는 골프장을 조성해 놓았다. 우리나라는 농약을 많이 사용한다는 매스컴의 편협된 보도로 골프장 조성이 쉽지 않다는 것과는 대조적이었다.

하천변에 늘어선 수양버들들은 눈이 온 것처럼 하얗고, 단풍나무 잎이 크다든지 자주색 단풍나무가 많은 것이 특이했다. 길은 프레이즈 강 상류인 톰슨 리브를 따라 고속도로는 계속되었다.

벤프(Banff)로 가는 길이 아직도 많이 남았다. 지나는 길가에 중국인이 재배한다는 인삼 재배지가 많았다. 배수가 잘되어 인삼재배가 적지라 한다. 이곳의 농사는 중국인과 인도 출신 사람들이 대부분 짓는다 했다.

부근의 소나무들은 우리나라 적송과는 달리 아주 선홍빛을 띄는 리기다 같은 소나무들이다. 강 따라 절개지가 계속하여 이어지는데 마사 땅인 것 같았다. 비가 안개처럼 내리니까 산사태 없이 그대로로 유지되지만, 폭우가 내리면 곳곳에 산사태가 일어날 것 같은데 그렇지 않은 것을 보니 폭우는 연중 내리지 않는 것이 사실인 것 같다.

눈이 내려서 형성된 강물은 수위가 거의 일정하게 흘러가고 있는데 이곳에는 연어가 많아 댐 건설을 안 한다고 했다. 이어서 '서수아' 호수가 나왔다. 도로도 호수를 따라 일반 도로로 바뀐다. 서수아 호수 길이는 150마일 호수를 따라 나 있는 길을 따라 목재 수송 차량이 자주 지나갔다.

이제는 사막화된 산야는 사라지고 수림이 울창한 완만한 산이다. 도로변에 집들은 별로 없고 호수변에 가끔 별장처럼 집들이 있었다. 이곳의 땅들은 원주민의 땅이라 한다. 헌법에 자연 그대로 보존토록 지정한 지역이라 했다. 자연이 잘 보존되어 있었다. 그린피스 창설 본거지가 밴쿠버라 했다.

1시간 거리에 조그만 마을이 하나씩 있었다. 호수를 따라 곳곳에 주택들이 그림처럼 있고, 골프장도 언덕 위에 잘 가꾸어져 있었다. 공기가 맑아서인지 구름 사이로 햇빛이 유난히 밝아 보였다. 주변의 목초지는 옥수수를 많이 심었고, 땅이 비옥하고 습기 유지가 되는지 스프링클러는 없었다.

우거진 나무 사이로 목초지, 축사들, 가축(소)들이 한가로이 풀을 뜯고 있는 것이 그림처럼 아름답다. 도로는 우거진 숲속으로 계속된다. 도로변에 폐차장도 보였다. 호수 주변에 목재 가공공장과 목재 가공품을 비닐 포장을 해 두었고, 부산 앞바다처럼 목재를 강에 띄워 놓기도 했다.

지나는 길에 휴게소에 들러 체리 산딸기 등을 샀다. 체리는 약간 검은빛을 띠고 크다. 달고 맛이 부드러웠다. 산딸기는 약간 신맛이 나고 단맛이 적었다. 미국이나 캐나다는 주유소가 아니면 생필품을 살 곳이 없는데 다행히 간이휴게소가 있었다.

도로변에는 들국화 같은 야생화가 많이 피어 있고 도로는 다시 4차선으로 확장되고 있었다. 차량 통행도 제법 많은 편이다. 10분 정도 지나니까 다시 4차선 포장도로가 호수를 따라 이어지고 있었다. 보라색 야생화도 집단적으로 보였다.

호수 주변에 보트들이 정박한 마을을 지나자(큰 호수 끝나는 지점) 다시 2차선 도로가 이어진다. 곳곳에 목재 하치장과 통나무 원목들 그리고 철로와 도로가 나란히 계곡을 따라 끝없이 이어지고 있었다. 산들이 다시 경사 60~70도 바위산으로 다가왔다. 바위산인데도 나무들이 곧게 잘 자라고 있었다. 이곳의 흙은 검은빛을 띠면서 비옥한 것 같았다.

5분 정도 가니 다시 4차선 고속도로가 나타났다. 넓은 계곡 저 멀리 산 정상 곳곳에 흰 눈들이 연봉으로 보였다. 조금 가니 4차선 고속도로 정면 멀리 정상에는 거대한 산이 완전히 구름 속에, 또 눈으로 덮여 있어 웅장한 맛을 느끼게 했다. 주위에 간혹 보이는 목장 이외는 인가도 잘 보이지 않는데, 이곳은 제법 넓은 곳이라 그러한지 4차선 도로 양측에 2차선 도로가 있어 8차선 도로를 이루고 있었다.

현재 날씨는 햇빛이 쨍쨍 내리면서 서늘한 것이 꼭 한국의 가을 날씨처럼 느껴진다. 2~3분 지나자 철로를 따라 다시 2차선이다. 계곡에는 홍수가 난 것처럼 많은 물이 그냥 폭포처럼 쏟아 내리고 있었다. 도로변에는 고사리가 엄청나게 많았다. 낫으로 벨 정도로 많았다.

이곳에는 고사리를 먹지 않는다고 했다. 한국 사람들이 고사리를 꺾어가는 것을 신기해한다고 했다. 흰 눈과 큰 나무들 산 정상으로 걸쳐 있는 구름들이 호수에 그대로 비쳤다. 도로변 옆의 잔디들은 잔디를 깎는 차가 지나가면서 깨끗이 깎아 나가는데 아주 편리해 보였다.

'쓰리벨리 캡' 계곡에 있는 호수가 아름다웠다. 호수 가에 있는 호텔 앞 매장에서 잠시 쉬면서 여러 장의 사진을 남겼다. 호텔 지붕이 빨간색이 되어 산골짜기 숲속에 그림처럼 보였다. 도로변 산들은 90도 절개지에 자라는 나무들이 역시 직립으로 자라고 있었다. '콜롬비아 강' 상류에 다다랐다. '레덴스 톡'이라는 지역의 큰 다리가 남해대교처럼 놓여 있는 곳을 지났다. 이 강물은 로키산맥에서 흘러서 미국까지 연결되는 콜롬비아강의 본류라 했다.

약간 넓은 계곡 양측 산 위에는 아름다운 눈들이 구름 속에 쌓인 연봉들과 함께 아름다운 풍경을 그리고 있었다. 지금 한국은 34~35도를 넘나드는 삼복더위인데 이곳은 가을 날씨에다 눈(雪)까지 접하니 기분 좋은 날씨가 참으로 반가웠다.

도로변에는 캠핑카(숙식, 리빙차)가 집단으로 급수와 전기, 하수도를 공급 및 연결받을 수 있는 장소(X자 표)가 곳곳에 있었다. 가면 갈수록 보이는 산은 계곡 양측 산 정상 능선 따라 아름다운 설경이 눈이 부실 정도였다. 도로는 4차선 2차선으로 반복해서 숲 속을 따라 이어지고 있었다. 도로 양측으로는 교통 표지판도 별로 없고 또 목책 철망도 보이지 않는다. 경사 60~70도 계곡 바위산에 산 정상이나 능선에 있는 눈이 녹으면서 골짜기마다 폭포를 이루고 포말을 일으키며 흘러내리고 있었다. 우거진 숲 사이로 보이는 비경으로, 폭 30~50m 물이 계곡 가득히 숲속을 흘러내리는 것이 영화 속에 자주 보던 광경이었다.

소형차에 숙식 가능한 것을 달고 있는 차들도 많이 지나갔다. 갈수록 수고 30m 내외의 흉직 60~100m의 거대한 나무들이 고사목을 포함하여 청색의 계곡 물을 사이에 두고 나타나고 있는 울창한 숲들이 저절로 감탄을 자아내게 했다. 토양이 약간 검기는 하지만 바위산에 나무가 크게 자라는 것은 도저히 이해가 되지 않았다.

도로 곳곳에 눈사태가 예상되는 경사 급한 곳마다(4~5개소) 길이 100~200m 정도 되는 눈사태 방지 터널을 설치한 것도 이색적이다. 길가에 자연산 산양이 한가롭게 풀을 뜯고 있었다. 버들강아지가 이제 피기 시작했다.

나무는 가는 곳마다 수관 폭이 좁은 것이 원줄기 나무만 하늘 높이 솟아오르면서 울창했고 산은 8부 능선 이상은 전부 눈으로 뒤덮인 험산이었다. 경관은 필설로서는 표현 못 할 정도로 아름다웠었다. '로즈 스페셜'이라는 계곡이다. 호텔 휴게소에서 잠시 쉬면서 다시 앞뒤 계곡 멀리 산 설경을 배경으로 동영상으로 담았다.

산이 경사가 급하다 보니 눈사태 방지 터널이 계속하여 있고, 좁은 계곡 능선 정상 부근 암석과 절벽이 눈 속에 절경을 이루고 있었다. 이 지역의 나무들은 나무가 굵기나 높이가 높아도 수관(樹冠) 폭이 3m 내외였다. 이것은 많은 적설량을 견디기 위한 생리적으로 수천 수만 년을 두고 적응해 온 것 같았다.

다시 버스는 비버(수달 종류) 계곡이라는 곳을 지나고 있다. 비버가 많이 서식하는 계곡을 멀리하고 산 정상을 오르기 시작한다. 지금 지나는 곳은 '알바타주'이고, 현재 시각 13시 40분이다. 현재 해발은 1,500m 그러나 그렇게 높아 보이지 않았다.

도로변은 초류 종자 꽃씨를 뿌려도 잘 자라서 필 것 같았다. '골던' 계곡에 다다르니 계곡이 강처럼 눈 녹은 흙탕물이 흘러가고 있었다. 로키산맥 오르기 전 마지막 부락으로 가고 있었다. 이곳은 옛날에 사금이 많이 나는 계곡이라 했다.

강폭은 50~60m 범람하는 것처럼 강물이 흘러가고 있었다. 약간 넓은 계곡 좌우로 산 능선과 봉우리에 적설과 함께 구름이 걸려 있었다. 일행 중 시조창 하는 김○선 씨의 시조창을 들으면서 로키산맥을 오르고 있었다. 이 도로도 역시 일반 국도라 한다.

태산준령 연봉을 따라 평풍처럼 구름이 걸린 설봉들이 아름다웠다. '골던' 부락 건너편에 산 능선 아래로 스키장들이 보였다. 앞으로 200억 불 투자하여 보완한다고 한다. 부락 간 사이는 보통 1~2시간 소요되는 거리에 있다고 했다.

중식을 위해 '골던 마운틴'이라는 지역의 도로변에 부산 반점(富山飯店)에 도착했다. 중국식으로 중식을 완료하고 다시 길을 재촉했다. 아주 좁은 협곡의 3부 능선에 길을 뚫어내었다. 1909년 로키산맥 횡단 철도 개설을 위해 중국인 2,300명을 투입 개설했다 한다.

경사가 급한 계곡을 많은 수량의 물이 포말을 심하게 일으키며 쏟아내고 있었다. 길은 계속하여 계곡을 따라 철로와 일반 국도와 나란히 가고 있었다. 지대가 낮은 곳은 호수와 계곡 물이, 높은 험산에는 잔설이 울창한 산림과 함께 계속되고 있었다. 그래도 도로는 골짜기를 따라 완만하게 나 있었다.

계곡물도 급류와 평야 지대를 반복하여 흐르고 있었다. 주위에는 목축 시설이나 휴게소, 인가 등은 전연 보이지 않았다. 약간 오르막길 등반차선이 있는 3차선 도로가 나왔다.

중간중간에 산을 관리하기 위한 포장된 길이 보였다. 숲은 아주 울창하지만 나무 그늘이 별로 없고, 바닥까지 햇빛이 들고 있었다. 하층 식생 덩굴류가 없어 아무 곳이나 출입이 용이하다. '필드'라는 부락에 정차해 있는 열차(곡물 수송열차)가 로키산맥을 넘기 전 쉬고 있었다. 이 열차도 차량이 100량이 넘는 것 같았다.

이곳에서 약 3km 떨어진 곳에 요호 국립공원에 있는 에메랄드(인디언 말: 멋있다, 굉장하다) 호수로 방향을 바꾸었다. 2차선 좁은 길을 가는 좌우에는 우리나라 전신주 3배 높이의 울창한 수림을 따라 약간 경사진 곳을 올라갔다.

마침내 양측 험산과 숲이 어우러진 사이에 많은 관광차가 보이고, 바로 옆에 에메랄드빛 물이 어우러진 호수에 도착했다. 주위의 나무들은 흉직 50cm, 높이 30m 내외 큰 나무들이 가지(길이 1.5m 미만)는 전부 눈에 눌려서인지 아래로 향해 있었다.

캐나다 정부에서는 도로만 내어주고 국민은 엄청난 관광수입을 얻고 있단다. 여러 곳의 경관을 영상으로 담았다. 에메랄드 호수를 내려와서 다시 로키산맥으로 향했다. '필더' 부락 끝나는 지점에 있는 열차 터널의 최대 난코스인 8km나 되는 이 길을 뚫는데도 중국인이 많이 죽었다 했다.

한참을 올라오니 다시 호수 같은 강이 흐르고 로키산맥들이 보이기 시작했다. 가까이 있는 산 위의 적설(만년설)은 두께가 수십 미터나 된다고 했다. 육안으로 짐작해도 10m는 넘을 것 같았다. '버리티시 콜롬비아'주를 지나 '알버타 주'로 들어왔다.

이 주는 목축업이 유명한 주란다. 또 샌드 오일(유전)이 유명하다고 했다. 그리고 석탄 유황 등이 많이 생산된단다. 다시 완만한 계곡을 따라 버스는 철도와 나란히 달리고 있었다. 양측 산 능선과 봉우리의 설봉들이 사진이나 영화 속에 나오는 것처럼 비경을 이루고 있었다.

2,970m '빅토리아산' 아래에 있는 호수는 내일 다시 와서 보기로 하고 'Banff'로 향했다. 로키산맥 개발은 철도공사를 하다 보니 아름다운 곳이 발견되고 '벤프' 마을을 이루었다고 한다. 현재 Banff 마을은 인구 12,000명 정도라 한다. BOW 강이 다시 반대로 흐르고 있었다.

1988년, 벤프를 중심으로 동계올림픽이 개최되어 세계적인 관광지로 유명하게 되었다. 보우 강물은 비교적 깨끗한 에메랄드빛을 띄고 흐르고 있었다.

밴프는 해발 1,000m 정도에 위치했다. 도로변에는 민들레가 엄청나게 많았다. 나무들은 너무 밀생되었고 수고(樹高)가 높은 수림지대를 지나는 것 같았다.

좌측 '케슬 마운틴'산을 지나갔다(산 능선이 긴 성곽처럼 이루어져 있었다.). 4차선 도로가 완만하게 약간 아래쪽을 향하고 있었다. 도로변 양측으로는 다시 목책 그물망이 등장했다. 길은 큰 계곡을 따라 계속하여 완만하게 아래로 내려가고 있었다. 4차선 고속도로를 횡단하는 동물 이동 통로를 2곳이나 만들어 놓았다.

주위 임야가 험산을 이루고 수목이 거의 없는 이탄(진흙) 적색토 같은데 경사는 거의 80도 각도로 수십만 년 전 바다가 지층 융기로 이루어졌다는 것을 해양 생물 화석을 확인치 않더라도 짐작할 수 있겠다. (암모나이트 화석이 발견됨.)

또다시 강폭이 넓은 곳으로 내려왔다. 주위의 산들은 진흙땅으로 이루어진 산 같았다. Banff 국립공원 마을에 드디어 도착했다. 철도 때문에 개발된 부락이 이제는 관광도시로 가장 붐비는 마을이 되었다. 벤프 마을 옆 민둥 험산인 '런던 마운틴(일명 버팔로 산이라 함.)'이 자리 잡고 있었다.

보우강(돌아오지 않는 강)

보우강은 캘거리로 해서 8,000km나 흘러간다. 마을에 인접해 있는 보우 폭포는 '마라린 먼로'의 '돌아오지 않는 강' 촬영 장소로 유명하다. 벤프 마을을 중심을 거쳐 흐르는 강물은 얼마 전 본 것보다는 아주 맑고 깨끗했다. 마라린 먼로를 생각하며 부근 풍경을 영상으로 담았다.

벤프 스프링스 호텔이 보우 폭포 옆 숲속에 아름답게 자리 잡고 있었다. 호텔의 우측 가까운 곳에는 유황이 많이 나는 곳이 있다 했다. 벤프 부락은 도시화되어 있고 관광객이 상당히 붐비고 있었다. 보우 폭포를 둘러보고 다시 18시 10분 한국인이 경영하는 서울 옥에서 불고기로 저녁 식사를 했다.

시내는 관광객이 많아 몸이 부딪칠 정도이고 상점마다 물품도 많았다. 저녁 식사 후, 셀파산의 콘도라(700m)를 타고 정상에 올랐다. 해발 2,280m 집사람이 몸이 불편하여 건너편 전망대는 가보지 못했다. 여기서도 벤프 시내와 주위의 경관을 조망할 수 있었다.

주위의 임상은 소나무 60% 전나무 40% 전주 굵기와 2배 높이의 나무가 밀생되어 있었다. 콘도라 종착지까지 산은 100m 단위로 산 관리하는 길을 내놓았다. 사람이 많이 다녔는지 반들반들하게 급경사에 之자 길에 사람들이 오르고 있었다.

숲속에는 아직 녹지 않은 눈이 있고, 경사 길은 산 정상까지 나 있었다. 주위에 있는 산들이 빙 둘러 가며 잔설이 남아 있어 바람도 세긴 하지만 약간 한기를 느낄 정도로 차가웠다. 셀파산을 내려와 약 10km 떨어진 베드타운인 켄버라 마을로 달리고 있었다.

Residence inn 호텔에 21시 10분경에 도착했다. 새로 지은 건물로, 주방 응접실 등이 아주 깨끗했다. 바로 옆 산이 세 자매 수녀 산이다. 경관이 좋은 산이 호텔 옆에 있어 한결 운치가 있어 보였다.

2000년 7월 13일

양식으로 아침을 마치고 8시경 모래인 Lake로 향했다. 이 호수는 10대 명소로 레이크 루이스 호수와 함께 햇볕을 받아야 그 진가를 발한다고 하는데 마침 날씨가 쾌청하여 아주 기분이 좋았다. 아스바스카 빙하는 매년 10m씩 줄어든다고 했다.

캐나다는 고속도로 통행료를 받지 않는다. 고속도로를 개통한 지 30년이 되었다고 하나 가드레일도 없고 아주 깨끗했다. 토목공사 후 지반이 굳도록 1년 동안 방치한다고 했다. 이곳은 노선버스가 없어 배낭 여행이 불가능하단다. 다시 어제 온 길로 약 40분 정도 역주행을 했다. Flld jasfor로 접어들고 있었다.

모레인 레이크 빙하가 지반을 끌고 내려가면서 만들어진 호수다. 모레인 호수 가는 길에는 관광차가 많았다. 5월까지도 눈이 쌓여서 들어가지를 못한다고 한다. 6월에 Open 되었고, 좁은 경사 길을 11km 정도 올라오니 험산에 10m 이상 적설이 있었다. 주위 산들의 설경이 아름다웠다.

모레인 호수물 빛깔이 비취색으로 영롱했다. 주위의 눈 덮인 험산이 병풍처럼 둘러싸여 자연의 경이로움을 느끼게 했다. 물을 수직으로 내려다보면 일반 물 빛깔이다. 비취색 빛깔은 도저히 이해가 되지 않는다. 모레인 호수 옆에 굵은 나무로 지은 통나무 산장이 상당히 운치가 있었다.

다음은 모레인 호수와 가까이 있는 영국 공주의 이름을 딴 레이크 루이스 호수로 향했다. 1899년 건축된 사또루이스 호텔이 레이크루이스 호반에 웅장하게 자리 잡고 있었다. 주위에는 여관 등 기타 시설이 많고 관광 차량이 버스를 포함 수백 대가 와 있었다.

호수 주위론 11개 봉우리가 둘러싸인 호수는 길이 2.4km 넓이 500m(좁은 곳 90m)의 아름다운 호수가 숲속에 있었다. 물 색깔도 역시 비취색이다. 호수 뒤쪽에 있는 만년설과 함께 감탄을 자아내게 했다.

호수 뒤편 약 3km 떨어진 곳의 산의 눈(얼음)의 두께는 육안으로 보아서는 10~20m로 보이지만 70~80m라 한다. 호수 끝쪽, 즉 눈 있는 산 아래쪽에 호수에 보드 타고 간 사람들은 보이지 않을 정도로 작게 보여 그곳까지의 거리를 짐작케 한다.

레이크 루이스 호수

이곳의 나무는 큰 가지는 없고 잔가지만 있다 보니 나무가 전부 기둥이 서 있는 것 같아 임목 축적이 엄청날 것 같았다. 더구나 전부 직립이므로 용적량이 많다. 계절이 7월인데 세타와 내의를 입고 관광 여행길에 나서야 했다.

lake louse 호수를 보고 화려한 사또 루이스 호텔을 지나 산을 내려왔다. 고속도로변에 있는 '그린만드' 식당에서 비프스테이크로 식사를 했다. 종업원 중 중국인 이외 체격이 조그맣고 피부가 하얀 백인 아가씨가 인상적이었다. 필자가 총무라 일행들의 팁을 12$ 지불했다.

산 까마귀 발 빙하로 가는 길은 20년 전 일본인이 개발한 곳이라 했다. 갈수록 산은 험산으로 변해가고 있었다. 5부 능선까지만 나무가 있고, 위쪽은 눈과 함께 바위산 절벽으로 이루어져 있었다. 일부 눈은 나무 사이에도 쌓여 있었다.

어떤 곳은 500~600m의 절벽이고 연평균 강설량은 7m인데도 지구 온난화가 심해 눈이 녹는 것은 8~9m씩 녹아 만년설이 해마다 그 양이 줄고 있단다. 모래가 산록 변에 쌓여 있고, BOW 호수 수면까지 모래가 쌓였다.

보우 호수의 물빛도 비취색이다. 물의 색은 보는 위치에 따라 변한다. 보우 호수 옆에 보우 병원도 있었다. 다음은 Peyty 호수로 향했다. 위에서 아래로 내려다보는 호수로, 규모는 작지만 물의 색깔로는 로키산맥에서 가장 아름답단다.

Peyty 호수

계속하여 주위의 산들은 3부 능선까지 나무가 있었고 그 위로는 눈 덮인 험한 바위산이다. Peyty 호수를 보기 위해 경사진 곳을 약 800m 올라갔다. 호수의 물빛은 청록색 물감을 풀어놓은 것 같다. 물의 색이 날씨가 맑을 때 잘 나타나는데 우리가 갔을 때는 날씨가 아주 좋았다.

그러나 그 많은 호수의 물이 왜 그렇게 보이는지 신기했다. 설산 아래 산록 3부 능선까지 나무가 있고, 나머지는 험한 바위와 눈뿐이었다. 현재의 해발은 2,200m이다. 다음은 콜롬비아 아이스 필드로 향했다. 120km를 가야 했다. 국도는 비교적 평탄하고 길이 좋았다. 갈 길이 먼데도 차가 속도를 별로 내지 않았다.

계속 가는 길 좌우에 산 능선과 봉우리마다 눈 덮인 험산은 끝없이 이어지고 있었다. 도로변에는 자전거 타는 사람이 가는 곳 마다 자주 보였다. 도중에 주유소에서 급유를 하고 52km 남은 콜롬비아 Icefield로 향했다.

부근에는 목축업이나 인가가 전연 보이지 않았고 끝없는 수림과 도로 양측 능선 산봉우리마다 눈 덮인 험산뿐이었다. 가끔 이동 차량이 쉬는 곳이 있었다. 경사길 오르기 전 '사이프로스'강 빅힐에서 주위의 풍광을 영상으로 담고 출발했다. 15분 후, 아사바스카 빙하 (길이 6km, 폭 1km)가 나왔다.

버스는 계속 산 정상을 향하고 있었다. 길옆 100m 내외에 눈을 옆에 두고 지나가는데 이곳의 나무들은 수고가 아주 낮았다. 해발 3,200m 무 입목지도 많이 나타났다. 설상차는 세계에서 22대가 있는데 그중 이곳에 16대가 있다. 알래스카에 군사용으로 1대와 장애자용 5대가 있다. 설상차 1대 가격이 5억 원이라 했다. 현장에 도착하니 버스가 100여 대 도착했고, 사람이 너무 많아 잘못하면 놓치기 쉬웠다. 아사바사 빙하는 해발 3,754m이고 넓이는 서울 면적만 한 빙하란다. 영화 닥터 지바고 촬영장으로 유명하다.

이곳의 나무는 1m 미만도 있지만 1~5m 수령은 평균 500년이라 하는데 1년에 20일 정도밖에 생장 못 한다고 했다. 현재 얼음 두께는 350m 해마다 2m씩 줄어들고 있어 200년 후면 없어질까 우려했다.

1952년 빌 루터라는 사람이 시작하고, 1961년에는 부르터스 회사가 인수하였다가 1981년 현재의 회사가 인수했다. 설상차는 길이가 13m 4개의 트렌스미션으로 운행하기 때문에 눈 위를 자유롭게 다닐 수 있다.

브레이크를 사용 않고 운행한다고 했다. 우리가 탄 설상차는 약간 얼굴이 검은 여자 20대(유색) 운전수가 일반 버스보다 훨씬 큰 대형차를 급경사와 눈과 얼음길을 운행하고 있었다. 이것 역시 이색적이라 영상으로 담았다. 좌측의 3,442m의 '아사바사' 산 모래더미는 표토 이외는 전부 얼음이다.

멀리 보이는 아사바사 빙하

우측에 스노우 톰산의 물은 북극해, 대서양, 태평양 등 3곳으로 흐른다고 했다. 설상차 윗부분은 투명유리로 해둔 것도 주위 경관을 보는데 편리했다. '아사바사'는 맑은 날씨가 연중 20일밖에 안 되는데 오늘은 모처럼 화창한 날씨라 기분이 좋았다. 이번 여행길은 날씨 덕을 톡톡히 보는 것 같았다.

흘러내리는 만년설 빙수를 맛보고 반 병 정도 물을 담았다. 그리고 부지런히 영상으로 담아냈다. 날씨가 추워도 내의를 입고 세타를 입어서인지 바람이 약간 불어도 시원했다. 지난주에 가이드가 왔을 때는 눈보라가 치고 너무 추워서 고생했다고 했다.

설상차 다이야 높이 1.6m, 폭 1.2m의 크기다. 설상차로 운행하는 버스 기사는 한국 관광객이 많으니까 인사말 정도는 우리말로 했다.

설상차

우리는 다시 아스디 바스카 폭포로 향했다. 이물은 대서양으로 흘러간단다. 여기는 아직도 알타바스타주이다. 도로 양측에는 3,000m 이상의 거봉(巨峯)들이 쌓인 눈들과 함께 끝도 없이 늘어서 있었다.

하류로 내려 갈수록 아스다 바스카 강물의 수량이 점점 많아지고 있었다. 드디어 폭포에 도착했다. 규모는 폭 20~30m 높이 15m로 수량은 많았다. 3방향에서 폭포를 볼 수 있었다. 영상으로 담았다.

도로는 계속 아래로 내려가고 거봉(巨峯)들은 그대로 있으니 산이 더 높아 보인다. 북으로 한 시간 이상 달렸다. 강은 폭이 150~200m 정도로 넓어지고 산림의 임상(林相)은 변함없이 울창했다. 철길도 계속되고 큰 봉우리들은 흰 눈을 이고 있고 우거진 숲은 식상 할 정도로 펼쳐졌다. 그런데 목축농가나 인가 등은 하나도 보이지 않았다.

버스는 로키산맥의 제일 높은 산 Robson을 향해 달리고 또 달렸다. 차량도 간혹 지나가는 한적한 길이다. 평야지인데도 2차선 도로가 약간씩 굴곡져 있었다. 아직까지 국립공원을 벗어나지 못했다.

커다란 '부스' 호수 옆을 지나고 있다. 앞으로 20분만 가면 톰슨 마을에 도착할 것이라 했다. 역시 한 시간 이상 왔지만, 목축업이나 인가는 보이지 않았다. 강이 나타났다. 태평양으로 가는 프레이즈 강 상류다. 도로가 급경사로 내려가고 있다. 계곡물도 급류를 이루며 내려 쏟고 있었다.

현재 시간은 18시이다(한국 시간 14일 오전 10시). 부리티시 클라보주에 있는 3,950m의 Robson 산은 로키산맥에서 가장 높다. 조금 넓은 평야지에 도착했다. 휴게소가 있었다.

산 정상에 구름이 걸려 있어 풍광은 좋았지만 산 전체를 보지 못하는 아쉬움이 있었다. 롭슨 산을 배경으로 들국화 꽃밭에서 단체기념사진을 남겼다. 이 산은 영화 「크리프터」를 촬영한 장소라 했다. 우리는 다시 Robson 산을 뒤로하고 밴쿠버로 내려가는 프레이즈 강을 따라 인구 1,200명의 '벨리 마운틴' 부락으로 향했다. 약 4km 정도 가니 알라스카로 가는 우측 길과 남쪽으로 내려가는 갈림길에서 우리는 남쪽 도로인 좌측으로 접어들었다.

Robson 산

　아직도 목축업이나 인가가 보이지 않았다. 태산 봉우리들이 흰 눈을 이고 있는 준봉들이 길 우측으로 연이어 경관을 이루고 있다. 10km쯤 내려오니 목장 1개소와 골프장이 있었다. 좌측으로는 그 긴 곡물 수송열차가 지나가고 우측으로는 목장과 인가들이 숲속으로 자주 보였다. 다시 10km 달리니 넓은 평야 지대가 나타나더니 곧이어 '벨 마운터'에 도착했다.

　이곳에 한국인이 3가구가 살고 있었다. 여관과 식당 등이 몇 개 있고 보건소. 약방. 마을회관 등이 있었다. 완전 평야 지대로 조용했다. 우리 일행은 뚝배기 하우스 간판이 붙은 한식집에 도착했다.

　이곳은 CANADA British cdlumbia 주 Valemount 지역으로, 조그만 촌락이다. 우리는 Sarak motel에 여장을 풀었다. 조금은 낡고 초라했지만, 이색적인 것은 실내수영장이 있고 젊은 여인들이 수영하고 있었다. 여기서 처음으로 이곳 시간 밤 22시(한국 시간 오후 2시)에 한국으로 BC 카드를 이용 전화해 보았다. (011-82-55-932-5006)

미국 여행 시 공중전화 카드 사용하는 것보다 훨씬 쉽고 간단했다. 참으로 편리한 세상이다. 이곳 Motel 밖 잔디밭에서 한국서 가져온 소주를 먹으면서 환담을 나누었다. 모기가 무척 많았다.

2000년 7월 14일

아침은 어제 갔던 식당에서 해장국으로 식사 후 다시 벤쿠버로 돌아가는 길에 들어섰다. 도로변 전주는 대부분 나무로 하였고 전주가 지나는 곳은 기존나무들을 모두 베어내었다(전신주보다 나무들이 수고가 높기 때문이다.). 지나가는 도로는 확·포장 공사 중이라 먼지가 많이 났다.

앞에 터럭이 천천히 가고 있으나 우리 버스는 오늘 700km 가야 하는 데도 추월을 하지 않고 따라가고 있었다. 특히 반대편 차선에서 차가 오지 않는데도 불구하고 추월 않는 이유는 이해가 가지 않았다.

이곳도 수백km 지나가도 목축업도 없고 인가도 없었다. 곳곳에 산림 벌채지가 있고 조림을 해두었다. (수십 ha씩) 길은 2차선 밴쿠버를 향하여 계속 내려가고 있었다. 도로 좌우에 설봉도 계속하여 이어지고 있었다.

이곳의 산불은 4월부터 여름까지 건기에 난다고 한다. 2년 전에 산불 난 곳을 통과하는데 나무가 50% 정도 고사된 것이 보였다. 도로는 계속하여 철길과 하천과 함께 아래로 향하고 있었다.

가는 도중 한참 만에 Blue River 부락에 도착했다. 인구 600명 정도 작은 마을이지만, 5월까지 눈이 녹지 않는 유명한 스키장이 있는 곳이다. 스키인들은 헬기로 이동한단다. 도로변 적색 지붕의 통나무 집의 하루 숙식비가 1,000$ 든다고 했다.

경작지는 여전히 보이지 않고 100m 단위로 휴게소나 인가가 간혹 있을 뿐이다. 단조롭게 내려오다 보니 깜박 졸았다. 졸다 눈을 떠니 산봉우리에 눈은 보이지 않고 완만한 능선과 푸른 숲뿐이다.

들판은 없고 400~500m 폭의 산골짜기를 계속 지나갔다. 하천의 물은 점점 늘어나고 하폭도 넓어지고 있었다. 지형도 계속하여 경사지게 내려가고 있다. 물은 눈이 녹은 물이라 물이 차가워 물고기는 송어 밖에 없다고 한다. 물은 깨끗하지 못하고 푸르스름하게 혼탁했다.

밴쿠버가 가까이 올수록 목장이 자주 보이고 스프링클러가 돌아가고 산 곳곳에 초지 조성 한 곳과 벌목지도 많이 보였다. 도로변에 교통 표지판 농장 안내판 등이 밴쿠버가 가까워올수록 자주 보였다. 지금까지는 산야지가 황폐한 곳은 없었다. 도로변에 주택지가 자주 보이고 목재 가공 수집소도 자주 보였다. '클리어워터'라는 부락의 Gas station에서 잠시 쉬었다가 다시 폭포로 향했다. 이곳의 주유소 경영자는 한국인이라 한다.

Clear Water Valley의 Spat 폭포는 주위 단층 절벽 높이가 100m 정도 폭포 높이는 70m이다. 주위의 소나무 등은 굵기가 흉고직경(胸高直徑) 80~90cm 높이 30m 내외로 아름다운 임상(林相)이었다. Spat 폭포는 4천 년 전에 용암 분출로 형성되었다 한다. 대협곡에 폭포의 굉음이 지축을 울린다. (Gray park Volcanoes of wells the clear water River continues of deepen that canyon) 폭포 주위가 나무가 울창하고 습하다 보니 모기가 많았다.

사전에 가이드가 모기 주의하라고 일렀건만 두 사람이나 모기에 물렸다. 폭포를 둘러보고 다시 밴쿠버로 향했다. 4km 가다 보니 좌측에 잔설이 남은 산이 보였다. 아직 하천을 옆에 끼고 달리고 있다.

지나는 도로 주변에 간혹 주택은 보이지만 목축지는 없었다. 연일 날씨는 쾌청하고 자동차 라디오에서는 캐나다 여자 보컬 팀의 노랫소리가 흘러나오고 있었다. 하천도 점점 큰 강을 이루어가고 있었다. 다시 '켐룹스' 부락으로 돌아왔다. 켐룹스 부락은 교통의 요지로 캐나다 어디를 가나 모두 이곳을 통과해야 한다.

산 위로 올라 높이 올라갈수록 좋은 집이라 하나 생활이 불편할 것 같은데도 언덕 위에 집들이 많았다. 이 부락 부근에는 목재 수집소와 제재소도 많이 보였다. 부근의 토지는 비가 오면 물이 바로 땅으로 스며들어 풀과 나무가 잘 자라지 않아 준 사막화된 땅이다. 사막에나 자라는 풀들이 많았다.

켐룹스 관할구역은 인구 30만이고 시내를 흐르는 톰슨 리브(강 폭 100m)는 미국 콜롬비아까지 흘러간다. 이 지역의 연 강우량은 800mm이다. 중국집에서 처음으로 중국식 뷔페로 점심을 하고 다시 밴쿠버로 향했다.

한참을 가도 사막지대에서 자라는 하얀 풀들만 있었다. 저지대에는 물이 고여 호수로 변한 곳이 4~5개소 보였다. 위치가 높은데 호수가 형성된 것이 신기했고, 사막지대로 물이 잘 스며들어 사막화 지역이라는데 호수가 있었다. 고속도로를 지나면서 포장을 한꺼번에 처리, 즉 제일 앞차가 아스팔트를 긁어내고 뒤에 차는 포장하고 다지는 과정을 한꺼번에 하고 있었다.

미국은 배타적으로 인종차별을 하지만 캐나다는 100여 개의 인종이 모여 살기 때문에 인종차별을 안 한단다. 오후에는 계속 저지대로 내려갔다. 주위에는 사막화된 산 즉 나무 없이 민둥산으로 있는 것도 있었다. 캐나다는 국립공원이 아니라도 전 고속도로는 동물 출입을 막는 철책이 다 시설되어 있었다.

국립공원 Parking 요금 받는 곳에 오니 다시 잔설이 있는 산을 만났다. 해발 2,700m의 '에드멘스 마운틴'이다. 우리는 다시 해발 1,400m에서 급경사로 밴쿠버로 향하고 있었다. 내려가는 길은 아주 협곡이었다.

울창한 숲 사이로 계천과 함께 용케도 4차선 도로를 좁은 골짜기에 잘 닦아 놓았다. 급경사 좁은 골짜기를 갑자기 내려오니 기압의 차이인지 귀가 멍할 정도로 이상을 느낀다. 골짜기 양측의 산은 산봉우리가 보이지 않을 정도로 높고 경사가 급하지만 나무는 울창했다. 밴쿠버 외곽도시 Hope라는 부락을 지났다.

이 부락에서 「람보」 영화 촬영을 한 부락이고, 연어 철에는 연어 낚시로 유명한 부락이다. 강폭은 갑자기 150~200m 늘어났으나 아직도 험준한 산악 사이의 대협곡이다. 골짜기 넓이는 500~600m 되나 주위 산에 눈이 보일 정도로 높아 골짜기가 좁아 보였다.

강, 철도, 고속도로가 나란히 내려가고 있었다. 날씨가 갑자기 구름이 몰려드는 것 같다. 3km 내려오니 평야 지대가 나온다. 이제는 전부 목장지대 본격적인 들판이다. 첫날 출발했던 지점으로 다시 돌아왔다. 치리라는 부락은 축산이 대규모로 이루어졌고, 경비행기 훈련장이 있었다. 미 공군 기지가 있다가 철수했지만, 에어쇼는 매년 열린다고 했다.

밴쿠버 도심에 가까워질 때 화장실 휴게소에 잠시 들렀다. 이곳에서 흉직 1m, 수고 25m의 거대한 편백나무를 보았다. 한국에서는 상상도 못 할 나무다. 사진 몇 장을 남겼다. 캐나다는 군인이 육해공군 합하여 8만9천 명이고, GNP가 2만2천 불로, 선진국이라지만 외관상으로는 잘 사는 것을 느끼지 못하겠다.

이제는 고속도로에 차량이 붐비기 시작한다. Surrey City는 밴쿠버 외곽도시다. 밴쿠버는 12개 시가 합쳐서 광역 밴쿠버라 한다. 밴쿠버까지 45km라는 이정표가 나왔다.

이제는 도로가 정체현상을 일으키고 있었다. 가는 길에 눈을 활짝 뜨게 하는 일이 벌어졌다. 볼보, BMW 등 고급 차량대열에 우리나라에서 사라진 지 오래된 Pony(현대차)를 발견한 것이다.

당당하게 캐나다 자동차 번호를 달고 운행하고 있었다. 대형 '포토브리지'를 지나고 있다. 강에는 뗏목 주차장에 원목을 많이 쌓아 놓고 있었다. 밴쿠버 시내에서 East 밴쿠버 쪽 브로드웨이 길을 저녁 식사를 위해 가고 있다.

교통체증이 약간 있었다. 무인 경전철도 운행되는 것이 보였다. 밴쿠버는 250만 인구에 중국인이 35%인 80만 명이 살고 있다. 저녁 식사 전, 녹각 등 보조식품 파는 곳에서 쇼핑했다.

Sherton guildford Hotel에 투숙했다. 호텔에서 내려다본 밴쿠버는 지붕 옥상이 전부 검은 기와 또는 옥상에 검은 자갈을 깔아 놓았다. 동북쪽으로 멀리 보이는 산에는 흰 눈이 7월인데도 남아 있었다.

2000년 7월 15일

간단한 양식으로 아침 식사로 대신하고 빅토리아 섬으로 출발했다. 밴쿠버 시내를 통과하는데 재제소가 많이 있고 생산 제품은 비닐로 포장한 것이 많았다. 눈에 보이는 것은 재제소이고 목재 생산품이다.

프레이즈 강이 범람하지 않기 때문에 뗏목 운반 또는 하치장으로 쓰기 좋고 하천 부지가 없는 것이 특징이다.

　밴쿠버 외곽으로 나오니 감자 등 농작물 재배를 많이 재배하고 있었다. 동쪽으로는 지평선에 산이 보이지 않는 넓은 평야지이다. 도로변에는 수천 평이 폐경으로 방치된 농경지도 보였다.

　바닷가에는 4km 기차선로 컨테이너 수송 부두가 있었고 이곳을 로봇 댐 부두라 하는데 글자도 선명한 우리나라 현대상선이 정박해 있었다. 8시 30분 섬으로 향할 예정이다. 부두 좌측에 바다 연안 북위 49도에 미국과 국경 경계표시 부표가 바다에 떠 있었다. 차에 탄채로 배에 올랐다.

　배는 1층 기관실, 2층은 대형차, 3~4층은 승용차, 5~6층은 승객이 타도록 되어 있고 시설이 좋았다. 버스 50대는 승선할 수 있는 공간이다. 배가 워낙 커서 사람을 놓치면 찾기가 힘들 정도였다. 우리는 배의 6층 B에 머물기로 했다.

　빅토리아 섬 스오르츠(SWARTZ BAY) 항구에 도착했다. 이곳의 날씨는 초가을 날씨였다. 강우량은 밴쿠버는 1,350mm이고, 빅토리아 섬은 830mm로 비가 적다. 그러나 캐나다에서 가장 따뜻한 곳이고 인구는 65만 명이다. 빅토리아 섬은 밴쿠버에서 40분 거리이다

　우리가 탄 배는 페리호, 도착한 부두 좌측에는 수백 대의 차가 밴쿠버로 가기 위해 대기해 있었다. 여기서부터 빅토리아시까지는 35분 거리이다. 가는 도중에 관광객을 유치하기 위해 주청사 옆에 런던 황실 박물관(밀랍 왁스 박물관) 만들어 놓은 곳에 입장하기 위한 1인당 미화 15$씩 냈다.

　빅토리아 주청사가 있는 시는 인구 5만의 작은 시이다. 섬의 길이가 470km 넓이는 한반도의 3분의 2 면적이다. 전체인구는 65만으로 사

람이 많이 살지 않는다. 서쪽 태평양 건너 미국에 해발 2,900m의 올림피아 큰 산이 만년설을 머리에 이고 있었다. 일부가 구름 속에 가렸지만 아주 가깝게 보였다. 도로변에는 경작지에 농사를 많이 짓고 있었다. 빅토리아는 모든 물자를 밴쿠버로부터 운반해온다. 이곳은 타조 사육이 유명하다.

도로는 4차선 고속도로이나 기복이 심하여 속력을 내는 데는 문제가 있었다. 주위의 임상(林相)은 빈약하지만, 수종(樹種)은 육지와 비슷했다. 빅토리아 대학 조정 경기장으로 활용하는 '엘크'호수를 지나고 있었다.

빅토리아시는 도로변에 꽃길 조성이 잘되어 있었다. 도로변 언덕은 해당화와 이름 모를 꽃들로 조경을 잘하였고, 잔디도 깨끗이 깎아 놓았다. 시내 대부분 자투리땅에는 꽃을 심고 잔디 손질도 잘하였고, 가로등의 꽃바구니는 정성을 들여 달아 놓았는데 정말 아름다웠다. 우리나라도 이런 것은 모방할 만했다.

빅토리아 주청사

겨울 평균 기온이 8도 눈이 거의 오지 않고 비도 잘 오지 않는다

한다. 우리는 다시 구시가지로 들어왔다. 주청사 건물은 1888년 25세의 약관 프란테스라텐델 건축가가 현상 공모하여 당선된 것으로 지었다. 이어 그는 1908년 가까운 곳에 엠프레트 호텔을 지어서 유명해졌고 경제적으로도 부유했으나, 애인이 정부의 총탄을 맞아 비명에 가는 비운을 맞았다 한다.

주청사는 야간에 전구 3,000개가 불을 밝히면 건물 윤곽이 선명하게 나타나 일대 장관을 이룬단다. 이를 보지 못해 아쉬웠다. 청사 앞에는 항구가 있고 시에 틀로 가는 페리호가 출항하고 있었다. 커다란 다리가 있었지만, 영도다리처럼 다리를 든단다.

청사와 항구와 붙어 있는 밀랍 박물관을 견학했다. 영국 황실과 마라린 먼로, 케리쿠버 등 밀랍인형을 실물 크기로 컬러로 전시하였는데 너무 정교하여 모두들 감탄을 했다. 그리고 주청사 앞에 있는 해외참전 기념탑(6·25사변 참전도 있었음) 앞에서 사진을 촬영했다. 옆에 있는 흉직 1.6m, 수고 15m 되는 처음 보는 세계에서 제일 큰 향나무도 영상으로 담았다.

세계에서 제일 큰 향나무

다음은 캐나다의 가장 남서쪽 1번 고속도로가 시작되는 지점을 방문하고 인접한 해변에서 미국의 올림피아 산을 배경으로 사진을 남겼다. 도로변 각 주택이나 상점 등 모든 건물 앞은 꽃을 내놓거나 잔디를 깨끗이 정리하고 가로등에 달아 놓은 꽃바구니는 7~8가지의 꽃을 늘어지게 하여 바구니가 보이지 않도록 하였는데, 관리는 힘들겠지만 너무 아름다웠다. 이곳의 집은 지붕이 너와집으로 나무판자 조각으로 지붕을 이었다.

점심은 양식 뷔페로 하고 세계적으로 유명한 '부차드 정원'으로 향했다. 1904년에 조성하였는데, 처음에는 남편이 출장 중 부인이 소일거리로 꽃을 심기 시작한 것이 부부가 합동으로 하였고, 특히 남편이 외국 출장 시는 꽃을 꼭 가져와서 심었다 한다.

입장료가 우리 돈으로 1만 원 정도다. 면적은 55헥타르(17만 평) 정도이다. 꽃 포기가 170만 개, 정성이 지극했다. 한국에서 볼 수 있는 꽃들도 많았다. '리왕로즈'라는 73세 된 외손자가 정원을 관리한다. 70명의 정원사가 부차드 정원을 가꾼다니 정원의 규모를 짐작할 수 있을 것 같았다.

들어가는 입구에는 경비 요원이 무전기를 들고 야광 반사 조끼를 입고 통제하는데, 그 숫자가 많았다. 우리가 대기하고 있을 때 보기 드문 2층 버스가 지나갔다. 관광버스, 승용차 등이 계속 들어오고 있었다. 버스 20여 대(100대 주차 가능)가 보이고 승용차는 수백 대가 주차해 있는 것을 보니 관광객이 많이 들어온 모양이다.

구역 내 매점, 다실, 식당, 꽃 종자 및 선물 판매하는 집이 입구에 있었다. 조경과 시설구조는 관람하기 좋도록 적절한 배치와 관람 코스를 정리해 두었다. 수련, 금어초, 달리아, 장미 등도 처음 보는 것이 많았다.

부차드 가든(Butchart Garden)

그 이름도 정겨운 빅토리아 섬에
사람의 손길로 빚어놓은
꽃의 천국, 부차드 가든

버려진 채석장에
피땀 어린 정성으로 피운
사랑의 꽃들이

돌리는 발길마다
찬란한 생명의 빛을
눈부시게 토해내고 있었다.

작은 호수에 치솟는 분수는
고운 무지개다리를 수(繡)놓고
화려한 꽃물결에 일렁이는
그윽한 향기는
꽃의 요정(妖精)들의 숨결인가.

세계각지 꽃들의 아름다운 향연은
밀려드는 관광객들 가슴을

황홀하게 물들이고 있었다.

※ 부차드 가든은 캐나다 서부 빅토리아 섬에 있다.

이름 모를 꽃도 많이 수집하여 정원조경을 잘했고, 야간에도 조명 시설을 해두어 관광객을 유치하고 있었다. 오후 시간인데도 관광객 수천 명이 꼬리를 잇고 있어 사람을 놓치면 찾기 힘들 정도였다.

시간에 쫓기면서 둘러보고 현지 시간 13시 40분에 집결하여 왔던 길 Swarze bay로 향했다. 현재시간 7월 14일 14:20(한국 시간 7월 15일 오전 8시) 스와르츠 항구를 통과한다. 통행료는 캐나다 달러로 CAR는 32$, 승객은 9$이다.

우리가 탄 배는 B.C Berries호로, 18,000톤 여객선이다. 차량(버스, 승용차) 470대, 사람 2,000명(6층)을 승선시킬 수 있는 규모다. 차는 1층과 2층 동시에 승선·하차하고 있다. 1, 2층은 대형차 8차선 주차, 3, 4층은 승용차, 5, 6층은 승객이 타는데 올 때 탄 배보다는 훨씬 크다.

배 길이는 200m, 폭 50m 되어 보였다. 승객 실은 A, B, C, D로 구별되는데, 각 실이 대형 강당 같았다. 냉방시설이 아주 좋아 쾌적했고, 의자도 편안했다.

밴쿠버로 오는 도중 섬 해안에는 숲속 곳곳에 별장식 집들이 띄엄 띄엄 수백 채 늘어서 있고 어떤 곳은 해안을 다닐 수 있게 도로와 승용차도 보였다. 우리나라 같으면 이런 곳에 건축허가를 내줄까?

멀리 보이는 밴쿠버 부근의 높은 산들은 잔설을 머리에 이고 있었다. 밴쿠버의 앞산 높이가 1,250m로 8월까지 눈이 녹지 않는단다.

8시 30분 호텔을 나와 케트로 브리지를 지나서 가는 휘슬러로 향했다. 소요시간은 2시간 정도 예상이다. 가로수는 단풍, 벚꽃, 느릅나무 등이 관리는 부실하지만 연결되어 있었다. 도로변 언덕은 누운 향나무로 조경된 곳이 많았다. 밴쿠버는 1859년 발견된 후 사람이 집중으로 살게 되었고, 밴쿠버 연안부두의 차이나타운은 샌프란시스코 다음으로 중국 사람이 많단다.

차이나타운 거리는 가로등 주택 등이 대부분 붉은색이고, 생업은 주로 상점을 이용 장사로 살아간다. 현재 다스가스 타운으로 가고 있다 1889년 존 베이턴이 처음 밴쿠버에 도착 선술집을 시작한 것이 '게시잭'이라는 별명으로 부락을 형성 밴쿠버가 시작 되었다 한다.

이 거리는 캐나다 정부에서 1971년 문화제 거리로 지정하였고 이어 세계 문화유산으로 지정된 곳이라 했다. 먼저 영국에서 기증한 세계 하나뿐인 스팀 시계(1875년 모델)가 있는 곳으로 갔다. 사거리 도로변 인도에 설치되어 있었고, 지금도 잘 가동되는 대형 시계였다. 지하의 증기 시설 등 관리비가 연간 3억 원이 소요된다고 했다.

밴쿠버의 도심지 해안가 공연장이 배 모양으로 지은 캐나다 프라이즈가 있고 노태우 김영삼 대통령이 묵었다는 '펜 페시픽' 호텔이 있었다. 그 옆에 알라스카로 가는 2만 톤급 유람선이 정박해 있었다. (1인당 1,500$)

다음은 스텐리 공원으로 향했다. 이곳은 영국군의 해군 기지였고 해안을 끼고 있는 공원으로 제일 큰 나무들이 있는 곳으로 유명한데 정말 나무들이 컸다. 이곳이 수출 항구이기도 하다. 해안에 수출하기 위해 엄청나게 많은 유황을 산더미처럼 쌓아 둔 것을 볼 수 있었다.

우리는 다시 어느 부동산 업자가 6백만 불을 들여 (길이 1,400m 높이 100m의 큰 다리 '라이온스 게이트 브리지') 다리를 놓으면서 다리 건너의 산록 변을 밴쿠버에서 가장 부촌으로 만들었단다. 그래서 이곳 노스 밴쿠버에 산다고 하면 가장 부러워할 정도로 부동산 투자 성공 사례로 꼽히어 기네스북에 올라 있다. Lions gate Bridge는 현수교로, 반원형 철교 다리이다. 다리 건너편에 중심 지주에 매달려 있는 강도 8도 지진에도 견딜 수 있는 건물이 있었다.

다시 1번 고속도로에 올라섰다. C2 스카이라는 고속도로는 드라이브 코스로 이름나 있다. 고속도로에서 내려다보니 밴쿠버 시내가 한눈에 들어온다. 다운타운(고층 빌딩이 있는 곳)이 2개소가 된다.

밴쿠버 시내 모습

바다를 끼고 숲속에 자리 잡은 밴쿠버 시는 평화롭고 풍요로워 보였다. 밴쿠버는 평야도 많은데 산에 집을 많이 짓고 있고, 또 그 집이 비싸다 했다. 가는 길옆에 골프장도 있었다. '호스베이(말굽 항구)'라는 마을에 잠시 들렀다. 큰 여객선이 들어오는 마을이다. 해안선을 따라 Whistler로 가는 산 3~4부 능선 도로는 절경이었다. 주위를 둘러싸고 있는 산 정상 능선 등 연봉들은 잔설을 이고 있었다.

휘슬러는 6월 말까지 스키를 탄다고 한다. 노각나무 비슷하면서 줄기가 붉은 아름다운 이색적인 나무들이 가끔 보였다.

해안선 급경사지 2차선을 따라 계속 달리고 있고 섬에 둘러싸인 앞바다는 작은 어선들만 몇 척 보이고 무척 조용했다. 섬 때문에 수평선은 보이지 않는다. 경사가 완만한 도로는 4차선으로 되어 있었다. 주위 산은 해발 300m 정도밖에 안 되는데 눈이 많이 쌓여 있었다.

Shannon falls를 견학했다. 폭포는 수량도 많고 높이는 335m로, 관광객이 많았다. 폭포 주위의 편백나무 수고가 35m, 흉직(胸直) 1m 정도 울창한 수목도 우리나라에서는 상상도 못 하는 큰 나무가 볼거리이다. 고사목 중에는 흉직 2m 고사목도 있었다. 엄나무 큰 것도 상당히 많이 분포되어 있었다. 도시락으로 중식을 했다. 휘슬러 가는 길은 한국 관광객은 잘 오지 않고 일본인이 많이 온다고 했다.

휘슬러로 갈수록 산 위에 눈이 많아졌다. 열차도 들어가지만 첩첩산중이다. 나무 사이로 스키코스가 여러 갈래로 나 있고, 아직도 7부 능선에는 눈이 쌓여 있었다. 초고압선도 올라오고 겨울 손님을 대비해 집을 많이 짓고 있었다.

여름철에는 전형적인 휴양 마을이다. 이곳에서 밴쿠버까지는 150km 거리이다. 화려한 서구식 집들이 규모도 크지만, 그 숫자도 많았다. 1인당 25$씩 주고 콘도라를 타고 산 정상에 올랐다. 리프트

도 여러 곳에 설치되어 있었다. 콘도라 타는 시간은 26분이다. 정상
에 오니 사람이 무척 많고 360도 돌아가면서 포근한 눈밭에서 아름
다운 설경을 영상으로 담을 수 있었다.

콘도라에서 내려서

3층 건물의 상가는 아주 좋은 원목으로 지었다. 헬리콥터 여행도
가능했다. 휘슬러 본 부락의 수많은 상가에는 세계 각국의 다양한
사람들이 여러 가지 복장으로 여름인데도 시장터처럼 붐볐다.

겨울은 스키 때문에 인산인해라 하니 대단히 인기 있는 부락이다.
커다란 호수 2개를 중심으로 숙소들이 늘어서 있었다. 세계인들이

큰 행사장에 다 모인 것처럼 사람도 많고 다양했다. 7월의 여름 날씨 탓인지 남녀 불문 반나체로 다니는 사람이 많았다.

가리발디 국립공원의 휘슬러 마을을 나와 약 10km 떨어진 '브렌디 와인' 폭포로 향했다. 높이 70m로 위에서 내려다보는 폭포로 직하로 떨어지는 폭포는 수량도 많고 장관이었다. 울창한 숲속을 300m 들어가는 길도 정말 기분이 상쾌해서 좋았다.

다시 버스에 올랐다. 앞으로 밴쿠버까지는 110km 직행 예정이다. '아딜라디' 댐을 옆에 끼고 한참을 달렸다. V자형 고압선을 제외하고는 전부 나무 전주를 사용했다. 돌아오는 길에 험산 설경 좋은 곳에서 사진을 남겼다.

수출항 버라드만과 안쪽에 주벨리 호수가 스텐리 공원과 밴쿠버 시가지 사이에 있었다. 신시가지 건물이 전부 깨끗했다. 높이는 보통 20~30층 규모다. 밴쿠버 시내에 일본인이 경영하는 유일한 면세점에서 화장품 94$ BC 카드로 결제하고 양주를 2병을 매입했다.

물건은 공항 면세점에서 찾기로 하고 면세점을 나와 한인이 경영하는 집에서 불고기와 캐나다 양주 (미화로 57$)로 저녁을 했다. Sherton guildford Hotel로 돌아와서 일과를 정리하고 잠자리에 들었다.

2000년 7월 16일

양식으로 아침을 하고 9시 정각 아쉬움 속에 밴쿠버 공항으로 향했다. 모자에 붙일 캐나다 마크를 US 1불 40센트 주고 샀다. 공항에서 입국 수속을 마치고(짐 부치고 세관통과) 면세점에서 어제 구입한 물건을 찾은 후 12시까지 대기실에서 기다리다가 12시 30분 밴쿠버 공항을 이륙했다. 공항 안내는 일본말 먼저 다음은 중국어로, 안내하는데 한국말은 없었다. 물론 영어 방송은 계속 나오고 있었다.

JAL 항공기 TOKO 나리타로 출발하는 것은 올 때와 마찬가지로 안내 방송만 흘러나오지 스크린 화면에 대한항공처럼 고도, 항속, 외기온도, 진로 상황 등은 전혀 나오지 않았다. 일반 영화도 보여주지 않은 채 꺼져 있었다.

여객기가 이륙한 직후 내려다본 캐나다 부근의 산들은 거의 전부가 만년설로 덮여 있었다. 일본으로 향하는 좌측보다 우측이 거의 전부 눈으로 덮여 있었다.

7월 17일 13:40, 나리타공항에 도착한다는 안내 방송이 흘러나왔다. 역시 일본어와 중국어뿐이다. 14시 25분 도착, 72시간 체류 신고와 입국에 시간이 많이 걸렸다. 공항 출입심사는 단체로 간단히 끝냈다.

2000년 7월 17일

밖으로 나오니 완전 여름 날씨다. 일본인들은 아쓰이(덥다)를 연발했다. 나리타 공항은 한산했지만, 입국 심사를 세 사람이 하므로 시간이 오래 걸렸다. 공항 주변 호텔로 가기 위해 32번 홈에 기다렸다. Hotel Airport Rest House 시간에 맞춰 움직이는데 우리는 잠시 기다렸다.

Hotel 미니버스가 얼마 후 도착했다. 약 1km의 거리에 있는 공항 내 있는 8층 규모의 조그만 여관형이었다. 호텔은 오래되고 초라했지만, 각종 비품과 도구들은 정말 사용하기 편하게 만들었다. 문턱의 스테인리스는 새것처럼 빠짝이고 머리맡 침구랑 라디오 TV, 실내 각종 전구들은 한꺼번에 통제할 수 있도록 되어 있는가 하면, 비상등 전등 비치와 옷걸이 욕실의 부착용품과 일회용품까지 철저히 준비해 두었다.

우리 돈으로 3만 원짜리 비프스테이크를 먹고 외출을 했으나 JAL 공항 내 구역이라도 20시 이후는 통제하고 있어 일찍 들어왔다. 차량이 많이 다니고 공해가 심하여 생활에 불편을 많이 느낄 것 같았다. 경비원 등 근무자들은 아주 열심히 일하는 것 같은데 이런 심한 공해를 못 느끼는 것인가? 감기 기운도 있고 해서 샤워하고 일찍 잠자리에 들었다.

2000년 7월 18일

아침 5시에 기상했다. 지난밤에는 감기로 식은땀이 옷을 다 적시더니 오늘은 조금 나았다. 소지품을 다시 정리했다. 아침은 7시 뷔페로 하고, 9시 공항 출발했다.

여행 일정이나 캐나다 공항 포시에는 도쿄 공항이라 되어 있지만, 이곳은 지바(千葉)현 나리타(成田)시로 동경 시내에서 67km 떨어진 공항이다. 다시 출국 수속으로 소지품 등 검사를 하고 탑승장에 들어갔다. 이 과정이 시간이 오래 걸렸다. Check하는 아가씨들이 단순 반복 업무인데도 명랑하고 아주 친절하게 대하는 태도가 인상적이었다.

공항 면세점에서 몇 가지 물건을 BC 카드로 사고, E70 출구로 향했다. 11시 30분(부산과 나리타공항과 시차 없음), 나리타 공항을 이륙했다. 김해 공항에는 2시간 후인 오후 13시 30분 정시에 도착했다.

멕시코·쿠바
여행기

2018. 3. 23. ～ 4. 1. (10일)

수양버들이 파릇파릇 물들어가는 화창한 봄날에 아름 다운 해안 도시 멕시코의 칸쿤(CANCUN)과 카스트로가 장기 집권한 아메리카의 유일한 공산주의 국가 쿠바에 대한 궁금증을 풀기 위해 인천 공항으로 향했다.

출국 수속을 마치고 12시 25분(AM091, 멕시코 여객기)에 멕시코시 티로 출발했다. 소요 예상시간은 12시간 30분이다. (귀국 시에는 14시 간 45분) 일본 도쿄 상공 부근을 지날 무렵 때늦은 점심이 나왔다. 다 른 여객기와는 달리 제시하는 4가지 음식 중에 필자는 버섯 소고기 비빔밥으로 선택했는데 입맛에 맞아 좋았다.

이어서 태평양 상공이다. 여객기는 캐나다 밴쿠버 쪽으로 올라가 가 샌프란시스코 해안으로 방향을 바꾸고 이내 내륙 LA 쪽으로 계속 내려가고 있었다. 한국 시간 23시 20분, 피닉스시 부근을 지날 때 창 밖을 보니 눈부신 태양이 여객기 날개 위에 또 하나의 태양을 띄우고 있었고, 멀리 지상 가까이에는 시선을 즐겁게 하는 은은한 노을이 환 상적이었다.

현지 시간 11시 도착 예정이라는 안내 방송이 나올 때 멕시코시 부 근은 구릉지 같은 낮은 산 사이로 솜털 같은 안개가 서려 있었다. 멀 리 높은 산 주위로는 흰 구름이 휘감고 있었다. 멕시코 시내 상공을 지나고 있었다. 시내 중심지에는 고층 건물이 곳곳에 산재되어 있고 상당히 넓어 보였다.

현지 시간 10시 35분에 멕시코 국제공항에 무사히 도착했다. 공항 규모는 비교적 작아 보였으나, 계류 중인 여객기는 곳곳에 상당히 많았다. 입국 수속을 끝내고 칸쿤행 환승 게이트로 가는 도중에 보니 이곳 사람들도 스마트폰에 열중하고 있었다.

게이트를 확인해 두고 기다리는데 출발 한 시간 전에 환승 게이트가 68번으로 바뀌었다. 초행인 필자에게는 다소 불편했는데 이곳에서는 관행인 것 같았다. 68번 게이트를 찾아 게이트 앞에서 기다리는데 제복을 입은 승무원들이 반갑게 하는 인사가 남녀불문 모두 볼을 맞대는 인사가 인상 깊었다.

지루한 기다림 끝에 13시 25분 칸쿤(AM577)으로 향했다. 소요시간은 2시간 20분이다. 좌석이 창가 쪽이라 공항 주변을 살펴볼 수 있었다. 직선으로 뻗은 골목을 중심으로 들어선 주택들은 지붕이 다소 붉은빛이었고, 꼬부랑 골목길이 없어 이색적이었다.

농경지는 가끔 초록색 농작물이 보이기는 하나 대부분 경지정리가 되지 않은 황량한 들판이었다. 낮은 솜털 구름이 지상에 그림자를 남기면서 흘러가고 있었다. 포장된 도로가 보이지 않는 농촌 마을이 계속되는가 싶더니 이내 짙푸른 바다 상공이다. 그리고 구름 한 점 없이 날씨는 쾌청했다.

14시 40분에 옆자리 현지인(처음에 좌석 때문에 약간의 의견이 있었음)이 졸고 있는 필자를 깨우며 바다에 길게 구불구불 뻗어있는 크스메루(Cozumel)섬을 보라고 했다. 너무나 아름다워 동영상으로 담았다. (칸쿤 공항에 도착하여 가이드에게 문의하니 이곳은 칸쿤에 1시간 거리에 있고, 대형 여객선이 자주 찾는 유명한 관광지라 했다.)

여객기는 이름 모를 대형마을이 산재된 곳을 지나는데 부근의 색상이 마치 바다 위에 떠 있는 것 같은 착각을 일으키는 특이한 풍광이었다. 가끔 짙은 초록색 농작물이 보여 바다가 아닌 지상으로 확인되었다.

15시 현재까지 끝없이 펼쳐지는 평야 지대를 지나고 있었다. 낮은 구름 사이로 가끔 대형의 원형 또는 팔각형의 모양에 파란 농작물을 재배하고 있어 그것이 무슨 작물인지 무척 궁금했다. 얼마 후, 경작지보다 수림이 우거진 평야 지대를 지나는데 상당히 풍성해 보였다.

경작지 하나 없는 거대한 수림평야지대가 계속되는데 필자가 세계여행 중에 처음 보는 광경으로 마치 잘 조성된 대평원의 잔디밭 같았다. 물론 인가도 없었다.

한참 후 쭉 뻗은 직선도로(?) 같은 것이 나타나다가 15시 18분경에 포장도로가 보이면서 차량이 다니고 있었다. 이어 칸쿤 공항에 도착했다.

규모가 작고 아담했다. 이곳은 멕시코보다 시차가 1시간 늦다. 공항에서 수하물을 찾은 후 아무런 신고 절차 없이 공항 밖으로 빠져나오니 가이드 이창준 씨가 기다리고 있었다. 대기하고 있는 미니버스(독일산 벤츠로 뒤쪽으로 갈수록 자리가 높아 앞을 잘 볼 수 있어 관광용으로 적합함)에 올랐다. 이곳은 열대지역이라 연중 덥다고 했다. 어제 한파(?)가 지나가 오늘 날씨가 25도로 선선하다고 했다.

칸쿤은 일 년 내내 관광객이 끊이지 않는다고 했다. 이창준 씨는 이곳에서 35년째 생활하고 있다고 했다. 주위의 수목은 다양한 종류의 야자수와 유도화 등 꽃들이 이국적인 정취를 뿌리고 있었다.

칸(뱀)쿤(둥지)의 뜻인데, 1970년대부터 개발하게 되어 칸쿤 국제공항이 생기고 1974년 유카탄주로부터 분리되었다. 칸쿤은 면적 약 1,979평방킬로미터 이고 인구는 150만 명(?)이나 우리 교민은 가이드 몇 사람 이외는 없다고 했다. 도중에 바리케이드를 치고 무장 경찰이 도로를 막고 검문을 하고 있었다. 이렇게 함으로써 칸쿤은 치안 상태가 아주 좋다고 했다. 또 칸쿤의 대형 담수호(라군)와 바다를 연결하는 운하를 지나기도 했다. 담수호에는 야생 악어가 많아 조심해야 한다.

칸쿤은 30km의 실같이 긴 해안선(폭이 좁은 곳은 200m도 안 됨)을 따라 370여 개의 대형 호텔이 들어서 있는데 모두 다 성업 중이라 했다. 우리가 묵을 호텔로 가는 도중의 즐비한 호텔 앞 도로변에는 크고 작은 야자수랑 이름 모를 열대수로 조경을 해두었고, 그 사이로 좁은 땅인데도 푸른 잔디가 고운 골프장도 있었다. 주위를 지나는 사람 모두가 반팔, 반바지 차림이었다.

20여 분을 달려 GRAND PARK 호텔에 도착했다. 호텔 입구에 있는 대형 호텔 안내판 앞에 시원한 폭포수가 우리 일행을 맞이하고 있었다.

필자는 푸른 바다가 눈앞에 보이는 4217호실에 여장을 풀었다. 이

곳 호텔에서 투숙하는 사람은 음식, 각종 술, 음료수, 과일, 아이스크림, 빵 등을 무제한 무료라 했다. 물론 호텔 방에 있는 술이랑 음료수도 무료다. 참으로 특이한 영업 방법이었다. 짙푸른 파도가 백사장을 넘나들고 약간 멀리 편의 시설이 있는 곳에는 관광객들이 공놀이를 하고 있었다. 샤워를 하고 먼저 위스키부터 한잔했다. 호텔 로비에 앉아 밀려오는 파도를 바라보니 시원한 해풍조차 향기로웠다.

호텔 뒤편 풀장을 바라보는 곳에 상당히 넓은 식당이 있었다. 18시 30분(한국과는 시차 14시간 늦음) 뷔페식당으로 들어가니 현지인들의 음악 연주가 분위기를 돋우고 와인 등(술은 주문대로 무한정임)을 가져주며 서비스를 하는 종업원이 상당히 친절해 기분이 좋았다.

2018년 3월 24일 (토) 맑음

아침 8시에 치첸이트사(Chichén-Itzá)로 향했다. 세계 7대 불가사의 중 하나인 마야 문명의 유적지를 보기 위해서다. 멕시코는 면적 1,972,550평방킬로미터(한반도는 220,847평방킬로미터임)이고, 인구는 1억 5천만 명이다. 그중 10%는 인디언이다.

연간 관광 수입이 250억 불이나 되고, 석유매장량은 세계 3위이고, 은(銀)은 세계 생산량의 80%나 되는 자원 부국이다. 상류 10%는 잘 살고 90%의 국민들은 사회 복지제도가 잘 되어 있어 민원이 없다고 했다.

에어컨 성능이 좋은 미니버스는 4차선 도로를 구불구불 달리고 있었다. 중앙 분리대에 있는 야자수의 노랗게 익은 야자는 군침을 돌게

하고 늘어진 야자수 잎은 바람에 휘날리고 있었다. 그리고 이름 모를 열대 꽃들이 섞여 있어 시선을 즐겁게 했다.

얼마 달리지 않아 4차선 고속도로 중앙 분리대는 자연 수목으로 차단되어 반대편 차량은 볼 수가 없었다. 직선으로 뻗어있는 도로 양안에는 열대림으로 수벽을 이루고 있어 보이는 것은 도로 따라 파랗게 하늘만 보이는 숲속을 계속 달리고 있었다.

가이드는 지루한 시간을 달래기 위해 특이한 열대식물의 재배 이용에 관한 설명을 하고 있었다. 선인장과에 속하는 애니깽은 용설란의 일종으로, 멕시코 유카탄 반도의 특산물로 가시도 많고 독소가 많지만 밧줄과 카펫의 원료 등 다양하게 이용한단다.

또 우리가 익히 알고 있는 알로에 선인장은 칸쿤을 끼고 있는 이곳 유카탄 반도가 원산지이다. 아가베 선인장에서 '데킬라'라는 술을 만드는데 브랜드에 따라 엄청나게 비싼 것도 있단다. 또 치클(치아로 씹는다는 뜻) 나무가 많아 그 수액으로 껌의 원료로 사용한다고 했다.

가도 가도 끝없는 대평원의 길, 이 넓은 평야 지대에 농작물을 생산하면 얼마나 좋을까? 경작지가 부족한 우리나라 식량자급률이 22% 즉 78%를 수입해 먹기에 정말 부러웠다. 참고로 선진국치고 식량자급률이 100% 안 되는 나라가 없다는데 절대적으로 식량이 부족한 우리나라는 우량 농지를 혁신도시 부지나 공장 아파트로 전용이 되고 있어 걱정이다.

가령 전 국민이 5년 치 먹을 식량이 비축되어 있더라도 식량이 모자란다고 소문이 나면 한 끼도 굶을 사람이 없기 때문에 저장하여 썩히는 한이 있더라도 10년 치 가수요가 폭발하면 어떻게 대처할 것인지? 위정자들이 자각 좀 했으면 좋겠다.

자손만대의 안정적인 식량 확보를 위해 브라질이나 아르헨티나에 경작지를 매입하는 등 준비를 해두어야 하겠다. 일본이나 중국은 미래를 위해 수십 년 전부터 땅을 매입해 두고 있다고 했다. 우리 정부에서는 이에 관심이 없어 안타까울 뿐이다.

직선 도로 위로 횡단하는 하얀 교량이 자주 나타났다. 평야 지대를 가로지르는 도로 때문에 별도의 성토를 하여 차량이 지나가는 다리를 만들었는데 이곳에서만 볼 수 있는 풍경이었다.

'치첸이트사(Chichien Itza)'의 뜻은 치(입)첸(물)이트사(원주민 이름)이다. 이트사족은 머리가 크고 목이 짧아 대부분 키가 작아 난장이라 부를 정도라 했다. 치첸이트사 피라미드 유적지 등은 기원전 200년 전부터 마야 문명(물을 숭배)이 조성되기 시작했다. 이곳 지역은 석회석으로 이루어진 땅이라 비가 많이 와도 지하로 스며들어 절대적으로 물 부족에 시달려야 했다.

9시 20분경, 2번째 고속도로를 벗어나 치첸이트사로 가는 시골길에 들어섰다. 도로변에는 부실한 시설의 민속토산품 상점들이 줄지어 나타났다. 경찰이 통제하는 지역을 지나자 현대식 건물이 있는 치첸이트사 마을이 나왔다. 그리고 얼마 안 가 유적지 앞에 도착했다.

버스에서 내리니 뜨거운 열기가 확 밀려왔다. 현재 온도는 27도 12시가 지나면 30도를 넘는다고 했다. 약간의 계단을 오르는 매표소 앞에는 많은 상인들과 관광객들이 있었다. 매일 1만5천 명 관광객이 오는 곳인데 지금은 시간이 일러 약간 한산한 편이란다. 그래도 복잡했다.

멕시코에는 전체 2,200개 피라미드가 있는데, 그중 치첸이트사는 규모는 작지만 태양을 이용한 천문학과 정확한 수학으로 365개의 계단을 쌓았고, 4면(4계절을 나타냄)을 햇빛을 이용한 밤낮이 같은 춘분과 추분에 북쪽계단에서 연출되는 독특한 효과를 볼 수 있다고 했다. 낮이 긴 하지와 밤이 짧은 동지를 정확하게 계산하였다니 놀라울 뿐이다. 현대 과학으로 계산하여도 거의 오차가 없다고 했다.

　규모는 정사각형 한 면에 55m, 높이 약 30m로, 총 높이는 36m이다. 9세기경 완성된 것으로 보이는 '자체 달력'으로 사방의 계단이 91개이므로, 91×4=364계단, 여기다 정상의 1단을 더하면 365일이 되는 신비한 구조물이다.

치첸이트사의 신비

광대한 밀림의 대평원에 우뚝 솟은

천 년 전 마야인들의

생존의 방편으로 이루어낸

기적의 문화유산 치첸이트사(Chichien Itza)

천문학적, 수학적 지혜로 태양 빛을 이용한
삼백육십오 일, 사계절, 춘분과 추분, 하지와 동지
한 치의 오차 없는 그 정교함에
현대 과학도 감탄하는 세계 7대 불가사의

우순풍조(雨順風調) 기원의 제물로
사람의 심장을 바치는 그 잔인함은
처절한 삶의 몸부림이었다.

손바닥을 칠 때마다 '찌엉찌엉'
크게 반응하는 거대한 울림. 공명(共鳴)
신성 서러운 반향(反響)은 천년세월을 울리고

갈증으로 타는 불모지에
경이로운 유적의 치첸이트사
찬란히 빛나는 불멸의 꽃이 되어
신비로운 역사의 향기를 뿌리고 있었다.

※치첸이트사는 멕시코 유카탄반도에 있는 피라미드(신전)이다.

피라미드의 쿠쿨칸(kukulkan)의 머리 부분에 모서리 그림자가 피라미드 한쪽 끝부분에 있는 뱀 머리 모양 조각에 연결되어 있다. 해가 뜨면 그 그림자가 마치 뱀이 꿈틀대며 하강하는 모습이 연출된다는 것이다.

금년 3월 21일, 뱀의 신이 나타나는 행사에는 14만 명의 사람이 모였다고 했다. 다음은 광장의 서쪽에 있는 마야 볼(구기) 경기장으로 갔다. 폭 35m, 길이 145m 경기장에서 제사 신을 선발하는데 경기장 양 벽면 높이 8.5m 아래 1.7m 높이 축대(경기 진행과정을 양각으로 새겨 놓았음) 위에서 고리 모양의 돌구멍에 축구공보다 작은 생고무 공을 엉덩이나 무릎으로 튕겨 올려 통과시키는 경기로, 먼저 넣는 사람, 즉 승자의 심장을 제단에 바친다고 하니 잔인하지만 그 당시 사람들의 처절한 삶의 몸부림 같았다.

경기장을 들어서면 벽면 위 우측은 회의실이고, 벽면 위 좌측은 심판석 그리고 경기장 정면과 마주 보는 조금 높은 곳은 통치자 등이 경기 관람하는 로열석이라고 했다.

경기장 출구를 빠져나오자 가까운 곳에 3m 정도의 높이에 제물로 바쳐진 승자의 얼굴 모습을 새긴 돌로 축대를 쌓아 놓은 해골의 제단은 보는 이로 하여금 숙연케 했다. 우거진 나무 중 활엽수는 연초록 새잎이 나풀거리고, 그 아래에 많은 상인들이 토산품을 팔고 있었다.

다시 발길은 500m 떨어진 곳에 있는 비의 신 '차크'가 산다고 믿었던 마야족들의 성지 세노테(Cenote, 성스러운 물)로 향했다. 여름옷을 입었는데도 연신 땀이 흘렀다. 숲속 좁은 길 양측으로는 노점상들이 빈틈없이 자리 잡고 호객행위를 하고 있었다.

이곳은 암반지대였다. 세노테 규모는 지름 약 30m, 깊이 5~6m의 원형 홀이었다. 자연재앙으로부터 부족을 보호하고 가족을 지키기 위해 15세 미만의 어린아이와 재물을 세노테에 바쳤다고 한다.

1904년, 멕시코 주재 미국영사를 역임한 톰슨 박사가 이곳을 발굴하면서 80여 구의 시신의 뼈를 발굴했단다. 물에 염분이 많아 잘 보존되어 있었단다. 이곳을 보기 위해 무더위에도 관광객들이 줄을 잇고 있었다.

인디언의 성지를 빠져나오니 치첸이트사의 북쪽 편에 도착했다. 가까이서 손뼉을 치니 찌엉찌엉 제법 큰소리의 울림이 있었다. 정말 신기했다. 몰려드는 관광객들 저마다 한 번씩 손뼉을 쳤다. 치첸이트사를 바라보는 동북쪽에는 '전사의 신전'이 자리 잡고 있었다. 치첸이트사의 내부의 제전 모습을 그대로 재현해 놓았다. 규모는 달관으로 보아 치첸이트사와 비슷해 보였다.

옛날에는 치첸이트사 내부에서 관람했는데 보존을 위해 별도로 재현한 것이다. 신전 상단 중앙에는 누운 사람 모습의 '착몰상(Sculpture of Chaac Mool)'이 있다고 하는 데 아래쪽에서는 잘 보이지 않았다.

아래쪽으로 돌기둥이 줄지어 섰는데 모두 합하면 천여 개나 된다는 수많은 돌기둥은 그 횡과 열이 정확히 맞아서 감탄사가 절로 나왔다. 전사의 신전 아래에는 한 면에 248개 사방 합하면 990개 돌기둥이 있었는데, 현재는 약 200개만 남아 있었다.

11시 20분, 관광을 끝내고 나오니 무더위 속에 관광객들이 밀려들고 있어 출입구가 북새통을 이루고 있었다. 11시 43분, 세노테(Cenote 성스러운 물) 주차장에 도착했다. 주차장에는 많은 관광버스와 승용차가 있었다. 우리 일행은 구내식당에서 현지식 뷔페로 점심을 하고 둘러보기로 했다. 세노테는 석회암 암반이 함몰하여 지하수가 드러난 천연 샘이다.

지하로 50m 정도 내려간 곳에 직경 50~60m 수심 50m 정도의 크기로 유카탄 반도의 여러 세노테 중에서 마치 밀림을 연상케 하는 열대 식물의 뿌리 등이 길게 드리워져 아름답고 신비스러운 광경을,

모두 영상에 담느라 바빴다.

우리 일행은 수영복을 지참했지만 아무도 물에 들어가지 않았다. 나선형 계단을 따라 내려가니 남녀노소 수영복 차림으로 약간 높은 곳에서 짜릿한 다이빙과 수영을 즐기고 있었다.

지하로 흐르는 물이라 물이 상당히 깨끗했다. 시원한 곳에서 동영상을 담으면서 잠시 쉬었다가 지상으로 올라오니 다시 무더위가 숨이 막힐 지경이었다.

이곳에는 탈의실이 없기에 지상으로 올라와 탈의실에 가야 하기에 지나는 길에는 수영복 차림의 늘씬한 팔등신 미녀들이 쉴 새 없이 몸매를 자랑하며 지나다녔다.

이곳 부근의 집들은 갈대로 지붕을 덮은 전통가옥이었다. 출입구에 있는 대형 매장을 나와 스프링클러가 돌아가는 아름다운 정원을 돌아보며 여러 가지 꽃과 풍경을 영상으로 담고 13시 20분 칸쿤으로 향했다.

시원한 직선도로를 마음껏 달렸다. 칸쿤에 도착할 무렵에는 아카시아 꽃이 만발한 군락지를 지나기도 했다. 칸쿤에 도착하여 17시부터 가이드의 안내를 받으며 칸쿤 시내 전경 투어에 나섰다.

차량이 많아 시간이 걸렸지만, 해변을 비롯해 이곳저곳의 풍경을 영상으로 부지런히 담았다. 고르뜨 린다 항구에 있는 높이 80m의 토레에스세니카(Torre esconica) 전망대에서 360도 회전하면서 그림 같은 칸쿤의 전경을 동영상으로 담으면서 눈부시게 파란 캐리비안 해안까지 감상했다.

칸쿤(CANCUN)

카리브 해의 떠 있는 보석 칸쿤
열대수(熱帶樹)의 풍광 그림자를 드리우고
가늘게 길게 삼십 킬로를 꿈틀거리며
삼백 칠십여 개의 호텔들이
화려한 자태를 뽐내는 휴양도시

한없이 맑고 푸른 파도의 비말이
억겁 세월로 씻어온
눈부신 산호초의 백사장들
낭만이 출렁이는 황홀한 유혹이
세계인의 발길을 모으고 있었다.

밤이면 현란한 불빛 아래

삶의 풍요를 구가하는 군상들
열대의 땅을 달구며
흥청거리는 환락의 밤

가슴을 흔들어 놓는 기나긴 해안
살랑이는 해풍도 향기로운
환상적인 휴양지 명소
지상낙원의 별유천지였다.

　　호텔에 돌아오니 18시 30분이었다. 저녁 식사 전 바에서 맥주 글
라스에 얼음을 띄운 위스키 한잔과 식당에서 데킬라 2잔으로 하루의
피로를 풀었다.

9시에 호텔을 나와 쿠바로 가기 위해 칸쿤 공항으로 향했다. 11시 51분 쿠바 하바나(AM 477편)로 출발했다. 1시간 20분 소요예정이다. 어디를 가나 승객은 만원이었다.

다시 보는 칸쿤 공항 주변은 인가가 거의 없는 평야지 수림지대였다. 도로는 가끔 보였다. 곧바로 짙푸른 바다 위에서 여객기는 고도를 잡고 있었다. 바다는 파도가 없이 조용하고 간혹 포말을 일으키는 선박이 지나가고 낮은 흰 구름이 점점이 바다 위에 그림자를 드리우고 있었다. 정말 기분 좋은 풍경이었다.

12시 45분, 황토빛 경작지가 보이는 작은 섬을 지나고 있었다. 그리고 산재된 경작지와 사방으로 죽 뻗은 도로가 나왔다. 일부 경지정리가 되어 있고, 초록 융단 같은 작물 재배지역도 있었다. 산이 없는 평야 지대에 조잡하지만 경지 정리가 되어 있고, 해안선으로는 검푸른 수목들이 그림을 그리고 있었다. 황토빛 토양의 경작지가 대형의 원형 또는 팔각형의 아름다운 형상의 경작지도 지났다.

이어 여객기가 미지의 세계로 하강하기 시작했다. 공항 주변의 포장도로는 간혹 차량이 보이고 인가도 많지 않았다. 14시 10분(현지 시간 시차 적용)에 하바나 국제공항에 도착했다.

독특한 디자인의 붉은색 공항청사가 눈길을 끌었다. 규모가 작은 공항에는 계류 중인 여객기도 많지 않았다. 여객기 출구 통로를 나오자 안내 가이드가 우리를 맞이하여 안내하면서 입국 심사까지 도와주는데 처음 겪는 일이라 신기했다. 나중에 알고 보니 여행사도 국가가 운영하니 출입이 자유로운 것 같았다.

공항 밖을 나오니 역시 숨 막히는 더위가 우리를 기다리고 있었다. '아가엘라'라는 현지 여자 가이드가 우리를 안내했다. 약간 서툴지만 우리말을 비교적 잘했다.

가이드 말에 의하면 한국이 어디 있는지도 몰랐는데 국영방송에서 한국드라마와 음악을 방송함으로써 폭발적인 인기를 모으게 되어 한국문화원에 가서 한국말과 역사 문화 등을 배우게 되었고, 따라서 한국 여행객 가이드를 맡게 되었다고 했다. 비행기를 한 번도 타 본 적이 없고, 한국 서강대학에서 초청을 받아도 한국 대사관이 없어 비자를 못 받아 가지 못하고 있다고 했다.

공항에서 식당까지 10분 정도였다. 간판도 없는 식당의 좁은 정원에서 돼지고기, 생선, 새우 등에서 선택을 하라고 했다. 알고 보니 식당도 국가에서 운영한다고 했다. 종업원들의 친절한 도움을 받으며 각자 주문한 메뉴로 점심을 즐겁게 했다.

쿠바(CUBA)는 카리브 해에서는 제일 큰 섬이고, 세계에서는 15번째 섬이란다. 쿠바는 면적은 110,860평방킬로미터이고, 인구는 1,139만 명으로 백인이 67%, 혼혈이 26%, 흑인이 9%이다. 스페인 치하 때 흑인을 100만 명을 아프리카로부터 수입했단다. 수도 하바나(Havana)는 면적은 5,731평방킬로미터이고 인구는 210만 명이다.

이곳 하바나는 여우비가 가끔 내리지만, 날씨는 항상 맑다고 했다. 시내로 들어가는 도로변은 평야지인데도 방치한 땅이 많았다. 농작물은 바나나. 사탕수수와 이름 모를 과일 나무들이 보였다. 도로는 넓고 나무들이 울창할 정도로 대경목(大莖木)들이었으나 차량도 적게 다니고 사람도 많지 않았다. 1492~1898년까지 400년간 스페인의 지배를 받다가 1898년 스페인과 미국과 함대 전투에서 미국이 승리하여 1959년 카스트로가 집권할 때까지 미국의 지배를 받았다. 그리고

1959년 독립한 카스트로 공산국가 체제로 지금까지 이어오고 있다.

오바마 시절에는 미국과 왕래도 잦고 달러($)가 유통되었는데 트럼프 대통령이 당선되고서는 달러 사용이 금지되고 있단다. 혁명광장을 지나자 도로는 울창한 숲으로 뒤덮여 있었다. 그리고 숲에 가린 북한 대사관도 지났다. 하바나 해안가에 있는 하바나 리비에라(Habana Riviera) 대형 호텔에 도착했다.

이 호텔은 1950년대 미국의 마피아들이 준공했다는데, 풍광이 좋은 바닷가에 자리 잡고 있었다. 호텔 로비가 운동장같이 넓었다. 1621호실에 여장을 풀었다. 시설이 낡아 형편없을 줄 알았는데 세계 어디에 가도 손색이 없을 정도로 객실도 넓고 모든 시설이 흡족했다. 이 건물을 준공할 당시 우리나라는 6·25 전쟁이 한창이었는데, 이런 호화 호텔을 쿠바에 건축하여 활용하였다니 놀라움을 금치 못할 정도였다.

19시에 호텔을 나왔다. 저녁을 하고 21시에 실시하는 야간 포격식장으로 가기 위해서다. 5km의 해안가를 달리는데 바람 쐬려 나온 사람들이 많이 보였다. 밤이면 더 많다고 했다. 도중에 간판도 없는 오래된 고층 건물이 국립병원이라 했다. 얼마나 오랫동안 도색을 안 했는지 마치 유령의 집 같았다. 이런 병원에 최신식 의료 장비가 갖추어져 있을까 의심스러웠다. 대학까지 무료이고 병원도 무료라 했다. 이어 해변가에 있는 미국대사관도 지났다.

선생, 변호사는 월급이 30불, 공무원은 13불, 의사는 80불이라 했다. 대학까지 무료, 병원도 무료 취직도 시켜 준다지만, 이 월급으로는 좋은 음식도, 물건도, 여행도 다닐 수 없고, 집수리도 불가능하니 그저 목숨만 부지하니 무슨 희망과 의욕이 있을까? 그리고 새 차를 사려면 월급을 모아서는 불가능하니 한산한 거리를 다니는 차량이 대부분 디자인이 독특한 옛날 차량이었다. 마치 옛날 차량 전시장 같았다. 심지어는 1920년 차량도 달리고 있단다.

큰 빌딩 식당 입구에 부착되어 있는 '쿠바 54'라는 아는 사람이 아니고는 찾지 못할 작은 간판(규격 높이 20cm, 폭 60cm 정도)이 있는 식당에 도착했다. 이곳에도 몇 가지 메뉴를 제시하면서 취향대로 저녁 식사를 한 후, 19시 30분 야간포격식장으로 향했다.

1958년도에 프랑스 기술진이 준공한 왕복 4차선 해저 터널을 지나 스페인 식민시대에 해적과 적군을 방어할 목적으로 1589년에 시작 1639년 동안 완공한 모로성 요새를 좌측으로 하고, 맞은 편 우측에 있는 산 카를로스 데라 카바나 요새는 1763부터 1774년 걸쳐 완공한 곳으로 향했다.

성의 길이가 14km 달한다. 현재는 박물관과 군사공원으로 사용되고 있었다. 포격 시범은 18세기부터 스페인 병사들이 바다를 향해 쏘고 통행금지를 알리는 행사란다. 지금까지 하루도 쉬지 않고 실시해 오고 있단다. 땅거미가 내리는 주차장에 도착하니 이미 차량들이 많이 도착해 있었다.

곳곳에 대포들이 전시되어 있었고 꼬불꼬불 성벽을 돌아가서 다리를 건널 때는 옛날 복장을 한 군인들(실제는 대학생들이라고 함)이 지키고 있었다. 날은 계속 어두워지고 복잡한 길에 사람이 많아 영상을 담다 일행을 놓칠까 신경을 곤두세워야 했다.

먼저 아르헨티나 출신의 공산주의 혁명가, 정치가, 의사, 저술가이자 쿠바의 게릴라 지도자인 체 게바라(Che Guevara, 1928. 6. 14. ~ 1967. 10. 9.)의 일대기와 그의 사무실 등을 전시한 곳에 들러 사진을 통한 설명을 들었다.

다시 포격식장으로 들어가는 골목에는 많은 상인들이 불을 밝혀놓고 토산품을 팔고 있었다. 우리 일행은 약속 장소와 시간을 정해놓고 행사장으로 갔다. 어둠 속에 수많은 사람들이 계속 밀려들고 있었다. 낮은 성벽 위에는 흰색 옷을 입은 군인들이 간단한 횃불 쇼를 한 후, 21시 정각에 터지는 포격 소리는 예상은 하고 있어도 소리가 너무 커서 깜짝 놀랐다.

어둠 속에 흩어지는 사람들 사이로 일행을 놓치지 않고 무사히 대기하고 있는 차에 올라 하바나 해협 건너 하바나의 야경을 즐기면서 호텔로 돌아왔다.

2018년 3월 26일 (월) 맑음

9시에 호텔을 나와 국회의사당으로 향했다. 차량이 적

어 한산했다. 가끔 지나가는 승용차들은 이미 지구촌에 사라진 옛날 자동차들이라 쿠바의 경제 사정을 반영하고 있었다. 1929년에 준공한 국회의사당은 상당히 규모가 크고 돔 부위는 보수공사를 하고 있었다. 그 우측으로는 1915년에 준공한 미려한 석조 건물 오페라 하우스가 자리했다. 이곳에 지나는 승용차들 대부분 옛날 차들이고 굉음을 내면서 지나가고 낡은 터럭은 매연을 심하게 토하고 있었다.

간단한 인증 사진을 남기고 헤밍웨이 집(박물관)으로 향했다. 소요예정시간은 30분이다. 올드 하바나의 석조 건축물들은 대게 150~300년이나 된다고 했다. 그 당시 한국의 서울은 시내라도 초가집에 살았기에 쿠바와는 비교가 안 될 정도로 어렵게 살았는데, 쿠바는 참으로 대단했던 것 같았다.

도중에 현재는 혁명박물관으로 사용하는 대통령궁과 스페인 대사관 앞에 내려서 잠시 영상으로 담아 보았다. 도심은 물론 어디에도 홍보용이나 전시용 간판은 찾아볼 수 없었다. 우리나라 같으면 거리마다 간판이 넘쳐 났을 것인데 신기했다.

10시 10분부터 시외 왕복 8차선 도로를 달렸다. 포장상태가 좋지 않아 동영상을 담기가 어려울 정도로 흔들렸다. 도로 주변은 그림 같은 야자수가 듬성듬성 있고, 그 사이로 바나나 등 이름 모를 과일나무들이 산재된 농가 중심으로 재배되고 있었다. 약간의 구릉지가 있었지만 대부분 평야 지대였다.

얼마 후, 작은 언덕 위에 있는 헤밍웨이 집 부근에 도착했다. 입장료를 주고 들어가는 길은 거대한 열대 나무가 길 좌우로 늘어서 있었다. 시원한 풍경이 마음을 설레게 했다. 관광객들이 많이 찾아들고 있었다.

헤밍웨이 집(박물관) 앞 의 게스트하우스를 지나 노랑 바탕의 슬래

브 집, 내부는 들어갈 수는 없어도 집필실과 서재, 주방, 침실, 생활
용품 등을 전부 볼 수 있었다. 그리고 이곳에서 하바나 시가지 전경
을 내려다볼 수 있었다.

조금 떨어진 곳에 있는 풀장과 목재로 만든 헤밍웨이의 호화요트를
둘러보았다. 집 주위로 열대과일 나무와 꽃나무 등으로 조경을 잘해
두었다. 외기온도가 29도라 숲이 우거진 길을 걸어도 땀을 많이 흘려
야 했다.

Ernest Hemingway(1898~1961)는 미국 일리노이주(현재 시카코)에
서 태어나 미국 육군 상사로 예편한 미국의 소설가이자, 저널리스트
이다. 1940년부터 1950년까지 쿠바에서 살았다. 『무기여 잘 있거라』,
『누구를 위하여 종을 울리나』, 『노인과 바다』 등 소설을 남겼고, 1954
년 노벨 문학상을 받았다. 우리 일행은 헤밍웨이가 낚시를 하면서 『노
인과 바다』에 관한 영감을 얻었다는 코히마르(Cojimar) 마을 해변으

로 향했다. 소요시간은 20분이다.

11시 12분에 한산한 어촌 마을에 도착했다. 옛날 외침의 방어 요새가 바닷가에 자리 잡고, 그 뒤편에는 주민들이 헤밍웨이에 대한 감사의 뜻으로 성금을 모아 건립한 헤밍웨이 흉상이 시선을 끌었다.

헤밍웨이는 가고 없어도 강하게 부는 바람 속에 철썩철썩 파도 소리는 변함없이 관광객들을 맞이하고 있었다. 이곳저곳의 풍경을 영상으로 담고 가까이에 있는 식당으로 갔다. 역시 간판 없는 식당으로 우리 일행은 들어갔다.

일행이 들어가는 것을 보고 주위 풍광을 영상으로 담고 들어가려니 문이 잠겨 있었다. 문을 지키고 있는 노인이 문을 닫은 것이다. 문을 열려고 해도 열리지 않았다. 황당하기 그지없었다. 시골이라 길거리에는 사람 하나 없어 순간적으로 야릇한 두려움이 확 밀려왔다.

식당이 간판은 없어도 사람이 자유롭게 드나들고 또 영업을 하는지 확인을 해야 하는 것이 식당인데, 참으로 난감했다. 손짓 발짓으로 겨우 들어갈 수 있었다. 가만히 보니 사람이 드나들 때마다 문을 닫고 있었다. 손님의 편의를 위해 문을 지켜야 할 것인데, 불편하게 하는 사람을 왜 세워 놨는지 도저히 이해가 가지 않았다.

한참 후 외국인이 10여 명 왔는데 빈자리가 있어도 예약된 것이라 안 된다고 하여 항의하다가 되돌아갔다. 부근에는 식당이 없어 난감했을 것이다. 무슨 이런 나라가 있나? 처음 보는 해괴한 일이었다.

12시 46분, 카사블랑카의 랜드마크 리틀 예수상을 보려 출발했다. 날씨는 한국의 한여름 날씨였다. 1958년에 쿠바의 조각가 힐마 마테라가 건립한 이곳의 예수상은 리우데자네이루에 있는 예수상과는 형상도 다르고 높이도 20m 정도로 작았다.

하바나 좁은 해협의 건너 하바나 공업지대에서는 굴뚝에 흰 연기가 솟아오르고 있었다. 그리고 그 옆으로 하바나 구시가지를 한눈에 내려다볼 수 있었다. 다시 우리 일행은 군사장비 전시장을 거쳐 지난밤 포격식 한 곳을 지나 하바나 구시가지 관광에 나섰다.

13시 30분, 헤밍웨이가 자주 다녔다는 술집(La Terraza)을 찾았다. 방문객들이 넘쳐 골목길까지 점령하고 있었다. 헤밍웨이가 즐겨 마셨다는 모히토(Mojito=럼+설탕+라임쥬스+생민트 잎으로 만든 칵테일임)의 새콤달콤한 맛을 공짜로 맛보고 가까이에 있는 11세기에 건립한 구광장에 있는 대성당 내부를 둘러보았다.

다시 발걸음은 약 50m 거리에 있는 하바나대학교(가이드의 모교)도 지났다. 골목마다 노천카페가 있고 사람들이 시장통처럼 붐볐다. 한국의 남대문 시장을 연상케 했다. 이어 헤밍웨이가 집을 짓기 전 투숙했던 호텔의 출입구 내부를 살펴보았다.

1905년, 미국의 은행용으로 건립한 대형 석조 건물 앞을 지나기도 했다. 구시가지의 오래된 건물들은 건물마다 작은 동판 등으로 건립 연도를 명기해 놓았다. 도중에 반기문 총장이 이발한 곳을 지나는데 유명 인사라 사진 게시는 물론, 벽면에 방문 표지도 해두어 우리 일행들은 영상으로 담았다.

이어 1739년에 건립한 산 프란시스코 수도원은 바로크 양식으로 탑의 높이가 46m로, 부근에서 제일 높아 해적의 감시탑으로 활용했단다. 현재는 종합예술 박물관으로 활용하고 있었다. 그리고 럼 박물관을 견학하고 시음을 한 후, 1519년에 조성한 아르마스 광장 등을 둘러보았다. 아르마스 광장 옆에는 1920년까지 사용한 대통령궁이 숲속에 가려져 있었다. 또 우측에는 미국 첫 대사관으로 사용하던 석조 건물이 있었다.

30도 무더위에 이곳저곳을 발바닥에 불이 나도록 다니면서 동영상으로 담아냈다. 필자가 둘러본 하바나 구시가지는 우리나라는 초가집에서 겨우 생계유지를 할 때 공공건물과 교회 등 100~200년 된 석조 건물들이 유럽처럼 들어서 있었다는 것이 깜짝 놀랄 정도였다.

1959년, 카스트로가 집권할 시 자유경제 체제로 추진하였다면 지금쯤 선진국이 되어 있었을 것 같았다. 발전 인프라는 충분히 구축되어 있었는데도 카스트로의 공산 정권이 국민들의 희망의 의지를 꺾는 정책을 펼침으로써 몰락의 길로 들어서 오늘날 어렵게 살고 있는 것 같았다. 참으로 안타까운 일이었다.

우리의 미니버스는 16시 40분 쇼핑센터를 찾았다. 수백 평이나 되어 보이는 대형 쇼핑센터에서 1시간 정도 머물다가 도중에 저녁 식사를 하고 19시경에 호텔로 돌아왔다. 그리고 인근에 있는 부에나 비스타 소셜 클럽에서 22시에 공연하는 재즈 음악과 열정에 넘치는 화려한 춤을 1시간이 넘도록 관람했다.

2018년 3월 27일 (화) 맑음

9시 40분, 호텔을 나와 10시 정각에 올드카에 올랐다. 독특한 외관의 차가 굉음을 내면서 호텔 좌측 해안도로를 달리기 시작했다.

앉아 있는 사람이 필자

　필자가 탄 차는 1952년도에 생산된 '돌채'라는 차종으로 디자인도 색상도 이색적이라 호기심이 많았다. 66년이나 된 차가 굴러가는 게 신통했다. 웬만한 도로는 신호등이 없어 다른 차가 지나갈 때까지 마냥 기다려주는 미덕이 있었다. 매연이 심하여 황사 마스크를 날씨가 더워도 착용치 않을 수 없었다. 오픈카에 머리카락을 휘날리며 해안가 6차선을 달렸다. 차가 여러 대가 지날 때는 소음은 귀가 아플 정도이고, 매연은 마음껏 뿜어내고 있었다. 도로변은 집은 낡았지만 잘 가꾼 열대수와 꽃 등으로 조경을 잘해 두어 기분이 좋았다.

　제일 먼저 옛날에 부자들이 많이 살았다는 바닷가 미라마르 (Miramar) 지역에 도착했다. 작은 공원에 나무뿌리가 주렁주렁 달린 '히웨이'라는 대경목이 늘어서 있는 곳에서 가이드의 설명을 듣고 잠시 쉬었다. 가로수가 우거진 좁은 도로를 지날 때 사람이 거주하지 못할 정도의 아주 오래된 2~3층 집들이 집단으로 있는 곳을 지나기도 했다.

시내를 지나갈 때는 소음과 매연이 심했다. 10시 46분, 나무가 울창한 '아바나 숲'에 도착했다. 우리 일행 이외 다른 팀들도 있는 것을 보니 이곳이 정해진 코스인 것 같았다. 큰 나무 전체를 휘감고 있는 기생식물이 장관이었다. 처음 보는 풍경이라 영상으로 열심히 담았다. 계속해서 각양각색의 올드카가 몰려들고 있었다.

10시 55분, 대로변으로 나가는 길 좌측으로 인공기가 펄럭이고 있는 북한 대사관을 또다시 지났다. 한국은 대사관이 없고 코트라 지사만 있단다. 11시경에 하바나의 최중심지 넓고 넓은 혁명광장에 도착했다. 주차장에는 올드카와 버스가 넘쳐 나고 있었다. 이곳에서 올드카의 임무는 끝났다.

1920년에 만들어진 혁명광장은 넓이가 72,000평방킬로미터로, 세계에서 31번째 큰 광장이다. 노동절이나 혁명 기념일(7월 26일)에 이곳에서 행사가 치러진다.

광장의 약간 높은 곳의 중앙에 1958년에 준공한 호세마르티

(1853~1895년) 오각 모양의 기념탑(높이 109m)이 있고, 그 앞에 호세 마르티의 동상이 있다. 호세마르티는 혁명의 영웅이자 문학가이고 쿠바의 정신적인 지주라 했다.

탑의 좌측으로는 제1정부청사, 국립 도서관. 맞은편에는 제2정부청사(내무부) 벽면에는 대형 체 게바라(1928~1967년)의 철근 부조가 있고, 그 옆의 제2정부청사 벽면에는 혁명가인 시엔푸에고스(1932~1989년)의 철근 부조가 있다. 탑 우측으로는 국립 극장이 있었다.

쿠바의 비극

아메리카의 유일한 이념이 다른 나라
일인독재의 세월이 어언 육십 년
수도 하바나(Havana) 곳곳에 수백 년 전
찬란한 문화유적이 살아 숨 쉬고 있었다.

도로를 뒤덮는 울창한 숲은
말이 없고
시간이 멈춰버린 낡은 집들은
옛 꿈에 젖게 했다.

한산하게 다니는 낡은 자동차는
매연과 굉음을 토해내고
신설된 넓은 도로는
뜨거운 태양의 열기뿐

무심한 바람만 휑하니 지나가네.

무상복지에 물들어져
빈국으로 몰락한 줄도 모르는 측은지심

그 언제 자유시장 경제체제로 돌아와
사라진 희망의 열정에 불을 붙여
진정한 번영의 복지를 누리는
어둡고 답답한 긴 터널을 벗어날 수 있으랴

지난 5월 1일 행사 당일에는 200만 명이 집결하여 행사했다고 했
다. 11시 50분, 나무가 우거진 호젓한 곳에 있는 식당으로 갔다. 7~8
명의 종업원들이 유니폼을 입고 우리 일행을 도로변까지 나와 맞아
주어 기분이 좋았다.

현지식으로 점심을 즐겁게 했다. 식당주위에 각종 꽃과 정원수로
조경을 해두어 분위기도 좋았다. 12시 10분, 공항으로 향했다. 공항
으로 가는 왕복 8차선 중앙 분리대는 높은 가로등이 마치 벽을 이루
고 있고 도로 양측으로는 야자수들이 바람에 긴 잎을 휘날리고 있었
다. 30분 만에 공항에 도착했다.

조금 기다렸다가 출국 수속을 마치고 받은 여객기표에 게이트 번호
가 없었다. 게이트 번호가 9번이라 하여 그곳에 기다리는데 다시 7번
으로 바뀌었다. 우리나라처럼 여객기표 발급 시에 게이트 번호가 명
시되지 않아 자주 확인해야 했다.

16시 5분, 여객기(AM452)는 멕시코 공항으로 향했다. 소요시간은 2

시간 30분이다. 처음으로 비행기 좌석이 남아돌아 조금 편하게 갈 수 있었다. 비즈니스 좌석으로 바꾸려면 100불을 추가로 내면 되었다.

하늘에서 내려다본 쿠바 공항 주변은 평야 지대인데도 경작지는 많지 않았다. 직선도로가 가끔 보이고 부락은 산재되어 있었다. 숲은 별로 없고 일부 지역에는 경지정리가 잘되어 있었다. 여객기는 바다를 끼고 내륙으로 날고 있었다. 해안선 따라 바다의 청록색 물빛이 아름다운 수채화를 그리고 있었다. 멕시코 공항이 가까워질수록 흰 구름이 흘러가는 사이로 경작지도 자주 보이고 황토색 지붕의 농가 주택들이 보이더니 시내로 들어섰다.

일부 고층 빌딩이 있는 지역을 제외하고는 주택들이 잘 정돈된 숲속에 자리잡고 있는 아름다운 풍광을 동영상으로 담았다. 상당히 넓은 멕시코 시내를 통과하여 착륙하였다. 비행장에는 계류 중인 여객기도 많고 계속해서 이착륙하고 있어 활기가 넘쳐 보였다.

17시 15분에 도착하여 밖을 나오니 김민정 가이드가 기다리고 있었다. 쿠바와 달리 선전용 야립 간판이 중국의 고속도로변을 연상케 할 정도로 많았다. 시내로 향하는 길은 자동차로 넘쳐흘렀다.

멕시코시티의 면적은 1,485평방킬로미터이고, 인구는 2,400만 명(외곽까지 포함하면 2,700만 명) 이 중 우리 교민은 1,700명이란다. 그리고 이곳은 해발 2,240m의 고도이다. 1일 교통량이 400만대나 된다고 했다.

주황색 저녁노을이 우리 일행을 안내하고 있었다. 멕시코는 스페인의 지배를 300년이나 받았기에 언어는 스페인어를 사용한다. 주변에 대형 야립 간판이 계속 나타났다. 시내는 서울처럼 버스 전용도로를 이용하고 있었다. 멕시코 좁은 도로는 가로수가 터널을 이루고 있었다.

멕시코 시내 중심지인 인슈랜드라는 거리에 있는 CALERIA

PLAZA 호텔 830호에 여장을 풀었다. 호텔에 인접한 '수라상'이라는 한인 식당에서 불고기로 저녁을 했다.

7시 30분, 호텔을 나와 멕시코에 가장 오래된 도시이자, 천사의 도시라 불리는 푸에블라(PUZBLA)시로 향했다. 푸에블라 도시는 면적 34,306평방킬로미터이고, 인구는 590만 명이란다.

6차선 시내 도로를 지나는데 차량이 너무 많아 지체되고 있었다. 멕시코 시내는 조금 지저분하고 어둡고 갑갑한 느낌이 들었다. 깨끗한 건물을 쉽게 찾을 수 없을 정도였다. 간선도로에는 지하 통로를 많이 해두어 교통 흐름에 크게 도움이 되고 있었다.

7시 50분, 왕복 8차선 고속도로에 들어섰다. 외곽지대인데도 주거 지역이 계속되고 있어 2,400만 명의 대도시라는 것이 실감이 난다.

도로 노면(路面) 상태가 좋지 않아 동영상 촬영에 어려움이 있었다. 시내를 벗어나자 야산이 많이 나타나고 산록변에는 화려한 채색의 대규모 빈촌이 이어지고 있었다. 이 지역은 그래도 대중교통은 편리하다고 했다. 심지어 케이블카가 운행되는 곳도 있었다. 그리고 고속도로를 횡단하는 노란색의 긴 육교와 야립 간판이 계속 나타나면서 도로를 뒤덮고 있었다. 한참을 달려 휴게소에서 잠시 쉬었다 나가니 왕복 6차선이다. 8시 50분부터는 6차선 도로가 산길로 접어들면서 구불구불 고개를 숨 가쁘게 넘고 있었다.

주위의 산에는 소나무 단일 수종(樹種)이고 임상(林相)은 좋지 않았다. 15여 분을 달리자 평야 지대가 나왔다. 도로 주변에는 휴경지(休耕地)가 많고, 일부 밀 등이 재배되고 있었다.

9시 40분, 푸에블라에 도착했다. 이곳도 해발 2,100m 고도에 위치한 도시다. 푸에블라는 타일과 도자기 생산으로 유명한 도시이다. 그래서 그런지 도로변에는 예쁘고 아름다운 도자기를 판매하는 상점들이 줄을 서고 있었다. 시내는 조용한 중소도시 풍경 그대로였다.

한참을 걸어서 산토도밍고 성당에 도착했다. 1572년에서 1649년까지 스페인 식민지 때 원주민 노동자들에 의해 만들어진 대성당, 성당

의 높이는 72m이고, 종탑에는 19개의 종이 있다. 바로크 양식의 성당 내부로 들어가니 황금으로 화려하게 내부를 장식한 것을 보고 깜짝 놀랐다. 필자가 지금까지 세계여행을 하면서 본 것 중 가장 화려하다고 느껴졌다. 촬영이 허용되어 마음껏 영상으로 담고 담았다.

10시 30분까지 관람을 끝내고 벤자민 나무가 우거진 보행자 전용 도로를 지나 가까이에 있는 소깔로(?) 성당 옆 작은 공원에 도착했다. 이곳도 산도도밍고 성당보다는 못했지만, 내부 장식이 화려했다. 촬영이 금지되어 눈으로만 담았다.

성당 바닥은 30cm 정사각형 대리석이 얼마나 많은 사람들이 다녔는지 반들반들 윤기가 흘렀다. 성당 옆 공원의 분수가 더위를 시원하게 식혀주고 있었다. 이국의 정취를 맛보면서 이색적인 곳은 영상으로 담으면서 잠시 여유를 가져 보았다.

이어 가까이에 있는 뷔페식당에서 중식을 하고 12시 50분 산타마리나 성당으로 향했다. 소요시간은 30분이다. 가는 도중에 "자카란다"라는 보라색 꽃이 만발한 도로를 지났다. (남아공의 행정수도 프리토리아에는 전부 자카린다로 가로수를 심어 장관을 이루고 또한 축제도 열린다.) 활엽수는 연초록 잎이 부드러운 자태를 뽐내고 있었다. 13시 30분 주차장에 도착했다.

도시 외곽에 있는 산타마리아 성당은 성모마리아의 3대 성지 중 하나라는데 내부에는 금장 장식이 화려했고, 곳곳에 천 개의 얼굴상을 새겨 두었는데 내부 촬영이 금지되어 아쉬웠다. 13시 50분, 세계 최초의 피라미드(사방 400m, 높이 76m) 위에 지어져 교황(요한 바오로 2세)이 다녀간 전통적인 치유의 성모 성당으로 향했다. 소요시간은 20분이다. 스페인들 점령 시에 피라미드를 1/3 정도 허물고 지금의 화려한 산난도리스(SANANDORES CHOLULA) 성당을 지었단다.

　오후 햇빛에 빤짝이는 성당을 향해 땀을 흘리며 숨차게 올라갔다. 물론 본 피라미드 주위로는 넓은 면적에 발굴된 수많은 유적을 둘러보면서 올라갔다. 길이 가파르고 멀어도 많은 관광객들이 찾아들고 있었다.

　치유의 성모 성당도 기금 마련을 하고 있으면서 내부 촬영은 금지했다. 멕시코 사람들은 집에 우환이 생기거나 아픈 사람이 생기면 여기 와서 기도를 드린다고 한다. 제단 위 성모상 뒤를 지나갈 수 있어 아름다움을 영상으로 담았다. 대단한 솜씨들이었다.

　15시에 우리 일행은 멕시코 시내로 향했다. 왕복 6차선에 시원하게 달렸다. 도로변은 휴경지도 많았지만, 울타리용이나 경계 표시용으로 수양버들이 산재해 있어 삭막하지는 않았다.

　다시 꽤 높은 산 왕복 6차선 고속도로를 넘어야 했다. 석양을 안고 가야 하고 외기온도가 30도를 넘어 에어컨 성능이 좋아도 시원치 않았다. 호텔에 도착하여 잠시 쉬었다가 가까운 곳에 있는 한인이 경영하는 아리랑 식당에서 삼겹살 파티를 했다.

　　　　오늘은 시내 관광 투어라 9시에 호텔을 나와 수마야 박
물관으로 향했다. 4차선 중앙 분리대에는 아름드리 소철나무 등이
아름다운 자태로 시원한 그늘을 만들고 있었다. 부자들이 산다는 '마
사리' 부촌 지역을 지나는데 도로마다 숲으로 덮여 있었다.

　독특한 디자인과 색상의 미려한 수마야 박물관은 멕시코 최고의
부자 카를로스가 세운 것으로, 최대 규모의 로댕 작품과 예술품이 있
다는데 내부 관람이 안 되어 건물 외관만 영상을 담고, 9시 30분, 인
류학 박물관으로 향했다.

가는 도중에 도로변 가로수 아래에는 전부 꽃으로 조경해 둔 대통령이 거처하는 궁을 지나 9시 45분에 인류학 박물관 주차장에 도착했다. Chapultepec 공원에 위치한 인류학 박물관은 1964년에 문을 연 2만4천 평에 이르는 대규모이다.

입구 분수대를 지나 검색대를 통과하면 Pedro Ramirez에 의해 설계된 박물관에는 신화의 나무를 상징하는 '빠리아구아'라는 한 개의 기둥에 올려진 우산 모양의 지붕이 인상적이었다. 물론 강진에 견디도록 내진 설계를 하였단다.

인류의 발현부터 고대사의 생활상과 아즈택 문명, 마야 문명 등을 가이드의 설명을 들으며 둘러보았다. 특히 무게 24톤이나 되는 거대한 태양의 달력을 벽면에 부착시켜 관광객들의 이해를 돕고 있었다.

11시 30분, 밖을 나오니 높은 장대에 줄을 매달아 줄 끝에 사람이 매달려 거꾸로 내려오는 '골라도래스'라는 곡예를 영상에 담고, 또 주차장 옆에 깃털 등으로 요란한 원시인 복장을 한 남녀들이 북을 치며 노래하는 것도 영상에 담았다. 공원 옆에 있는 식당에서 현지인들의 음악 연주를 보며 중식을 끝내고, 13시 30분, 귀족들의 주거지 아즈텍 시대의 수도였던 떼노스티틀란 시대의 마지막 운하 소치밀코(꽃 생산지라는 뜻)로 향했다. 소요시간은 30분이다.

500페소의 사진 속 인물인 유명한 부부 미술가 프리다와 디에고가 살았던 청색 집을 돌아 외곽 순환도로를 탔다. 도로 중앙 분리대에는 60년대에 도입된 지하철이 지나가고 있었다.

13시 58분, 소치밀코 주차장에 도착하니 수백 대 차량이 초만원을 이루고 있었다. 우리 일행은 제일 가장자리에서 하차했다. 이곳 소치밀코는 그 길이가 180km이고, 선착장만 11개가 되는 거대한 규모다.

장대로 저어 운행하는 배는(승선 인원 20명 정도) 조잡한 단장과 비 가림을 하고 있었다. 수많은 배가 움직이는 속에 장사군도 있고, 곳곳에서 다양한 악기로 연주하는 요란한 음악 소리가 유원지 분위기를 한층 고조시키고 있었다.

우리 배에도 트럼펫 3인과 현악 연주 4인 성악가 등이 승선하여 뻔쩍이는 유니폼을 입고 음악 연주로 흥을 돋우어 주었다. 40여 분간의 선상유람을 끝내고 소깔로 광장으로 향했다. 15시 55분, 소깔로 광장에 도착했다. 광장 중앙에는 멕시코 대형 국기가 긴 그림자를 뿌리며 휘날리고 관광객들은 구름처럼 몰려들고 있었다.

1521년, 스페인 정복자 코르데스 등에 의거 파괴되어 폐허가 된 역사의 현장이다. 소깔로는 '기반석'이라는 뜻의 넓은 광장이었다. 1843년, 산타 안나(Santa Anna) 대통령이 독립기념탑의 기반석을 놓으면서 소깔로로 이름을 바꾸었다.

도시의 중심인 소깔로 광장(Zocalo Square)은 아즈텍인이 해발

2,240m에 도시를 세웠을 때부터 거대한 신전이 위치한 도시의 심장부였다. 먼저 소깔로 동쪽에 있는 아즈택 시대의 신전의 유적이 발굴되어 있는 지하를 둘러보았다.

과거 문명의 흔적을 모형도까지 만들어 일목요연하게 설명토록 해두어 이해를 돕고 있었다. 이어 광장 중심에 있는 메트로폴리타나 대성당(Cathedral Metropolitana)의 내부를 돌아보았다. 1524년 건축을 시작해 240년 동안 다양한 건축양식을 담아내면서 완공됐다고 했다

거대한 성당 내부는 화려한 금박 장식과 높은 천정까지 닿는 거대한 돌기둥과 천정의 아름다운 채색을 살펴보면서 영상으로 담았다. 많은 교인들이 찬송가를 부르며 예배를 드리고 있었다.

멕시코 중심에서 스페인의 정취를 느낄 수 있는 메트로폴리타나 대성당을 중심으로 좌측으로는 대통령궁(Palacio Nacioal)이 있고 그 정면에 있는 (청사 위에 멕시코 국기가 있는 건물은 전부 정부청사임) 정부청사 2동과 우측에는 호텔과 백화점 등이 소깔로 광장을 둘러싸고 있었다.

　여러 곳을 열심히 영상으로 담고 16시 40분 호텔로 향했다. 소깔로 광장 가까이의 오른쪽 작은 광장이 있는 곳의 3층 석조 건물 멕시코 국립미술관 앞을 지났다. 교통체증이 심했다. 얼마 안 가 이번에는 왼쪽에 예술의 전당이 자태를 뽐내고 있었다. 17시 30분, 호텔에 잠시 쉬었다가 18시에 첫날 들렀던 수라상 식당에서 비빔밥으로 저녁을 했다.

2018년 3월 30일 (금) 맑음

　오늘도 9시에 호텔을 나와 천 년의 숨결을 느낄 수 있는 테오티우아칸으로 향했다. 필자가 머무는 호텔에서 보이는 로터리에 있는 독립을 상징하는 황금의 천사의 동상을 지나면서부터 계속되는 중앙 분리대가 폭 7~8m 숲이 우거진 이 메인도로 레포르마는 1860년대 페르디난드 폰 로젠지그가 설계 조성했단다.

테오티우아칸까지는 차가 밀리지 않으면 1시간 예정이다. 아침이라 그런지 외곽으로 빠지는 왕복 6차선 도로는 교통체증이 없고 중앙 분리대에는 아름다운 소철 나무 아래로 버스 전용도로가 있었다.

9시 20분부터는 버스 전용도로 안쪽으로 지하철이 지나가고 곳곳에 지하철 승강장이 나타났다. 얼마 지나지 않아 가도 가도 끝없는 멕시코의 빈민촌 달동네가 이어지고 있었다. 9시 30분, 8차선 도로인가 싶더니 6차선이 되면서 갑자기 교통체증이 생겼다. 모두 테오티우아칸 피라미드로 가는 차량이라 했다. 우리가 탄 벤츠 미니버스는 체증을 피해 우회키로 하고 5개의 출입구 중 3번 출입구로 방향을 바꾸었다. 도로 주변은 낡은 집들이 계속 이어지고 있었다.

9시 50분부터는 전형적이 농촌 지역이다. 간혹 녹색 재배작물과 손바닥 선인장을 재배하는 것이 보이지만 대부분 아직 파종하지 않은 농지였다. 물론 경지정리는 되어 있지 않았다. 도로는 협소하고 포장 상태도 좋지 않았다.

10시 15분에 정문에 도착했다. 태양의 신전 옆쪽이다. 이곳 테오티우아칸(Teotihuacan)은 해발 2,300여m에 형성된 멕시코의 고대 도시이다.

이 도시는 멕시코시티에서 북동쪽으로 50km 정도 떨어진 산 후안 테오티우아칸 데 아리스타(San Juan Teotihuacán de Arista)에 있으며 아메리카 대륙의 가장 큰 피라미드 유적지로써 거대한 신전으로 유적지의 총면적은 83평방킬로미터이다.

태양의 신전(규격 가로세로 각각 220m, 높이 65m, 248계단) 등은 0세기부터 100년 동안 매일 5만 명을 동원 작은 돌들을 시멘트 공법으로 완공했다고 했다. 태양의 신전 앞으로 가서 정상을 오르는데 사람이 너무 많았다. 그래도 1시간 30분이면 다녀올 수 있다고 했다.

사람이 너무 많을 때는 5시간 소요될 때도 있었다고 했다. 올라가는 길과 내려가는 길을 구분을 해두고 곳곳에서 이탈을 못 하도록 통제를 하고 있었다. 물론 위로 올라갈수록 통로가 좁아지고 있었다.

올라가면서 내려다보니 신전 사방으로 광활한 면적에 정교한 석축으로 쌓은 유적이 펼쳐져 있는데 그 규모가 대단했다. 사람이 너무 많아 무더운 날씨 속에 극기 훈련처럼 땀을 많이 흘리면서 올라갔다. 태양 피라미드 정상에서 사방을 둘러보니 수많은 석축 유적이 장관을 이루고 있었다.

평지로 내려와서 우리 일행은 폭 40m, 길이 2.4km의 광장 끝에 있는 달빛 피라미드로 향하는데 이곳에도 수많은 인파가 북적였다. 곳곳에서 유적지를 동영상으로 담으면서 달빛 피라미드(높이 46m, 5층 구조)의 가파른 경사의 계단을 올라 중간 지점 전망대에서 멀리 보이는 태양 피라미드를 포함한 부근의 방대한 유적을 영상으로 담았다. 사람이 너무 많아 사진 촬영도 쉽지 않았다.

　5번 출구로 나가는 중간에 작은 규모의 공명 장소에서 박수를 쳐 보기도 했다. 노점상들이 즐비한 곳을 지나 대기하고 있는 버스에 올라 데킬라 시음장으로 향했다. 12시가 지났는데도 피라미드로 입장하려는 관광객의 행렬이 끝없이 이어지고 있었다.

　12시 15분, 데킬라 시음장에서 다양한 종류의 주류를 시음해 보았다. 이곳에서 털 없는 개를 보았는데 머리는 개가 분명한데 몸통은 돼지를 닮은 것 같았다. 열대 지방이라 이런 진화가 일어나는 것 같았다. 버스는 13시 10분, 식당으로 향하는데 역시 관광 차량들이 꼬리를 물고 있었다. 사람이 너무 많아 관광하는 것이 전쟁이다.

　가까이에 있는 뷔페식당에서 중식을 하고, 13시 50분, 라틴 아메리카 가톨릭을 대표하는 세계 3대 성지 중 1대 성모 발현지 과달루페 성당으로 향했다. 날씨가 약간 흐려 더위를 식혀 주었다.

　왕복 4차선 도로변에는 과수농원도 있고 푸른 농작물이 곳곳에 자라고 있었다. 멀리 독립된 야산만 보일 뿐 끝없는 평원이었다. 14시경부터는 산재된 주택들이 무질서하게 들어서 있는 것이 계속되고 있었다.

14시 30분에 과달루페 성당 정문에 도착하니 후드득후드득 빗방울
이 떨어지고 있었다. 이곳에는 7개의 성당이 있다고 한다. 과달루페
의 성모(Virgen de Guadalupe)는 1531년 12월, 후안 디에고라는 인디
언 개종자(改宗者)에게 동정녀 마리아가 무려 2번(11월 9일과 12월 12
일) 나타나 교회를 세우라고 말한 그 장소 가까이에 지어졌다고 전해
진다.

동정녀 마리아의 2회 출현은 현재 과달루페 성당에 자리하고 있는
'과달루페의 동정녀 마리아'라는 그림으로 그려져 있다. 과달루페의
성모 축일 날짜는 12월 12일이다. 이는 성모 마리아가 멕시코 시티
인근의 테페약 언덕에서 성 후안 디에고에게 나타난 날짜인 1531년
12월 12일을 기념하여 제정한 것이다.

과달루페의 성모 성지는 국립 인류학 박물관을 설계한 페드로 라
미레스 바스케스(PEDRO RAMIREZ VASQUEZ)가 설계한 기둥 없이
와이어로 지탱하는 독특한 원형 건물이었다. 이 과달루페 성당은

1974년 착공해 1976년 10월 12일 완공되었는데, 만 명을 수용할 수 있단다. 본당 앞 좌측에 있는 2개의 고딕 양식 성당은 1695년에 지어지기 시작, 1709년에 완성되었는데 지진으로 인해 많이 기울어져 있었다.

광장 중앙에는 시계탑이 있고, 그 좌측에는 디에고가 틸마를 펼쳤을 때의 모습을 조각상으로 재현해 두었다. 이곳을 지나 장미 정원을 지나서 찾아간 성당은 지진으로 성당 주변의 지반이 심한 균열과 침하가 있어 철망으로 덮어 놓았는데, 성당이 훼손되지 않은 것이 신기했다. 입구로 나오면서 만 명을 수용한다는 화려한 성당 내부와 '동정녀 마리아상'을 둘러보았다.

15시 30분 멕시코 시내 한인 식당(도시락 찾음)을 거쳐 16시 10분에 공항에 도착했다. 출국 수속을 마치고 20시에 AM090편으로 몬텔레이 공항으로 향했다. 소요시간은 1시간 45분이다.

하늘에서 내려다본 멕시코시 야경은 마치 보석을 뿌려 놓은 것처럼 정말 아름다웠다. 전기 사정이 좋아 보였다. 몬텔레이 공항에서 우리 일행은 여객기에서 그대로 기다리고 항공유 보충과 한국행 승객을 태운 후 01시 20분, 인천 공항으로 향했다. 지루한 14시간 45분 비행 끝에 4월 1일 06시 10분에 인천 공항에 도착했다.

💬 **COMMENT**

윤　　　희	재밌게 잘 읽어보았습니다. 감사합니다. 시인님, 사진도 올려주셨네요. 최고.
홍　두　라	여행기 잘 읽습니다. 제가 여행하고 있는 기분입니다.
그린빛(김영희)	10일간의 긴 여행을 다녀오시고 꼼꼼한 여행기까지 보여주시네요. 대단하십니다. 즐거운 여행길 추억의 여행길로 기억에 남아 좋은 인생 한편의 책갈피로 장식하셔요.
자스민 서명옥	멕시코 여행담 기내 식사가 입맛에 맞으셨나 보네요. 다행이지요. 도착하셔서 여러 곳에 구경하시니 신기하고 행복하셨지요. 자세한 설명도 꼭 가서 본 느낌처럼 자세히 적어주셔서 감동이었네요. 두루두루 다니셨던 멕시코 잊지 못할 추억이 되셨네요. 전 한 번도 가지 못한 멕시코 구경 잘했습니다. 감사합니다. 시인님, 대리 만족 잘했습니다.
雲海 이성미	사회주의 국가를 여행한다는 게 쉽지 않았을 텐데, 무사히 잘 다녀오셨네요. 세계를 다 다니시는 선생님 이제 여행 전문가로, 여행기 즐감합니다.
소당 / 김태은	젊은 사람도 쓰기 어려운 여행 일기인데 놀라워요. 하루 종일 관광한 것 메모하고 잠을 자야 하고, 또 이 글을 컴퓨터에 써 올려야 하는데 너무 수고 많이 하네요. 책 나오면 꼭 사서 또 읽어 봐야겠어요. 멋지게 잘 살아가시니 존경해요.
가을하늘	중남미 여행을 다녀오셨네요. 가보고 싶은 곳인데 리얼하게 쓰신 여행기에 실제 현장을 본 것 같은 기분입니다.
연　　　지	놀랍습니다. 어찌 이리도 장문을…. 존경하고 존경합니다.
협　　　원	여행도 힘 있을 때 많이 다니란 말이 있지요? 그 멀리 남미까지 그 긴 시간 좁은

비행기 좌석 생각만 해도 끔찍하게 느껴지는데 대단하십니다. 소산 님 덕분에 멕시코 여행 앉아서 하고 있으니 내가 그곳에 서 있는 느낌이 듭니다.

所向 **정윤희**　화려한 남미 여행을 봅니다. 선생님, 건강하실 때 여행 많이 다니세요. 덕분에 좋은 곳을 눈요기해 봅니다. 멋집니다.

은　　영　너무 자세히 잘 써주셔서 감사하게 잘 읽어보았습니다. 사진도 잘 보았습니다. 감사드려요.

雲岩/韓秉珍　소산 선생님, 일요일 오후 시간 멕시코 쿠바 여행기 기행문 잘 읽었습니다. 마음으로 함께 여행을 즐겼습니다. 오후에도 쌀쌀한 날씨에 건강 조심하시고 행복한 주말 보내시기 바랍니다.

佳詠/海雲**김옥자**　문재학 선생님 여행기를 상세하게 올려주셨네요. 뜻깊은 여행 되셨겠습니다. 덕분에 가만히 앉아서 잘 보았습니다.

어시스트 안종원　와, 체력도 건강도 최고이십니다. 9일 동안을 날짜별로 시간별로 해설까지 세심히 붙여주심 감사히 보았습니다. 열대 식물들의 뿌리가 있는 수영장 술도 빵까지 무제한 호텔 저 같음 빵꾸 났을 듯싶습니다. 고맙습니다.

남미
여행기

1부

브라질, 파라과이, 아르헨티나, 페루

2014년 11월 2일 (일) ~ 3일 (월)

깊어가는 가을, 노란 가로수 은행잎이 유난히 가을 햇살
에 눈부신 날, 설레는 마음으로 인천 공항으로 향했다. 저녁 9시 30
분에 미팅하여 11월 3일 0시 25분에 EY873(아랍에미리트 항공)편으로
출국 예정이었으나, 여객기 점검과 주유를 하느라 새벽 2시경에 이륙
했다. 대형 여객기인데도 빈자리 하나 없이 만원이어서 장거리 여행길
이 조금은 불편하였다.

아랍에미리트 승무원

여승무원들은 하얀 천으로 얼굴을 반쯤 살짝 가리는 이색적인 이

슬람교 복장이다. 아부다비(ABU DHABI) 공항까지 비행 소요시간은 10시간 40분이다.

여객기는 어두운 중국 북경 상공을 지나 내륙 깊숙이 횡단하고 있었다. 현재 고도 10,982m, 외기온도 영하60도, 시속 820km로 가고 있다. 아부다비 공항 착륙 한 시간 전, 창밖에는 눈부신 아침노을이 여객기 내부까지 흘러들고 있어 긴 비행시간의 피로를 씻어 내렸다. 승객들은 긴 잠에서 깨어나 아침 식사를 하면서 담소를 나누기도 했다.

공항이 가까울수록 벌거숭이 험산이 이어지고, 아침노을에 음영이 선명한 이색적이고도 아름다운 지상의 자연풍광이 마음을 설레게 했다. 낮게 깔린 새털구름이 아침 햇살에 수채화를 그리고 있어 동영상으로 담았다.

이어 평야지다. 구름 사이로 곳곳에 바둑판처럼 정리된 도로 따라 주택들도 보이고, 파란 경작지도 있었지만, 50% 이상 모래라 황량하기 그지없었다. 파도를 이루는 모래톱도 아침노을에 반짝이면서 새로운 풍광을 연출하고 있었다.

공항 가까이에는 1~2층 하얀 주택들이 바둑판처럼 잘 정리되어 있고, 그 사이 도로에는 많은 차들이 달리고 있었다. 공항 주변에는 수목은 거의 볼 수 없고 텅 빈 공간마다 그냥 모래였다.

거의 10시간 만에 착륙했다. 공항 주변에 일부 4~5층 아파트가 보이긴 했지만, 사막 내에 넓은 공항만 덩그러니 놓여 있는 것 같았다. 여객기를 나오니 30도의 사막의 뜨거운 열기가 확 밀려왔다. 대기하고 있는 이동 버스에는 에어컨이 시원하게 가동되고 있었다. 5분가량 이동하여 상파울루(SAO PAULO)로 가는 환승장으로 향했다.

공항규모가 상당히 커 보이긴 했지만, 상당히 불편했다. 2시간 가까이 연착하는 바람에 대기시간 없이 상파울루로 향한 여객기 TY

843편에 가까스로 탑승하였다. 아마도 여객기가 동일 여행사라 우리 일행(17명)을 기다려 준 것 같았다. 공항 근무자들 중 여자들은 검은 복장을 하였는데 상당히 갑갑하고 더울 것 같아 보였다.

여객기는 현지 시간 오전 9시(한국 시간 오후 2시), 출발했다. 비행장에 계류 중인 여객기는 대부분 아랍에미리트 소속 여객기밖에 보이지 않았다. 아부다비 공항은 대규모로 철재 조립형으로 확장 신축 중이었다.

세계에서 제일 황량(?)한 공항을 이륙하니 넓은 호수 같은 것이 나오고 그 주위로 멋진 고층 빌딩이 일부 보이고, 아름다운 정원을 지나서는 이내 바다였다. 비행 한 시간 반 정도 후에는 거대한 사막지대가 나타났다. 구름인지 사막인지 구별이 잘 안 되는 희끄무레한 사막지대는 일부 모래톱을 지나는가 했더니, 이어 특이한 분홍색 사막 위를 끝없이 지나고 있었다.

이어 거친 산맥을 이루는 사막지대가 나타나고 중간중간 도로 따라 마을도 나타났다. 어떤 지역에는 크고 작은 녹색 지대를 많이 만들어 두었다. 계속하여 사막지대를 지나는데 날씨는 맑았다.

이륙 3시간이 지나니 푸른 바다가 넘실대는 홍해 바다가 나왔다. 푸른 바다 수면 위로 솜털 같은 구름이 일정 간격으로 점점이 떠 있는 새로운 풍경을 맛보면서 10여 분 후는 다시 나무 한 포기 없는 험준한 사막지대 아프리카 대륙이 나왔다. 역시 골짜기마다 모래가 강을 이루면서 도로도 인가도 경작지도 없는 불모지다. 다시 30여 분 후에는 대평원의 사막지대가 나타났다. 그리고 그 가운데로 구불구불 커다란 물줄기가 사막을 적시는데, 나일 강 상류인지 궁금했다. 그리고 이내 가도 가도 끝없는 사막지대다.

현지 시간 오후 3시경, 아프리카 대륙 깊숙이 들어오니 수목이 보이는 산이 나타나기 시작했다. 간간이 흐르는 흰 구름 사이로 인가와 경작지도 약간 보였다.

다시 큰 강줄기가 대지를 휘감아 돌고 있었다. 콩고의 강 상공 울창한 산림지대를 통과하고 있었던 것이다. 빤짝이는 마을들과 굽이쳐 흐르는 본류 주위로 실뱀처럼 꿈틀거리는 지류를 포함, 여러 개의 강줄기가 한 폭의 그림을 그리고 있었다.

현재 시간 오후 4시 30분, 아프리카 대륙 해안을 벗어나 대서양이다. 섬 하나 보이지 않는 바다, 하늘과 푸른 바다가 같은 청색 물빛을 뿌리고 있었다. 푸른 바다 위 흰 구름이 하얀 눈꽃처럼 솟아 있는 멋진 곳을 지날 때는 영상으로 담았다.

비행 11시간 만에 남미대륙 해안에 들어섰다. 약간 야산 구릉 지대 민둥산이다. 곳곳에 경작지도 보이고 인가도 많이 보였다. 여객기는 해안선을 따라 날고 있었다. 아름다운 해안선 따라 작은 소도시의 풍광을 즐기는가 했더니 다시 숲이 우거진 험산을 지나기도 했다.

여객기에서 내려다 본 상파울루 시내는 붉은 주택들 사이로 산재된 아파트가 보이는데 산뜻하고 아름다웠다. 아부다비 공항에서 15시간 정도 걸려 현지 시간 오후 6시 15분(한국 시간 11월 4일 오전 5시 15분 = 시차 11시간)경에 활주로에 도착했다. 입국장 등 몇 곳에 삼성 대형 전광판이 우리 일행을 반기고 있었다.

한국서 총 25시간 비행기를 탄 셈이다. 밖을 나오니 한국어를 전공하는 학생(영삼이라 부름)이 우리 일행을 안내했다. 공항 내에서 간단히 저녁 식사를 하고 빗길 속에 PANAM BY 호텔에 9시경에 여장을 풀었다.

(※ 상파울루는 브라질에서 가장 큰 도시로, 면적 1,523평방킬로미터이고, 인구는 1,700만 명 정도이다.)

2014년 11월 4일 (화)

상파울루 호텔에서 9시경에 나올 때는 부슬부슬 비가 내렸다. 공항 가는 도로변 나무들의 함초롬히 젖은 연초록 잎새가 초여름 기운을 느끼게 했다. 우리가 지구 반대편에 와 있는 것을 실감했다. 현지시간 오전 11시 25분에 리오데 자네이로(RIO DE JANOIRO) 행 여객기(델타항공 G3 2044편)에 탑승·이륙했다.

구름 속을 20여 분 뚫고 올라서니 멀리 해안선 따라 하얀 포말을 일으키는 아름다운 해안 풍경이 이어지고 있었다. 그리고 야산 구릉 지대에는 산재된 경작지와 주택들이 이어지고 있었다. 여객기가 저공으로 가고 있어 마치 헬기를 타고 가는 기분이었다. 12시 10분경, 리오 공항에 착륙했다. 공항 규모는 작아 보였다. 탑승 계류장이 3곳으로 분산되어 있었다.

외기온도 여름 날씨 34도가 후끈거렸다. 날씨는 쾌청했다. 역시 대기하고 있던 공항버스로 출국장까지 운행되었다. 브라질은 인구 2억 2천만 명, 면적은 세계 5번째 큰 우리나라 80배에 달하는 8,514,877평방킬로미터로 넓고, 철광석 생산은 세계 1위로, 우리나라 포철이 30년째 거래를 하고 있단다. 그 이외 석유 등 부존자원도 많은 나라라 했다.

리오(Rio)의 공항을 빠져나와 현지 가이드 '전영호' 씨를 만났다. 공항에서 시내로 들어서는 좌측 멀리 28km(세계에서 3번째 긴 다리)의 해상교(海上橋)가 시원하게 눈길을 끌었다. 항구에는 하역 작업하는 곳이 많이 보였다. 그리고 도로변에는 낡고 지저분한 주거공간인 빈민가를 지나는가 하더니 어둡고 긴 터널을 통과하니 별천지가 전개되었다.

사방 바위산으로 둘러싸인 로드리고 데 프레이타스(Rodrigo de Freitas) 호수를 중심으로 미려한 아파트와 상가가 그림 같은 풍광을 이루고 있어 깜짝 놀랐다. 이어 버스는 꼬까가마(?)의 고개를 넘는데, 좌우에는 대리석을 목재보다 싸게 이용한 70년 된 아파트들이 아직도 미려한 자태를 뽐내고 있어 옛날 브라질의 경제 수준을 짐작하고도 남을 정도였다. 이 부근은 부유층들이 사는 곳으로 50평 아파트가 15억 원이나 한다고 했다.

상하(常夏)의 나라 브라질 리오(Rio)에 거주하는 교민은 겨우 70명 정도 너무 적게 살고 있었다. 그래도 우리 교민은 조국의 경제 성장 덕분에 호의적인 대우를 받으며 살고 있다니 기분이 좋았다. 중식은 브라질 전통 음식 츄라스코(불고기 바비큐 = 각종 고기와 생선회와 채소 등)인데, 한국인 입맛에 맞아 모두 포식을 했다.

코파카바나(Copacabana) 해안가에 가까이에 있는 Mirasol 호텔 1006 호실에 들렀다가 오후 4시 30분에 명승지인 빵산(아슈까르 Sugar loaf)으로 향했다. 가이드의 말인즉, 지금부터 턱 마사지를 하라고 했다.

아름다운 경관에 탄성으로 인한 턱이 빠지지 않기 위해서라면서 잔뜩 부푼 기대를 하게 했다. 코파카바나 해변을 지나 빵산으로 가는 주변은 고층 빌딩들이 해안 따라 숲을 이루고 있었다.

빵산 아래 넓은 주차장에 내려서 케이블카로 승차하는 곳으로 이동했다. 관광객이 줄을 서 있어 밑에서 보아도 이색적이고도 아름다운 풍경이라 동영상으로 열심히 담았다.

지금 운행하고 있는 케이블카는 2008년도에 스위스에서 완제품으로 수입·설치하였는데 65인승으로 시속 34km 왕복으로 운행한다고 했다.

통행 관람권은 2개의 봉우리로 연결되는 케이블카 이용 시 바코드로 5회나 걸쳐 인식기에 넣어 확인하고 있어 보관하는 것이 다소 불편하였다. 1차 케이블로 오르면서 주위 경관을 보며 내는 탄성의 소리가 도착 지점까지 이어졌다.

케이블카 탑승장 입구에 있음

빵산(아슈까르 Sugar loaf)에서 일행과 함께

1차 바위산에 오르니 100년 전부터 1차, 2차 운행하였던 케이블카를 전시해 둔 곳을 지나서 리오(Rio) 시내를 한눈에 조망하였다. 조금 멀리 하얀 포말이 이는 코파카바나긴 해수욕장 뒤로, 약한 운무에 가려진 뾰족뾰족한 산들의 음영의 풍광이 그림처럼 다가오는데 정말 감탄이 절로 나왔다.

석양 아래 리오 시내

맞은 편 가까이 제일 높은 곳의 코르코바도 산 정상의 예수 동상도 사람의 호기심을 자극하고 있었다. 사방 어디를 둘러보아도 아름다운 풍광들이었다.

발아래 호수처럼 아늑한 만(灣)에는 정박한 수많은 요트들이 햇빛에 빤짝이고, 만(灣)의 맞은편에는 다운타운의 고층 빌딩들이 밀집해 있고, 그 가까이 있는 해변에 2개 활주로에는 여객기가 수시로 창공을 가르고 있었다. 그리고 활주로 뒤 멀리에는 세계에서 3번째 긴 다리 28km 해상교(海上橋 = Ponti Rio Nitoroi)를 중심으로 대형 화물선 등 많은 선박들이 곳곳에 정박 또는 포말을 일으키고 있었다.

해상교가 연결되는 빵산 가까이로의 해안가를 따라 역시 그림 같은 미려한 건물들이 바위산들을 배경으로 자리하고 있었다. 다시 탄성의 발길은 빵산 정상(해발 396m)으로 향하는 케이블카에 도착했다.

케이블카가 정상으로 다가갈수록 주위의 풍광에 절로 터지는 탄성의 소리에 케이블카가 흔들흔들할 정도였다. 조물주가 만들어 놓은 환상적인 경관에 모두들 흥분을 감추지 못했다.

세계 3대 미항 이태리의 나폴리, 호주의 시드니와 더불어 3대 미항이라고 하지만, 필자가 3곳 모두 둘러본 소감은 나폴리와 시드니도 모두 독특한 미항이지만, 2곳을 합쳐도 이곳과는 비교할 수 없을 정도로 아름다웠다.

맑디맑은 푸른 바다의 긴 해안선 따라 이는 하얀 포말들, 약한 운무에 휩싸인 원근(遠近)의 바위산 음영이 뉘엿뉘엿 석양의 햇살로 스며드니 더욱 환상적인 풍광을 맛보게 하였다.

아쉬움의 발길을 뒤로하고 하산하여 다시 코파카바나 4.8km 유명한 해수욕장의 끝자락의 중국 식당으로 가는데, 저녁 시간인데도 해수욕장에는 많은 사람들이 나와 있었다. 포장마차가 집단으로 있는 곳은 전깃불을 밝히면서 손님맞이 준비를 하고 있었다.

우리 일행은 2층 식당에서 코파카바나 해수욕장의 야경을 감상하면서 기분 좋은 저녁 식사를 했다. 그리고 다시 버스는 코파카바나 해안 반대편 끝에 있는 MIRASOL COPA CABANA 호텔을 가면서 해변 야경을 반복 감상을 했다.

가이드의 소개로 호텔 옥상의 풀장과 사우나(일부는 사우나를 하기도 함)가 있는 곳에 올라가 리오(Rio) 시내와 해변 등의 야경을 내려다보았다. 그리고 멀리 어둠을 밝히는 거대한 예수 동상을 바라보면서 휴식을 취한 후 잠자리에 들었다.

2014년 11월 5일 (수)

아침에 예수 동상을 보기 위해 8시 30분에 호텔을 나왔다. 로드리고 데 프레이타스호반에 버스를 세워두고 승합차로 예수 동상이 있는 바위산 코르코바도(CORCORADO)로 향했다.

호반을 지나고 터널을 통과하니 길바닥을 돌로 포장한 울퉁불퉁 산길로 들어섰다. 도로주위에 주택들의 담장 위를 비롯해 곳곳에 열대의 이름 모를 아름다운 꽃들이 자꾸만 시선을 끌고 있었다. 굽이굽이 급경사를 한참 오르니 도로에 레일이 깔려있다. 1884년(우리나라 갑오경장 당시)부터 이 험한 길을 전차가 다녔다니 놀라울 뿐이다.

차는 다시 구불구불 아마존 정글 같은 우거진 숲길을 올라가서 좁은 전망대 주차장에 하차하여 아름다운 로드리고 데 프레이타스 호수 공원 전경(둘레 7.5km, 넓이 22ha)과 바다 쪽 아빠네바 해수욕장과 조화를 이루는 풍광을 조망하고, 위로 쳐다보는 거대한 예수 동상 뒷모습을 영상으로 담았다.

다시 산악용 셔틀 벤츠 짚 차로 갈아타고 5분 정도 70도 급경사 밀림 지역을 구불구불 올라갔다. 지프는 좌석이 안락하기도 했지만, 에어컨 성능이 좋아 땀방울을 걷어내면서 시원하게 올라갔다.

현재의 이 길은 19세기에 완공하였고, 또 산 정상까지 스위스처럼 톱니바퀴로 운행하는 철로가 있어 한 시간에 180명 관광객을 실어

나른다고 했다. 참으로 이 험산에 놀랄 만한 시설을 해 두었다.

정상 부근 좁은 주차장에 도착하니 지프 5대가 있었다. 그리고 주차장 옆으로는 열차(3량)가 막 도착하여 승객들이 하차하고 있었다. '와' 대단하다는 말밖에 할 수 없었다.

인접한 곳에는 약 10m 높이의 엘리베이터가 열차 승객을 포함 관광객을 정상으로 실어 날랐다. 엘리베이터에 내리면 다시 에스컬레이터 2대가 곡선으로 예수 동상 앞까지 운행되고 있어 노약자들도 쉽게 관광토록 배려한 산 정상의 에스컬레이터가 신기해 보였다.

거대한 예수 동상을 배경으로

가이드의 오랜 경험(18년)에 의거 30분이나 일찍 도착하였는데도 이렇게 복잡한데 관광객이 밀리면 정말 사진 한 장 담기도 쉽지 않을 것 같았다.

평화 대사 인솔 책임자 김진휘 지부장님이 준비한 플래카드를 앞에 두고 계단에서 단체 기념사진을 남겼다. 촬영한 사진을 즉시 카톡을 이용하여 한국으로 전송하니 참 편리한 세상이다.

예수 동상은 코르코바도(해발 710m) 정상에 있는데, 이는 브라질 독립 100주년을 기념하여 1926년도 착수하여 1931년도 5년 만에 준공한 것으로, 높이 37m(좌대 포함), 양팔 길이 28m, 총무게 1,145톤 거대 석상이다.

이 예수 동상은 시멘트 조형물에 돌조각을 붙여 연마하여 전문가가 아니면 알 수 없을 정도로 정교했다. 84년이 지난 지금도 전혀 변함이 없다고 했다.

인구 1,300만 명의 그림 같은 리오(Rio)시를 한 번에 내려다볼 수 있어 기분이 좋았다. 1년에 천만 명의 관광객이 리오(Rio)를 먹여 살릴 정도로 온다니 이해가 가고도 남는다. 거대한 예수 동상은 리오(Rio)의 최중심지 높은 곳이라 리오(Rio) 시내 전경을 동서남북 한눈에 탄성으로 조망할 수 있었다. 녹색 잎을 흔드는 시원한 바람이 더위를 시키는 속에서 리오의 시내 절경을 영상으로 담고 또 담았다.

로드리고 데 프레이타스 호수공원 앞 긴 해변에는 아파트 상가가 밀집하여 호수에 그림자를 드리우고 밖 앗 해수욕장에는 포말을 일으키는 파도가 끝없이 밀려오고, 어제 본 빵산도 멀리서 손짓을 하고 있었다.

좌측으로는 리오의 다운타운 맞은편에는 28km 해상교가 바다 위를 달리고 있었다. 리오 아름다운 시가지를 한 바퀴 빙 둘러보았다.

신록의 자귀나무 꽃망울이 탐스러운 자태가 우리나라 초여름을 실감케 했다. 외기온도가 34~5도 되어도 그늘에는 시원했다. 바람이 불면 그냥 에어컨 바람이었다.

리오의 시가지 일부

다시 하산을 하여 로드리고 데 프레이타스 호반에 있는 브라질 최대 보석 박물관을 둘러보고 해안가로 나와 해수욕장 해변도로를 완주하는데, 비키니 수영복 차림으로 거리를 활보하는 아가씨들을 보고 모두들 야단법석이다. 필자는 창가에 앉았기에 이색적이고도 멋진 장면을 동영상으로 담아 보았다.

해수욕장 변 길가에는 포장 매점과 모래 조형물을 곳곳에 만들어 두어 시선을 즐겁게 하였고, 백사장을 출입하는 여러 곳에는 물을 뿌려서 시원한 길을 만들어 해수욕객들의 편의를 제공하고 있었다.

북적이는 해수욕장을 지나 남미 최고의 '와플(?)' 형상의 독특한 건축양식, 리오 대성당(성 세바스찬)을 방문했다. 특이한 건물이라 고층 건물 사이에서도 시선을 끌고 있었다. 바닥 지름이 96m, 높이 80m의 넓은 공간인데도 기둥이 하나도 없어 인기가 높다고 했다. 신도 2만 명을 동시 수용할 수 있다고 했다.

건물 내부 천장의 커다란 백색 십자가를 중심, 사방으로 대형 컬러 글래스 조형물이 실내를 화려하게 장식하고 있었다. 규모가 너무 크기에 사진 한 장으로는 담을 수 없을 정도였다. 바깥 광장 한편에는 대형 원형 탑 꼭지에 있는 십자가도 이색적이었다.

복잡한 시내를 지나 거대한 카니발 연습장 겸 공연장을 둘러보았다. 폭 70~80m(?), 길이는 700m 공간을 확보하고 양측으로 높은 관중석을 설치하였는데 규모가 대단했다. 9만 명 수용이 가능하다고 했다.

지역별로 경쟁을 벌이는데, 3일간 공연을 할 때는 입장료가 일반석이 300~500불이나 하고, 에어컨이 나오는 부호들이 이용하는 곳은 수천만 원을 주고 관람을 한다니 그 열기를 짐작하고도 남을 만했다. 이번에는 내년(2015년) 2월 14일부터 4일간 실시 예정이란다.

리오 데 자네이로

머나먼 이역만리(異域萬里)
가슴 설레는 동경(憧憬)의 도시 리오

조물주가 빚어놓은 경이(驚異)로운 풍광
빵산(**빵데 아슈카르**)의 케이블카를 타고 흐르는
탄성의 소리도 황홀경에 녹았다

리오의 전경(全景)을 굽어보는
코르코바도 정상의 거대(巨大)한 예수상
성령(聖靈)을 게시하는 빛을 뿌리고

젊은 낭만이 푸른 파도에 넘실대는
은빛의 기나긴 해수욕장 유혹에
세계인의 발길도 넘실댔다.

운무(雲霧)에 서린 돌출된 신비의 바위산들
그림 같은 자연호수공원(로드리고)에 드리우는
천혜(天惠)의 자연 풍광들

하나같이 그리운 추억의 향기로 피어오르는
짜릿한 꿈같은 미항(美港).
삼바 춤으로 불타는 정열의 땅

환상(幻想)의 도시
Rio de Janeiro여

　버스는 리오 비행장으로 이동했다. 비행장 가는 좌측 야산 같은 곳
에 밀집해 있는 60만 명이 거주한다는 빈민촌을 지났다. 룰라 대통령
이 이곳 주민들을 위해 곳곳에 케이블카를 설치하여 이용토록 한 것
으로 유명하단다. 빈부 격차의 이면을 보는 것 같아 씁쓸했다.
　리오 공항에서 국내선 여객기로 오후 4시 25분, 이륙하여 1시간
50분 만에 이과수 공항에 도착했다. 비행장은 간이 비행장이고 장난

감 같은 경비행기가 2대 계류 중일 뿐 아주 조용했다.

활주로 끝에서 여객기를 세우고 여객기 앞뒤에 트랩을 옮겨 승객을 내리게 하고 여행객들의 가방도 컨베이어를 이용 차에 옮기고 있어 처음 보는 장면이라 영상으로 담아 보았다.

공항 내 수하물 찾는데 들어오니, 벽면 곳곳에 "대한민국 파이팅" 커다란 한글이 붙어있어 반갑기 그지없었다.

밖을 나오니 현지 가이드 '정현' 님이 기다리고 있었다. 대기해있는 하늘색 대형버스에 제일 먼저 올라간 여자분이 되돌아 내려왔다. 이유인즉, 운전석에서 버스 내부로 들어가려고 하니 문이 잠겨 있어 무섭다고 했다. 필자가 올라가서 운전석 뒷문을 힘을 주어 당기니 문이 열렸다. 한국에서는 이런 구조의 버스를 본 적이 없기에 일어난 촌극이었다.

호텔 옥상에서 바라본 이과수 시가지

이과수의 '이과'는 인디오들의 말로 '큰물'이라는 뜻이라고 했다. 이과수 시내로 들어가는 도중에 중국집에 들러 저녁 식사를 하고 금년 5월에 문을 연 VIALE 호텔 306호실에 여장을 풀었다. 시간이 있어 호텔 옥상에 올라가 내려다본 이과수 시내는 숲속에 가끔 고층 건물이 있는 등 깨끗한 시내 같았다. 시 인구는 30만 명이라고 했다. 이곳에서 2일간 머무를 예정이다.

2014년 11월 6일 (목)

9시에 호텔을 나와 파라과이로 향했다. 10여 분 가니 브라질 국경지대 검문소가 나왔다. 여권을 회수하여 일괄 검문 통과를 하고, 폭 570m, 길이 4천km의 파라과이강을 건너면 파라과이. 이곳에서도 일괄 입국심사를 받고 인구 25만 명의 쇼핑의 도시 시우다드 델 에스테(ciudad del este) 시내에 들어섰다.

파라과이는 남미에서 3번째 작은 나라로 면적 40만7천 평방킬로미터이고, 인구는 약 500만 명이며, 수도는 아순시온으로 인구는 180만 명이란다.

깊게 흐르는 파라과이강 좌우 부근 일대는 끝없는 대평원이다. 우리 일행은 몬다우(MONDAY = 소용돌이치는 물) 폭포로 가는 중이다. 폭포로 가는 길은 비가 온 이후라 황톳길이 질척거렸다. 열대 식물의 나무 잎새가 싱싱한 향기를 풍기는 도로를 달리는데 수세가 강한 열대과일 작물들이 많이 자라고 있었다.

예쁜 아가씨 두 사람이 안내하는 매표소에서 입장료를 주고 들어가니 규모는 크지 않지만 풍광이 좋았다. 황토물이 거친 포말을 비산시키는 몬다우 폭포를 동영상으로 담고 나왔다.

아르헨티나와 파라과이는 우리나라와 시차가 정확히 12시간이다. 버스는 다시 시내 독특한 양식의 성당으로 향했다. 길가에는 수박 등 열대과일 파는데 처음 보는 과일이 많아 시선이 끌렸다. 선박 형상을 한 특이한 성당을 관람하고, 시장관사 앞을 지나 교민이 경영하는 식당에서 불고기 점심을 한 후 다시 브라질로 넘어왔다.

버스는 이과수 폭포(Foz do Iguacu)로 향했다. 이과수 폭포는 1916년 4월 24일 브라질의 과학자 알베르토 드몽(Alberto Dumont)이 비행기(단엽)를 타고 지나가다 발견하여 세상에 처음 알려졌단다.

폭포 길이가 2,700m, 폭포는 275개 세계 최대의 수량을 한다. 1936년에 국립공원으로 지정되고, 1986년에 유네스코에 3번째 자연유산으로 등재되었다고 한다.

이과수 폭포로 가는 길 주변은 대평원의 울창한 숲이다. 차에서 내리니 한국의 최고 무더운 날씨보다 더 뜨거운 열기가 밀어닥쳤다. 표를 구입한 후 정글 12km를 버스로 들어갔다. 진입도로 주위는 아열대 울창한 숲으로 한 걸음도 옮길 수 없는 밀림 지역이 계속 이어지고 있었다.

이과수 폭포 비중은 브라질이 20%, 아르헨티나가 80%로 구성되어 있다. 그러나 폭포 관람은 브라질에서 보아야 거의 전 폭포를 볼 수 있다는 것이다.

누른 황토물이 곳곳에 굉음과 자욱한 물보라를 흩날려도 무더위는 식힐 수가 없었다. 900m를 걸어가면서 단계적으로 관람할 수 있도록 탐방로를 잘 만들어 두어 편리했다.

　악마의 목구멍까지 가까이 가면서 물보라 세례를 받기도 하고 마지막으로 케이블카를 타고 폭포 위쪽에서 폭포를 내려다보며 관람했다. 엄청나게 쏟아지는 폭포수를 뚫고 드나드는 신기한 작은 새들의 모습도 보였다.

이과수 폭포의 중심에 있는 악마의 목구멍 등 여러 곳을 영상으로 담고 호텔로 돌아왔다. 저녁에는 7시에 호텔을 나와 버스로 이동 라파인 디너쇼(8개국 민속쇼)를 저녁 식사를 하면서 관람했다.

이과수 폭포

남미의 심장부를 흔드는
그 이름, 이과수 폭포

악마의 목구멍 깊은 숨소리
지축을 울리는 굉음(轟音)에
몸도 마음도 젖었다.

이곳저곳 사방팔방
물기둥 천둥소리
탐방객 탄성 소리

비말(飛沫)의 회오리로
무지갯빛을 쏟아내는
경이로운 물의 향연(饗宴) 현기증을 일으켰다.

무량세계(無量世界)에 어디에 또 있을까.
이백칠십여 개의
장엄(莊嚴)한 이 폭포수의 풍광

살아 숨 쉬는

정글의 전설이

짜릿한 감동의 여운으로 밀려왔다.

    민족별로 독특한 의상과 악기 연주 등 감동적인 춤에 매료되어 시간을 보내고 밤 11시경에 호텔로 돌아왔다. 관람객이 너무 많아 우리 일행과 버스 찾는 것이 쉽지 않았다.

💬 COMMENT

장 안 산   가본 것 이상으로 자세히 알려주시는 친절, 정말 감사드립니다. 선생님 오래오래 건강하세요.

송 파 아 줌 마   참 멋있는 여행을 하셨네요. 내 나이 인생길에서 멀리 왔지만, 아직도 여행은 마음을 설레게 하는 단어이거든요. 좋은 구경 재미있게 또 즐겁게 보고 갑니다. 고맙습니다.

사 비 나   와우~ 남미 여행을 편히 앉아서 오랜 시간 여행 잘 했어요. 정말 귀한 영상으로 자세히 설명 읽으면서 여행 잘 했어요. 감사의 말씀을 뭐라고 써야 할지 어안이 벙벙-해집니다. 그저 감사하다는 말을 수만 번 드리고 싶네요. 보내 주신 소산 문재학 선생님께 무한한 감사를 드리며, 내내 강녕하시길 빌며, 정말 감사합니다.

연 지   놀랐어요. 이 많은 글을 써서 옮기느라 여행 가서 피곤할 텐데. 다시 한번 '고마워요.'라고 인사하고 싶어요. 이미 알고는 있었지만도.

소 당 / 김 태 은   예수 동상 앞에서 자주색 잠바 입고 두 손 번쩍 들은 사진은 활력이 넘쳐 보이고 멋지니 문집 낼 때 이 사진 넣으세요. 오늘 또 들어와 다시 읽어봤어요. 가보고 싶어요.

디딤돌 / 김숙자   자세하게 쓰신 여행기를 통해서 간접여행을 잘하고 갑니다. 감사합니다.

왕 하 사 남미 여행기 실감 나게 잘 읽었습니다. 다음을 기다리겠습니다. 감사합니다.

인 제 남미 여행기 흥미진진하게 잘 읽었습니다. 감사합니다!

남미
여행기

2부

브라질, 파라과이, 아르헨티나, 페루

9시에 호텔을 나와 아르헨티나 쪽 이과수 폭포로 향했다. 밤새 천둥 번개가 치더니 비가 많이 내리면서 낮에도 천둥 번개가 친다. 종려나무 등 생기 넘치는 가로수를 좌우로 거느리고 버스는 시내를 벗어나고 있었다.

한국은 지금 영하의 기온을 넘보는데, 이곳은 무더위에 시달리니 좁고도 넓은 지구촌이다. 10여 분 달려 브라질 국경지대에 도착해 간단한 출국 심사를 받고, 길이 480m 이과수강 다리를 넘어갔다.

아르헨티나(은의 나라라는 뜻) 입국심사는 철저했다. 아르헨티나는 세계에서 7번째 땅이 넓고, 인구는 4천5백만 명인데, 그중 백인이 95%이란다.

버스는 울창한 숲속 포장도로를 달리는데 길이 어두울 정도로 수고(樹高)가 높았다. 얼마를 달렸을까. 매표소에 도착하여 준비한 우의를 입고, 입장권을 구입한 후 조금 걸어서 들어가 대기하고 있는 미니궤도 열차를 타고 구불구불 어두운 정글을 누비며 들어갔다. 계속하여 하늘에는 천둥 번개가 치고, 비포장 좁은 도로는 붉은 황토물로 씻어 내리고 있었다. 이과수 폭포가 왜 황토물인지 원인을 알 수 있었다.

다시 일행은 미니 열차에서 내려 빗길을 한참 도보로 들어가 대기하고 있던 적재함에 의자를 설치한 트럭을 타고 비를 맞으며 좁은 편도 비포장 길을 다시 8km나 어두운 정글 속을 지났다. 남미대륙 정글의 진수를 맛보는 것 같았다.

현재 이과수 폭포 일원은 국립공원으로 지정되어 있어 수만 종의 동식물을 보호하고 있단다. 이름 모를 나무들과 하늘을 가리는 덩굴이 열대정글의 참모습인 것 같았다.

이과수 강가 선착장에서 구명조끼를 입고 우중에 폭포 탐방에 나섰다. 비가 안 와도 어차피 폭포물세례를 받게 되어 있기에 내리는 비가 오히려 반가웠다.

세차게 흐르는 황토 급류를 6km 거슬러 올라가는데 빗줄기가 얼굴을 때릴 때는 약간의 통증도 왔다. 폭포수 아래 도착하니 거대한 폭포수의 환상적인 풍경과 굉음. 물보라 탄성의 소리가 범벅이 되어 이과수 협곡을 가득하게 울려 퍼졌다. 정말 스릴 넘치는 경험이었다.

폭포의 비말(飛沫) 속으로 들어갈 때는 모두 어린이들처럼 환호성을 질렀다. 어제 강 반대편 브라질 방문 시는 청명한 날씨에 비지땀을 흘렸는데, 오늘은 우중에 한기를 느낄 정도였다. 100불 옵션 마꾸고 사파리 보트 투어는 색다른 감동을 주어 모두 흡족한 표정이었다.

보트 투어를 끝내고 바로 옆 선착장에 내려서 폭포수를 시종일관 감상하면서 급경사 절벽 길을 올라갔다. 좁은 탐방 길은 오르고 내려가는 관광객들로 상당히 복잡했다. 폭포 위로 올라와서도 미리 설치한 탐방로 따라 폭포 위 이곳저곳을 폭포의 전경을 골고루 섭렵하면서 수백 미터를 도보로 한 시간 정도 풍광을 즐겼다.

비가 다소 잦아지니 이름 모를 새들의 청아한 울음소리에 새로운 정취를 맛보게 했다. 그리고 시야에 들어오는 신기한 새들을 눈요기하면서 정글을 빠져나와 수백 명을 동시 수용하는 대형 원형식당에서 뷔페식으로 허기를 달래고 나니 오후 2시 30분이다.

다시 가까이에 있는 미니궤도 열차를 타고 매표소까지 나왔다. 버스는 페루 리마로 가기 위해 이과수 공항으로 향해 달렸다. 공항에서 준비된 도시락으로 저녁 식사를 하고, 밤 9시 10분, 란(LAN) 항공사(남미의 대표 항공사임.)의 중형 여객기로 남미대륙을 대각선으로 횡단하여 페루 리마 상공에 2시간 20분 걸려 리마 상공에 도착했다. 시차 변경이 있어 시간 계산은 생략했다.

밤하늘의 리마 도시는 대평원에 화려한 황금빛 불빛이 도시 전체를 뒤덮고 있는데, 숨 막힐 정도로 장관을 이루고 있어 동영상으로 열심히 담았다. 서울의 야경보다도 미국의 시카고의 야경보다도 필자가 본 야경(夜景) 중에서 가장 화려하고 아름다웠다. 정말 좋은 추억으로 남을 것 같았다.

파란 점등(點燈)이 있는 활주로 따라 비행기는 가볍게 착륙했다. 공항에 계류 중인 여객기는 대부분 LAN 소속이다. 이곳에서는 시차가 2시간 당겨졌다. 야간인데도 승객이 너무 많아 입국 수속에 시간이 많이 소요되었다.

현지 가이드(여자)를 만나 숙소로 가는데 시내가 상당히 복잡했다. 오늘은 불금(불타는 금요일이라는 뜻)이라 주말을 즐기려는 사람들 때문이란다.

리마 시는 1535년부터 조성된 500년 역사를 갖고 있고, 면적은 7,600평방킬로미터(서울의 11배), 인구는 1,200만 명이다. 한국 교포는 1,000명 정도밖에 안 되지만 페루인들이 호감을 갖고 대해주어 좋다고 했다.

리마 시내 도로변에는 대형 홍보 간판이 많이 보였다. 이곳에는 한국의 전자제품과 자동차가 많이 팔리고 있어 우리 교민들은 자긍심을 갖고 산다고 했다. 밤늦게 MELIA LIMA 호텔 607호실에 투숙했다.

2014년 11월 8일 (토)

9시 30분, 호텔을 나와 지수일 가이드(어제 여자분의 남편) 안내로 리마 시내 관광에 나섰다. 제일 먼저 1996년 테러범들이 144일 동안 점령한 일본 대사관을 지났다. 쇠창살로 중무장한 담장이 이채로웠다.

페루는 인구 3천만 명인데 그중 중국인이 200만 명. 일본인은 30만 명인데도 후지모리란 일본계 대통령이 나왔다. 지금은 각종 비리 때문에 구속되어 있는데 후지모리 대통령 딸이 차기 대통령(2016년)의 유력한 후보로 떠오른다고 했다.

버스는 신시가지 태평양 해변으로 나왔다. 해안선 따라 화려한 고층건물이 즐비하고, 해변도로를 중심으로 바다 쪽에는 대부분 공원이나 조경을 잘해두고 있어 그림처럼 아름다웠다.

섬 하나 보이지 않는 망망대해 푸른 파도에 실려 오는 시원한 바람이 가슴을 뻥 뚫고 있었다. 연간 강우량이 70~100mm 정도밖에 안 되는 사막지대라 공원에는 실새 없이 물을 뿌리고 있었다. 해변도로에는 남녀노소 불문, 많은 사람들이 가벼운 차림으로 조깅을 하고 있었다.

스페인 바르셀로나 구엘 공원을 일부 모방한 사랑 공원 등 2곳을 차에서 내려 둘러보고 구시가지로 향했다. 넓은 면적을 자랑하는 리마 시내는 서구식 석조건물이 많아 그 옛날의 영화(榮華)를 짐작할 수 있었다.

우리 일행은 대법원청사와 대통령궁이 있는 넓은 아르마스 광장에서 잠시 휴식을 취했다. 광장 정중앙 분수대에서 만나기로 하고 30분의 자유 시간을 가졌는데. 사람이 너무 많아 우리 일행을 찾기가 쉽지 않았다.

리마의 아르마스 광장, 대통령궁이 보인다.

대통령궁 옆을 지나가는데 장갑차까지 동원한 삼엄한 경비를 하고 있었다. 무장 경비병들이 무더위에 지쳐 있는 것 같았다.

대통령궁 후문 쪽 폭 70~80m나 되어 보이는 하천에 물길은 폭 5m 내외의 콘크리트 수로로 내보내고, 넓은 하천 바닥은 중장비들이 공항으로 가는 고속도로를 개설하는 진풍경을 보고, 이곳이 비가 내리지 않는 사막임을 실감할 수 있었다.

그런데 고속도로는 지하로 내고 지상은 공원으로 조성한다고 하는데, 만일의 경우 비가 많이 내리면 어떻게 할 것인지 괜히 염려되었다. 이 모두가 비가 많이 오는 우리나라 같은 곳은 상상도 못 할 일이었다.

교민이 경영하는 '노다지'라는 식당에서 한식으로 고향 맛을 느끼고 리마 공항으로 향했다. 오후 4시 쿠스코(CUSCO)행 여객기에 탑승했다. 필자는 운이 좋은지(?) 모르겠지만, 비행기 seat no.가 A1(제일 앞자리에 1번)에 처음 앉아 보기도 했다.

석양의 그림자를 안고 이륙하여 험준한 안데스 산맥을 넘을 때는 솜털처럼 부드러운 흰 구름이 한가하게 이곳저곳에서 아름다운 꽃 그림을 연출하고 있었다.

나무 하나 없는 황량한 산맥들 사이로 실개천이 구불구불 흐르는 곳에는 간혹 인가가 보이고 산길도 보였다. 집단 마을이 있는 곳은 주위가 푸른 초목이 눈길을 끌고 있었지만, 대부분은 험준한 산악 불모지였다. 고산지대의 칼날 같은 산 정상으로는 석양에 만년설의 눈부신 하얀 설경이 감동으로 다가왔다.

드디어 쿠스코 상공이다. 탑승 후 1시간 10분 정도 소요된 셈이다. '태양의 도시'라 불리는 쿠스코는 해발 3,400m의 내륙 험준한 산악도시로, 인구가 60만 명 가까이 된다고 했다. 멋진 공설 운동장도 보이고, 4~5층 아파트 같은 것도 보였다. 도시의 정중앙에 긴 장방형의 넓고 반듯한 비행기 활주로가 나 있고, 일반 주택들은 비탈진 산기슭으로 자리 잡은 특이한 도시였다.

여객기는 쿠스코 시내를 멀리 벗어나 회전을 하면서 고도를 잡아 사뿐히 착륙했다. 우리 일행은 한두 분 고산 증세를 느끼는 분을 진정시키며, 80km 떨어진 우루밤바(Urubamba)로 가기 위해 소형 버스에 올랐다.

쿠스코의 어두운 밤 좁은 경사(傾斜)길을 버스가 오르기 시작했다. 전기 사정이 좋은지 주위의 산들이 온통 불바다로 변하고 있었다. 이곳에도 차량이 많아 차량교행 시는 아주 불편했다. 참으로 이색적인 아름다운 풍경이었다.

어두운 산악지대 밤길을 끝없이 돌고 돌아 오르고 내리면서 1시간 30분을 달려 멀리 산 아래에 비교적 넓은 면적에 큰 부락의 환한 불빛이 우리를 안내하고 있었다.

인구 3만 명이나 되는 해발 2,800m의 우루밤바(Urubamba)다. 한참을 아래로 향하여 구불구불 내려가니 어둠 속에 보이는 집들은 조금은 초라하게 느껴졌다. 이런 깊은 첩첩산중에 인구가 줄지 않는 것은 매일 관광객이 2,000명이나 들어오고 있기 때문이란다. 조금은 허술해 보이는 식당에서 각종 고기와 야채로 된 현지식으로 늦은 저녁을 한 후 호텔에 들어섰다.

목조로 된 2층 건물로 독특한 양식의 아주 넓은 호텔이다. 152호실에 투숙하였는데, 호텔 내부 시설은 일반 호텔과 별 차이가 없이 해두었는데 신기했다.

2014년 11월 9일 (일)

　　　　이색적인 분위기에 하룻밤을 자고 5시 30분에 설렘의 잠을 깼다. 창밖에는 아름다운 산새들의 화음이 흘러들고 있었다.

　오늘은 잉카 문명의 향기를 찾아 마추픽추로 가는 7시 20분 기차를 타기 위해 일찍 서둘렀다. 어제 어두워서 잘 보지 못한 부락을 둘러보니 부근의 험준한 산 급경사에는 곳곳에 계단식 경작지가 보이고 수목은 빈약하여 다소 황량한 기분이 들었다.

　부락 부근에는 옥수수가 잘 자라고 있었다. 하폭 5~10m의 우루밤바 강(아마존 강의 상류 한줄기임) 하천 변으로는 호주의 주 수목(樹木)인 유칼리나무가 높은 키를 자랑하고 있었다. 토담에 붉은 기와의 현지인들의 소박한 삶의 터전을 지나다가 바라본 좌측으로 세계에서 유일한 산악염전이 멀리서 하얀 은빛을 뿌리고 있었다.

　주위의 험악한 산에는 수없이 야생하는 선인장과 용설란 또 사람 키를 훌쩍 넘는 이름 모를 선인장들이 하얀 꽃들을 피우고 있어 이방인들의 눈을 즐겁게 했다.

　1906년에 개설하였다는 기차를 타기 위해 초라한 오얀타이탐보(Ollantaytambo) 마을의 골목길을 돌고 돌아 역에 도착했다. 개인별로 차표(왕복 100$)와 여권을 확인 대조 후 미니 기차를 탈 수 있었다.

　열차는 상당이 깔끔했다. 기차는 레일이 좁아서인지 좌우로 심하게 흔들리는데 다른 곳에서 경험할 수 없는 야릇한 기분이라 우리 일행은 즐거워했다.

　도중에 승객 취향에 맞는 음료수를 무료로 제공하였다. 우루밤바 강 하류를 따라 험산 깊은 협곡을 내려가고 있었다. 가는 도중 험산 정상에 만년설이 밝은 햇살에 눈부신 손짓을 하기도 했다.

필자가 보기엔 세계에서 가장 깊고 험한 협곡을 태초의 자연 풍경에 젖어 1시간 반을 달리는 데, 시종일관 험준한 산세는 스위스 알프스 산맥보다 더 험하고 아름다운 풍광이었다. 고개를 뒤로 젖히지 않으면 하늘을 볼 수 없을 정도로 급경사의 높은 험산의 경관은 색다른 풍경이 되어 여행객을 즐겁게 했다.

차창 밖으로는 처음 보는 야생화와 수목들이 유혹하고 있어 흥분과 설렘으로 연속되는 여행의 진수를 맛보는 기차 여행이었다. 기차는 종점인 아구아스 깔리엔테스(Aguas calientes)에 도착했다. 험산 협곡의 좁은 터에 상가와 숙소가 밀집해 있는데 관광객들로 넘쳐나고 있었다.

아구아스 깔리엔테스에 놀러 온 여학생들

시간적 여유가 있어 아구아스 깔리엔테스 이곳저곳을 둘러보고 9시 45분 마추픽추(Machu Picchu = 늙은 봉우리 해발 2,400m)로 출발하는 미니버스에 올랐다.

30여 명 타는 미니버스(벤츠) 29대(차 앞 유리창에 번호가 있음)가 순서대로 쉴 새 없이 관광객을 행사장에 사람을 실어 나르듯 운행되고 있었다.

더위에 지쳐 있다가 에어컨 성능이 좋은 버스에 오르니 모두 생기가 도는 것 같았다. 급경사 비포장 길을 갈지자(之)로 구불구불 밀림의 험산준령을 향해 곡예를 하듯 올라갔다. 주위 사방을 바라보면 천 길 낭떠러지 급경사 태산뿐이다. 손에 땀을 쥐게 하는 시간. 25분 만에 마추픽추 유적지 아래 주차장에 도착하니 관광객이 붐비고 있었다. 하루에 밀려드는 관광객이 2,000명을 넘는다고 하니 놀랄 만했다.

마추픽추 전경

오직 하나밖에 없는 화장실(수세식으로 깨끗함)을 이용할 때도 줄을 서야 하는데, 0.5$를 내야 하는 유료 화장실이었다. 입구에서 여권과

표를 확인한 후 올라가니 사진 잡기가 좋은 곳에서는 줄을 서야 했다. 탄성 속에 영상을 담으면서 먼저 마추픽추를 한눈에 볼 수 있는 전망대 쪽으로 숨을 헐떡이며 올라갔다.

경작면적보다 축대 높이가 높은 경작지를 좌로 하고 계속 올라가면서 건너편 잉카인들의 삶의 흔적을 영상으로 담고 또 담았다. 처음 보는 남미의 고산 동물 라마(Lama) 2마리가 한가로이 풀을 뜯고 있었다.

전망대에서 바라봄

마추픽추의 제일 뾰족한 산 와이나피추(젊은 봉우리 = 해발 2,660m) 아래로 펼쳐진 경이로운 문명의 흔적에 그저 탄복할 따름이다. 와이나피추를 오르는 사람을 하루 100명(예약제)으로 제한한다는데, 산을 오르고 있는 관광객이 개미처럼 작게 보였다.

마추픽추 그림자

안데스 산맥의 첩첩산중 험산(險山)
해발 이천사백 미터 고공(高空)에
인류 문명의 찬란한 빛
잉카 유적(遺跡)

최악의 환경에 순응한
정교(精巧)한 삶의 흔적 찾아
끝없이 밀려드는 관광객의 발길
회색빛 유적(遺跡) 속으로 꽃 구름을 이루네.

소수의 정복자에게
유린(蹂躪)당한
바람처럼 사라진 영혼이여

수백 년 전 고귀한 삶의 자취 따라
펼쳐지는 상상의 나래 위로
무심(無心)한 흰 구름만 쉬어 넘는구나.

기적 같은 경이로운 문명의 자취
불멸의
꿈같은 흔적으로 남아

세계인의 가슴을 감탄으로 물들이는

그 아래로 태산준령에 꽃피운 잉카 문명의 진수 회색빛 넓은 유적지 사이로 울긋불긋 관광객들의 모습도 꽃 구름을 이루고 있었다. 유적지를 자세히 둘러보기 위해 전망대를 내려와 유일한 출입문을 지나니 귀족들 주거지역이다. 현대의 장비와 기술로도 불가능할 것 같은 정교한 석축 기술에 모두 놀랄 뿐이었다.

태양신전과 해시계 등 다양한 삶의 흔적들을 둘러보고 서민들의 주거지도 둘러보았다. 3시간 가까이 그 옛날 잉카인들의 기적 같은 삶의 흔적에 시종일관 호기심과 흥분된 마음으로 둘러본 것이다.

관람이 끝날 무렵 청명한 날씨가 갑자기 검은 먹구름이 몰려와 한차례 소나기를 퍼부었다. 우의를 입어도 바지와 신발이 흠뻑 젖었다. 덕분에 농업용수로를 비롯해 빗물 배수로에도 눈길을 돌려 물이 흘러가는 것을 볼 수 있었다. 그 섬세한 기술을 확인하는 기회도 가졌다. 하산 길에는 다행히 비가 멈췄다. 미니 버스로 내려오는 시간은 20여 분 정도로 소요시간이 짧았다.

아구아스 깔리엔테스 마을에 예약된 식당에서 현지식으로 점심 식사를 2시 넘어서야 할 수 있었다. 식당마다 관광객이 많아 전 부락이 활기가 넘쳤다. 약간의 여유 시간을 복잡한 상가 거리에서 보내고 오후 4시 10분 열차로 오전에 왔던 길을 되돌아 오얀타이탐보 역에 도착했다. 그리고 호텔로 돌아오는 도중에 옛날 지역 부호의 저택을 식당으로 화려하게 개조한 식당에서 생선 튀김의 저녁 식사를 멋진 분위기에 끝내고 호텔에 도착했다.

2014년 11월 10일 (월)

아침 9시에 호텔을 출발 살리나스(Salineras) 염전으로 향했다. 우루밤바 마을 앞산 급경사지를 굽이굽이 돌아서 올라가 넓은 들판을 한참을 지나니 소금광산 입구에서 인디오들이 입장료를 받고 있었다. 가는 도중 높은 곳에서 차를 세우고 소금 광산 전경을 내려다보고 영상으로 담았다. 심산유곡에 소금물이 나오는 것이 마냥 신기했다. 30도 이상의 경사지에 계단식의 작은 염전을 수백 개 만들었는데, 구역 전체가 하얗게 소금으로 덮여 있었다.

다시 염전 가까이로 버스는 내려갔다. 산의 한 모퉁이에서 흰 거품을 약간 내는 소금 용출수가 상당히 많이 솟고 있었다. 모두 물맛을 보면서 신기해하였다.

부근의 초목들 푸른 잎을 따 씹어보니 짠맛을 느낄 수 있었다. 이곳 산 전체가 농도 짙은 소금이 함유된 것 같았다. 인부 몇 사람이 뜨거운 태양 아래 염전을 관리, 소금 수거를 하고 있었다. 소금은 공동생산 공동판매를 한다고 했다.

산비탈의 염전

　허술하지만 타 잡화와 같이 관광객을 상대로 소금을 소포장 판매를 하는 상점도 몇 개 있었다. 이곳에서 소금 1kg당 5$ 정도 하는데 서울 백화점에서는 웰빙 소금이라고 5만원에 거래된다고 했다.

　버스는 다시 왔던 길을 되돌아 높은 지역 대평원으로 다시 올라와서 안데스 산맥 해발 3,500~4,000m의 지나고 있었다. 전 능선이 붉은 황토밭이다. 일부는 감자가 자라고 있었지만, 감자 생산의 원산지답게 이곳저곳에서 인디오 전통복장을 하고 감자를 심고 있다. 해발 4,200m에서도 감자를 생산한다고 했다. 3,000여 종의 감자가 꽃이 필 때면 다양한 꽃 색상으로 장관을 이룬다고 했다. 이 광경을 못 보는 것이 아쉬웠다. 중세 유럽에서는 이곳 감자를 가져가 먹거리를 해결하였다는 말이 귀에 쏙 들어왔다.

　마을마다 주택들은 황토벽돌 토담집에 붉은 기와로 지붕을 덮어 온통 붉은색 천지였다. 멀리 안데스 검푸른 험산에 만년설을 자랑하는 장쾌한 경관을 바라볼 수 있는 전망대에는 주차장을 조성해 두었고, 인디오들이 노점상을 열고 수공예품을 팔고 있었다.

전망대가 있는 곳마다 버스에서 내려 광활한 황토 감자 재배지와 멀리 아름다운 설산의 풍경을 영상으로 담기도 하고, 노점상에서 필요 물건을 사는 등 이국땅 풍광을 마음껏 즐겼다.

안데스 고산지대의 광활한 감자밭

만년설(萬年雪) 설산을 배경으로 고산(高山) 고원(高原) 지대에 끝없이 펼쳐지는 황토밭 감자 생산 지대의 이색적인 풍경은 추억으로 오래 남을 것 같았다.

안데스 대평원

해발 사천 미터를 넘나드는
광활한 페루의 지붕

멀리 흰 구름을 거느리고
하늘빛으로 흘러드는
만년설의 그림 같은 안데스 산맥을 끼고

가도 가도 끝없는
장엄한 고원(高原)의 자연풍광
호기심을 자극하는 광야를
굽이굽이 돌아가면

황토벽돌 마을들이
파노라마를 이루는
별천지 이국(異國) 땅

중세 유럽의 식량 자급에 기여한
역사적 사실이 살아 숨 쉬는

삼천여 종의 다양한 색상, 감자 꽃 향연이
감자의 원산지답게 장관을 이루는
이색적인 풍광의 안데스 대평원에

독특한 의상의 왜소(矮小)한 체구
순박한 원주민들의 초라한 삶이
아련한 추억 측은지심으로 떠오른다

　버스는 다시 한 시간을 달려 쿠스코 시내에 있는 산 블라스(San Blas) 광장에 도착했다. 쿠스코의 중심 아름다운 아르마스(Armas) 광장 등을 둘러보았다. 광장 옆 식당(2층)에서 CD를 파는 원주민들의 감미로운 연주를 감상하면서 현지식으로 중식을 끝낸 후, 아르마스 광장 주위를 둘러싸고 있는 긴 회랑과 테라스를 걸어 보았다. 각종 상점과 카페가 관광객들로 붐비고 있었다. 거닐면서 자그마한 체구에 무장한 2인 1조의 여자 경찰을 만나기도 했다.

12각 돌 있는 곳 석축

　또 광장 주변으로는 아르마스 대성당과 라콤파니아 교회가 있고 광장에는 분수대를 중심으로 열대수목과 아름다운 화단을 여러 곳에 조성하여 많은 사람들이 여유를 즐기고 있었다.

잠시 휴식을 가진 후 아르마스 광장 중심 부근에 남아 있는 로렌또 골목길(길바닥은 전부 자갈로 포장하여 울퉁불퉁함.) 왕궁 터의 정교한 축대와 12각 돌의 석축 등 잉카유적이 남아 있는 골목길 몇 곳을 둘러보았다.

1950년, 진도 6.9의 지진에도 점령자 스페인 사람들이 만든 건물은 모두 훼손되었는데도 잉카의 유적들은 무사하였다니 정교한 축성기술이 경이로웠다.

다음은 코리칸차(Qorikancha)라 불리는 태양 신전(일명 황금의 신전이라 불림.)을 찾았다. 이곳에서 사방으로 돌아가면서 태양, 달, 별, 천둥 번개, 무지개 신전이 연속으로 연결되어 있었다. 정교하고도 섬세한 이 신전 전 벽면에 황금으로 장식한 것을 스페인 정복자들이 그 엄청난 황금을 전부 탈취하여 가고, 구조물도 대부분 파괴하였고, 남은 기초 석축의 벽면에는 백색으로 덧칠하여 훼손하였단다. 지금도 그 백색의 흔적이 남아 있었다.

신전을 차례대로 둘러보면서 다시 한 번 돌의 이음새 등을 이용한 정교한 축성 기술에 탄복하지 않을 수 없었다. 이 유적지가 원형 보존이 되었으면 얼마나 좋았을까? 아쉬움의 상상을 해 보았다.

쿠스코의 4대문 안은 세계문화유산으로 지정되어 있어 건물의 증개축 또는 채색도 못 하게 되어 있다. 또한, 골목길을 비롯해 차가 다니는 도로도 전부 돌로 포장하였는데, 자갈길을 달리는 이색적인 풍경도 나쁘지 않았다.

저녁 식사는 낮에 점심을 먹었던 식당에서 아르마스 광장의 화려한 야경을 즐기면서 끝내고 호텔로 돌아왔다.

2014년 11월 11일 (화)

오늘은 머나먼 귀국길에 오르는 날이다. 새벽 5시 30분에 호텔을 나와 15분 거리에 있는 쿠스코 공항으로 향했다. LAN(2024편) 여객기로 이륙했다. 해발 3,400m의 쿠스코 공항 주위의 산은 대부분 초목이 없어 황량하고 산비탈의 주택들은 전부 붉은 기와로 얹어 분홍빛 일색이었다. 공항을 잠시 벗어나니 평야지 곳곳에 농가 주위로 푸른 농작물이 자라고 있었다.

얼마나 지났을까? 하얀 솜털 구름 위로 솟아오른 안데스 산맥의 만년설봉이 눈부신 아침 햇살에 황홀한 풍경을 연출하고 있어 동영상으로 담았는데 희귀한 풍광이라 기분이 좋았다. 리마로 향할수록 산재된 봉우리의 경이로운 설경 풍경이 펼쳐지고 있었다. 적도 부근의 설경이라 더욱 흥미로웠다. 8시 40분경(1시간 30분 소요)에 리마 공항에 가볍게 내려앉았다.

리마 공항에서 다시 12시 15분 상파울로 출발하는 JJ8067(브라질항공) A330 대형여객기에 탑승했다. 대형여객기인데도 만원이다. 여객기는 태평양 연안 리마의 연안에서 대서양 연안 상파울로로 향하여 남미 대륙의 아마존 내륙(극히 일부분이긴 하지만)을 깊숙이 지나가고 있었다. 뭉게구름이 옅은 그림자를 뿌리는 그 아래, 지상에는 구불구불 계곡을 사이에 있는 마을들이 무척 평화로워 보였다. 아마존의 정글의 짙은 녹색 사이로 강줄기가 꿈틀거리고, 간간이 보이는 고산 준봉의 백설의 자태는 한 폭의 그림이었다.

때로는 바다와 같이 끝이 보이지 않는 습지대가 대규모 황토물 강줄기와 연계하여 나타나기도 한다. 다시 여객기는 검푸른 밀림 상공과 직선 도로가 나 있는 대규모 경작지가 끝없이 펼쳐진 곳도 지났다.

선진국치고 식량 자급률이 100% 안 되는 나라가 없다는데, 식량 자급률이 22%에 불과한 우리나라의 식량 사정은 심각하다. 연간 수천만 명의 아사자(餓死者)와 8억의 인구가 기아선상(飢餓線上)에 허덕이는 지구촌 현실을 감안하면 자손만대를 두고 식량의 안정적 확보가 시급하다. 일본은 이곳에 수십 년 전부터 땅을 사들이고 있고, 중국도 이곳에 눈독을 들이면서 땅을 매입하고 있다고 들은 적이 있다. 일본과 중국의 현명한 대처가 부럽기만 했다.

설령 수년 치 전 국민이 먹을 식량 재고가 있어도 먹거리가 부족하다는 이야기만 있어도, 한 끼도 굶지 않으려고 가수요로 인한 식량 대폭동(暴動)이 일어날 것이다. 우리나라 위정자들은 식량에 관심을 하루빨리 이곳에 돌려 해마다 조금씩이라도 토지를 매입하여 식량의 안정적 확보를 위한 전진기지를 마련하기를 기대해 본다.

5시간 20분, 비행 끝에 야경이 아름다운 상파울루 상공에 도착했다. 공항에서 밤 10시경에 각자의 화물을 찾아 인천공항으로 탁송하고 11시 10분 EY190 항공편으로 경유지인 아부다비 공항으로 향했다.

밤 12시 30분경에 때늦은 저녁을 기내식으로 하고 잠을 청했다. 지루한 13시간 비행 끝에 창밖으로 내다보니 바위산들 사이로 거친 사막이 이어지더니 또 분홍색 사막이 나타나기 시작했다. 아마도 사우디아라비아 상공인 것 같다. 아부다비 공항이 얼마 남지 않은 것을 알 수 있었다. 어둠이 밀려오고 지상의 사막에 산재한 인가에 불빛이 들어오고 있었다. 아부다비 공항 주변의 야경은 전기 사정이 좋아서인지 휘황찬란했다. 14시간 30분만에 공항에 착륙했다. 현지 기온은 23도였다.

ABU DHABI 공항에서 예정 시간보다 다소 늦게 EY876 항공편으로 인천공항으로 출발 8시간 30분 비행 끝에 2014년 11월 13일 오전 12시(한국 시간)경에 인천공항에 무사히 도착했다.

페루 쿠스코 SAN AGUSTIN 호텔에서 11월 11일 새벽 4시에 기상하여 비행시간 총 30여 시간 대기시간 11시간 등 2일 정도의 귀국길은 조금은 힘 드는 여행이었다. 그래도 이색적인 풍경에 좋은 추억을 남겨 즐거운 남미 여행이었다.

💬 COMMENT

白雲 / 손 경 훈　현장에 가 있는 듯 생생한 글 고맙습니다. 이색적인 풍경에 매료되는군요.

행 복 한 공 주　여행기 잘 읽었습니다. 자세한 설명과 생생한 사진을 곁들여 흥미진진하게 간접
　　　　　　　체험하며 읽었습니다. 이과수 폭포의 비말로 들어갈 때의 흥분, 리마 밤하늘의 황
　　　　　　　금빛 불빛, 안데스 산맥을 넘을 때의 아름다움, 말로만 듣던 쿠스코와 마추픽추,
　　　　　　　심산유곡의 소금광산 등등 모두 신기하네요. 2일 정도의 귀국길이 좀 힘들더라도
　　　　　　　(제가 아직 1부는 못 읽어서) 저도 언젠가는 꼭 가보고 싶어집니다. 정말 잘 읽었
　　　　　　　습니다. 감사합니다. 1부도 곧 읽겠습니다. 기대됩니다.

누　　　　리　이과수 폭포 보기만 해도 좋은데 폭포수에 젖으시니 부럽습니다. 남미의 여러 경
　　　　　　　치와 글을 읽으니 마치 내가 여행하는 기분이네요.

思 岡 안 숙 자　마추픽추의 특이하게 생긴 산과 강도 높은 지진에도 남아 있는 견고한 유적지와
　　　　　　　계단식의 작은 염전 등 진귀한 풍경들이 흥미로웠습니다. 특히 아마존의 대규모
　　　　　　　경작지를 보시면서 식량 자급률이 22%에 불과한 우리나라의 식량 사정을 걱정하
　　　　　　　시는 마음이 돋보였습니다. 가시는 곳마다 세심하게 기록하신 흔적이 역력한 기
　　　　　　　행문을 끝까지 완독하게 해주셔서 감사합니다. 수고하셨습니다.

인　　　　제　노구에 장문의 여행담 작성하시느라고 고생 많으셨습니다. 기억력도 좋으시고 문
　　　　　　　장력도 좋아 남미 여행 잘했습니다. 감사합니다.

산 중 소 나 무　남미 여행기 1, 2부 즐겁게 읽어 보았습니다. 너무 생생한 기행문이라서 마치 내가

여행하고 있는 착각이 들 정도였습니다. 감사합니다. 여행이란 언제나 즐거운 것이지요.

신 오 작 교	1, 2부 정독하였는데 남미 여행의 착각 속에 빠질 정도의 자세한 설명 감사드리며 남미 여행을 함께한 기분입니다. 감사합니다.
연 지	살아생전에 가볼 수 있을지… 중국인들이 가장 많이 관광 왔네요. 너무 이색적인 풍경과 즐거운 여행 축하드려요.

아프리카
여행기

2016. 11. 5. ~ 11. 12.(남아공 잠비아, 짐바브웨, 보츠와나)

영하권으로 떨어지는 날씨 속에 아프리카에 있는 세계 3대 폭포의 하나인 빅토리아 폭포와 케이프타운의 제일 끝자락 인도양과 대서양의 경계선 희망봉을 언제 한번 밟아보나 꿈꾸던 염원을 실현하기 위해 인천공항에서 6시 30분 일행들과 미팅을 했다. 물론 필자 혼자 신청한 여행이라 모두 생면부지여서 다소 서먹서먹했다. 8시 50분에 CX 415(홍콩 여객기) 탑승, 홍콩으로 향했다. 소요시간은 3시간 6분이다. 대형 여객기인데도 빈자리 하나 없었다.

홍콩국제공항에 현지 시간(시차 1시간) 12시경에 도착했다. 솜털구름이 손짓하는 홍콩의 날씨는 쾌청했다. 무더운 날씨 때문에 겉옷은 벗어야 했다. 현지 가이드 이이호 씨를 만났다.

홍콩은 면적 1,104평방킬로미터로, 서울보다는 크고, 제주도보다는 작다. 그리고 대부분 산지로 되어있어 20%만 사용 가능한 면적이다. 인구는 700만 명 정도라 했다.

싱그러운 푸른 숲을 끼고 홍콩 유일의 고속도로 왕복 6차선을 따라 구룡 반도 시내로 향했다. 차선과 운전석이 우리나라와는 반대로 일본과 같았다. 해안가에는 새로운 도로 공사가 한창이었다. 30여 분을 달려 구룡 반도에 있는 천사로에 있는 대형식당에서 현지식으로 중식을 하고 13시 20분 홍콩시가지로 향했다.

도로변에 고층건물 공사장 발판을 가는 곳마다 대나무로 이용하는 것이 신기했다. 그리고 지하철 공사 때문에 도로를 파헤쳐 놓아 차량 통행도 불편하고 먼지도 많이 났다. 곧이어 버스는 4km의 해저터널을 지나고 빌딩 숲을 지나 홍콩 섬의 최남단에 있는 스탠리 마켓으로 가고 있었다. 도중에 옛날에 강풍으로 케이블카가 흔들려 두려움을 느꼈던 해양공원도 통과했다. 구불구불 해안도로를 돌아 14시 10분경 자연경관이 수려한 스탠리 마켓이 있는 해안에 도착했다. 주차장에는 이미 관광버스가 몇 대 있었다.

인근에 있는 대형건물 내로 들어가서 에스컬레이터를 5차례나 갈아타면서 해안가로 내려가니 야외공연장이 나왔다. 몇 명의 무용수가 요란한 음악에 따라 춤을 추고, 이름 모를 열대나무들과 바람에 흔들리는 야자수 그늘 아래에서 많은 관객들이 공연을 즐기고 있었다.

우리 일행은 해안도로를 따라 좌측으로 150m 정도 가니 복잡한 상가가 나왔다. 이곳이 다양한 상품들이 진열시켜 놓고 관광객을 불러 모으고 있는 스탠리 마켓이다. 서양인을 포함 많은 관광객들이 골목을 매우면서 북적이고 있었다.

16시 20분까지 자유 시간을 즐겼다. 버스는 다시 구불구불 해안 길을 돌아 나와 홍콩의 가장 번화가를 지나고 경사진 골목길을 돌고 돌아 소호 거리 힐리웃 로드에 도착했다.

에그타르트(마카오의 베네시안에 있는 로드 스토우스 베이커리 에그타르트와는 맛이 다름)를 먹으면서 고지대에 있는 아파트에 사는 사람들을 위해 설치한 미드 레벨 에스컬레이터(세계에서 가장 긴 800m = 20개)를 일부를 몇 번 갈아타고 올라 보았다. 이곳 주변은 또 다른 홍콩 시내의 풍경이었다.

자유 시간을 가진 후 17시 30분에 버스에 올라 태평산(太平山, 해발 560m)에 있는 빅토리아로 향했다. 버스는 바다를 끼고 있는 작은 산마다 숲속에 아파트 등 건물들이 그림처럼 들어서 있는 것을 바라보면서 구불구불 숲속 꼬부랑길을 올라가고 있었다. 옛날에 한 번 지나간 길이지만 일부 구간은 생소하기만 했다.

드디어 해발 400m에 있는 peak tram에 도착했다. 1888년 완공된

피크 트램은 100년이 넘는 역사를 갖고 있다. 이곳에서 홍콩시가지를 360도로 둘러보았다. 홍콩 쪽의 제일 높은 빌딩(88층)과 맞은편 구룡반도에 있는 119층(Internationl commerce center) 빌딩들을 영상으로 담았다.

30여 분의 자유 시간을 가지는 동안 홍콩시가지는 하나둘씩 네온불이 들어오고 있었다. 옛날에는 피크 트램을 타기 위해 빗속을 뛰었는데 지금은 노천에서 줄을 서서 한참을 기다려야 했다.

18시 40분 피크 트램을 타고 하산을 했다. 오르내리는 승객이 만원이었다. 지나는 나무 사이로 멀리는 화려한 야경이 가까이는 빌딩들이 산 정상 쪽으로 넘어지는 착시현상을 즐겼다.

종착지에서 다시 시내버스로 갈아타고 빌딩 숲을 지나 10여 분 만에 부두에 도착하여 유람선(페리호)에 승선 화려한 홍콩의 야경을 부지런히 영상으로 담았다.

20시에 실시하는 레이즈 쇼는 시간관계상 보지 못해 아쉽지만 필

자는 몇 년 전에 영상을 담았기에 미련은 없었다.

시원한 밤바람이 부는 구룡 반도 전망대에서 다시 한 번 홍콩의 야경을 둘러보고 19시 20분에 대기하고 있는 버스에 올라 식당으로 향했다.

저녁 식사 후는 20시 50분경에 홍콩의 대표적 야시장에 들렀다. 차량통행을 금지한 야시장 입구에는 수많은 사람들이 붐비고 화려한 네온은 춤을 추고 있었다. 우리 일행은 발 디딜 틈도 없는 복잡한 야시장을 둘러보았다. 좌우는 고층 아파트가 즐비한 것이 다시 보아도 이채로웠다.

20여 분간 간단히 둘러보고 23시 50분, 요하네스버그로 가는 비행기 탑승을 위해 홍콩공항으로 향했다. 네온불이 쏟아지는 홍콩시가지를 벗어나 30여 분 만에 공항에 도착했다.

밤에 보는 홍콩공항 대형건물은 새하얀 백색 천막 같은 것으로 씌워 놓은 것 같았다. 기다리는 동안 흑인을 비롯해 기다리는 사람은 모두 스마트폰으로 무료한 시간을 보냈다. 세계는 스마트폰 열풍이었다.

정확히 23시 50분 SA287(South African 남아공 항공)편으로 요하네스버그(Johannes burg)로 출발했다. 비행 소요시간은 13시간 정도 장거리이다. 역시 대형 여객기인데도 만원이었다. 승객들 대부분이 흑인들이고, 마치 인종 전시장 같았다. 승무원도 대부분 흑인이었다. 아프리카로 가는 것이 실감이 났다.

인도양 상공을 지날 때는 고도 1,150m, 외기온도 51도 비행속도 911km로 가는데 이런 대형 여객기가 하늘에 뜨는 것도 신기하고 전자계기로 가겠지만, 어둠 속을 길을 잃지 않고 목적지로 향하는 기술력을 잠이 오지 않기에 새삼 음미해보았다.

Madacascal 섬 상공을 통과할 때는 총 비행 거리 10,975km 중 2,678km로 3시간 7분 남았다고 자막이 나와 '다 와가는구나.' 생각하면서 지루함을 달래었다. 요라네스버그 공항이 가까워지자 창밖은 눈부시도록 화창한 날씨이고, 지상 가까이는 기분 좋은 솜털구름이 흘러가고 있었다. 구름 사이로 보이는 평야 지대는 수확이 끝난 황토밭과 연초록 초지들이 펼쳐지고 빈약한 수목 사이로 간혹 산재된 마을도 보였다. 이어 반짝이는 저수지(?)들과 함께 대규모 마을들이 나타났다.

오전 6시 50분(시차 7시간 한국 시간 13시 50분)에 무사히 도착했다. 남아공의 면적은 122만1천 평방킬로미터이고, 인구는 5,300만 명이다. 특이하게도 남아공의 입법수도는 케이프타운(Cape Town)이고, 행정수도는 프리토리아(Pretoria), 사법 수도는 블룸폰테인(Bloemfontein)으로 3곳으로 분산돼 있는데 요하네스버그는 대도시인데도 수도와는 관계가 없다. 요하네스버그 면적은 335평방킬로미터이고, 인구는 450만 명이다. 이 중 80%가 흑인이고, 백인은 8%, 기타 12%이다.

　　여객기에서 하룻밤을 보낸 셈이다. 공항 주변은 상당히 한산했다. 그리고 스모그 현상이 심했다. 여객기 안내방송은 영어와 중국어 방송뿐이다. 그만큼 중국인들의 이용이 많은 것이다. 이곳에서 케이프타운으로 환승해야 한다.

　공항 내 수하물 찾는 곳이 10라인까지 있는 대형이라 찾기가 쉽지 않았다. 잠을 잘 자지 못해 모두들 피곤해했다. 수하물을 찾아 넓고 복잡한 공항 내의 미로를 따라 케이프타운 환승장으로 가기 위해 2층으로 올라가는데, 다가오는 크리스마스를 위해 빤짝이는 조명이 커다란 원형을 그리는 중앙에 반가운 삼성의 선전 간판이 있었다.

　환승 검사를 마치고 돌아가는 길목에 LG의 대형 간판이 TV 판매 선전을 하고 있었다. 먼저 케이프타운으로 화물을 보내고 탑승구 E1 게이트를 에스컬레이터를 반복해 타면서 찾았다.

　9시 20분, SA323 여객기에 탑승키 위해 셔틀버스로 넓은 공간에 대기 중인 여객기로 갔다. 비행장이 넓기도 하지만 계류 중인 비행기도 상당히 많았다. 대평원에서 불어오는 바람이 반가울 정도로 시원했다. 제지하기 전에 일행들의 탑승 장면을 동영상으로 재빨리 담아 보았다.

　10시 30분, 여객기는 케이프타운으로 향했다. 비행시간은 2시간 예상이다. 드디어 케이프타운 공항 상공이다. 약간의 구름만 있을 뿐 날씨는 좋았다. 높은 산들이 멀리 일부 보이고 역시 수확이 끝난 황토밭이 간혹 보였다. 평화롭고 한적해 보이는 것이 한국의 어느 시골 같았다.

얼마 가지 않아 대평원이 나왔다. 붉은 황토밭 위로 흘러가는 구름들이 하얀 꽃구름을 그리고 있었다. 간혹 비닐하우스도 보이는데 정겨운 풍경이었다. 경지 정리는 되지 않았고 마을도 산재되어 있었다. 드디어 희망봉이 있는 케이프타운에 도착했다. 비행시간은 정확히 2시간 소요되었다. 현지가이드 송익현 씨를 만났다.

케이프타운 면적은 2,455평방킬로미터이고, 인구는 375만 명이다. 이 중 백인이 35%이다. 공항에서 다운타운까지는 28km이다. 시내로 가는 왕복 8차선 도로변에는 허름한 집들이 많이 보이는데 흑인들을 이곳으로 강제 이주를 시켜 이루어진 대형 마을이다.

지금은 계속해서 주택개량을 하고 있지만, 언제 끝날지 알 수 없단다. 달리는 도로변은 야자수 등 열대 나무들이 이국적인 정취를 자아내고 있었다. 도로 맞은편에는 세계 7대 자연 풍광 중 하나인 거대한 테이블마운틴이 손짓하고 있었다. 산자락으로는 울창한 숲들이 호기심을 자극하며 시선을 즐겁게 했다.

날씨가 너무 좋았다. 가이드의 말을 빌리면 이런 날씨는 연중 30%밖에 안 되는 좋은 날씨라 했다. 도중에 897병동을 자랑하는 국립병원을 지났다. 이곳은 1967년도 버나드(Christiaan Neethling Barnard,) 박사가 세계 최초로 심장이식 수술을 성공한 병원이라 했다.

테이블마운틴 아래에 있는 Signal Hill을 마주 보는 곳에 있는 식당에서 점심을 하고 테이블마운틴으로 향했다. 산길 좁은 비탈길을 한참 올라가니 좁은 도로인데도 자가용으로 찾은 사람들의 차량이 끝없이 이어지고 있었다. 이곳의 케이블카는 1929년 해발 300m 지점에서 케이블 길이 600m를 스위스 기술진이 설치했다고 했다.

양측에서 운행하는 65인승 케이블카는 원형으로 되어있고, 바닥의 발판이 정상에 오를 때까지 1회 360도 회전하기에 승객 모두가 가만히 서 있어도 사방으로 전경을 감상할 수 있다.

70~80도의 급경사를 5분 정도 오르는데, 아름다운 케이프타운 시와 해안을 탄성 속에서 돌아보았다. 7~8월경에는 2주 정도 점검을 하는데, 이때는 사전에 알아보고 방문하여야 한단다.

도보 산행은 4~5시간 소요된다고 하니 전문 산악인이 아니면 절벽 길을 오르기가 쉽지 않다. 정상에 도착하여 테이블마운틴 청동 모형도로 설명을 들었다. 케이프타운 시내 정면에 있는 18km나 떨어진 로빈 아일랜드(Robben Island) 섬은 만델라가 18년간 수용되었던 곳이다.

테이블마운틴에서 바라본 케이프타운

섬 부근은 해류의 유속이 빠르고 상어가 많아 탈출이 불가능한 곳이란다. 줌으로 당겨 동영상으로 담았다. 테이블마운틴은 해발 1,085m이고, 동서로 3km, 남북으로 10km로, 상당이 넓은데 비교적 전체가 평평하고 이곳에서 케이프타운 시가지 전경은 물론 사방으로 해안지대 여러 곳을 볼 수가 있다.

처음 보는 이름 모를 식물들이 건조한 땅의 세찬 바람에 적응하느라 모두 키가 작고 줄기와 잎은 강인해 보였다. 곰보딱지 같은 기묘한 바위들이 산정상의 평원에 늘려 있었다. 산정상의 돌산이 이렇게 넓은 것이 신기했고, 단일 바위산으로는 미국의 애틀랜타에 있는 스톤마운틴(높이 251m, 둘레 8km)과는 또 다른 맛이 났다.

곳곳에서 케이프타운 시내 전경과 해변 마을을 영상으로 담으면서 습지에 자랄 것 같은 풀들과 수백 년이나 되어 보이는 향나무 같은 작은 나무들, 그리고 이름 모를 나무들이 꽃을 피우거나 열매를 맺고 있었다.

처음 보는 광경을 부지런히 담으면서 사방을 둘러보았다. 깎아지른 절벽이 현기증을 일으키는 속에 엄청난 관광객들이 여기저기 사람꽃밭을 이루었다. 쾌청한 날씨 속에 정상의 주요 부분은 다 둘러 볼 수 있었다.

정상을 한 바퀴 거의 다 돌아갈 때쯤 토끼보다 조금 작은 쥐 모양의 Dassie라는 앙증맞은 동물이 이곳저곳에서 관광객의 시선을 끄는데 도망가지 않고 맑은 눈동자를 굴리는 것을 영상으로 담았다.

그리고 아름다운 켐스 베이(Camps Bay) 해안을 별도로 영상으로 담았다. 기분 좋은 테이블마운틴 관광을 끝내고 하산하여 대기하고 있는 버스에 올라 16시 20분 시내 관광에 나섰다. 도로변에 '자카란다'라는 보라색 꽃나무가 우리 일행의 호기심을 자극하면서 시선을 끌고 있었다.

먼저 아더레이 거리(Adderley Street)에 있는 1488년 희망봉을 발견한 포르투갈 항해자 디아스(Dias) 동상을 지나 1666년에서 67년 사이에 축성한 별 모양의 옛 성곽 희망의 성(Castle of Good Hope)에 있는 외침을 대비한 해자에는 맑은 물이 가득했다.

옛 시청 건물과 국회의사당을 둘러보았다. 다음은 남아공 수상을 역임하고 UN을 구상하고 창립하는 데 공헌하였을뿐만 아니라 UN

헌장의 서문을 작성한 안 스머츠(Jan smuts) 동상도 지났다.

이어 롱 스트리트 거리를 지나 말레이시아 이민자들이 최초로 정착해서 살고 있는 알록달록하게 다양한 페인트로 단장한 마을 보캅지구를 둘러보았다. 이들은 도시 건설을 위해 끌려온 말레이시아인들의 후손이다.

케이프타운에는 한인이 1,500명 정도 있는데 가족과 함께 살고 있는 교민은 600명 정도라 했다. 남아공의 GNP는 9,600$이고, 케이프타운은 20,000$로, 남아공에서는 제일 잘사는 지역이다.

이어 버스는 17시경 고급 유람선 등이 정박해 있는 바닷가 워터프론트로 향했다. 영국 빅토리아 여왕과 그 아들의 이름을 붙였다는 '빅토리아 &알프레도 워터프론트(Victoria &Alfred Waterfront)'라는 대형쇼핑몰 위락 단지 안에는 고급 브랜드 상점과 대형슈퍼마켓, 기념품 가게, 극장, 은행, 우체국, 레스토랑 등 없는 게 없단다. 외형도 엄청나게 큰 규모의 시설이었다. 1시간 정도의 자유 시간을 주어 둘러보는데 곳곳에 뻔쩍이는 X마스 대형 장식물이 뒤덮고 있었다.

　그리고 곳곳에 경비원과 경찰이 2인 1조로 순찰을 돌고 있었다. 이곳저곳을 아이쇼핑으로 둘러보면서 이색적인 곳은 영상으로 담아 보았다.

　2층으로 올라가 많은 선박들이 계류 중인 항구를 내려다보고 가까운 시가지 너머로 테이블마운틴을 아름다운 풍광을 동시에 동영상으로 담았다.

테이블 마운틴(Table Mountain)

　　아프리카의 최남단 케이프타운의 명산

　　세계적인 풍광을 자랑하는

그 이름도 아름다운 테이블 마운틴

사방절벽의 암벽 산을
360도 회전하는 대형 케이블카로
운무(雲霧)를 뚫고 천팔십오 미터 정상에 오르면
동서 삼킬로미터, 남북 십킬로미터(축구장 12개)의
광활하고도 평평한 바위산이 반긴다.

비바람도 말라붙는 바위틈새마다
진기한 꽃과 작은 나무들
강인한 생명력이 신비로움으로 넘실댔다.

돌아보면
현기증을 일으키는 깎아지른 절벽 아래로
그림 같은 항구도시 케이프타운 전경과
앞바다 대서양의 작은 섬
만델라 유배지 로빈(Robben) 섬이 말없이 다가서고

돌출된 라이온 헤드(Lion's Head)의 시그널 힐(Signal Hill) 왼쪽
희망봉으로 가는 캠스(Camps) 베이(Bay)를 감싸는 병풍 절벽은
두 눈을 황홀케 하는 자연 비경을 쏟아내고 있었다.

18시 조금 지나 이곳 2층에서 포도주를 곁들인 저녁 식사를 한 후
호텔로 향했다. 열대 나무들 사이로 화려한 네온 불빛이 들어오고 특

히 가로등은 대형 눈꽃모양이라 너무 아름다워 영상으로 담았다. 겨울에도 영하로 내려가지 않는 이곳 사람들을 위해 눈꽃 모양의 가로등을 만든 것 같았다. 20시경에 PREMIER Hotel 312실에 여장을 풀었다.

워터프론트에서 바라본 테이블마운틴

2016년 11월 7일 (월) 맑음

버스 출발 전 8시경, 호텔 앞바다(Sea Point) 해변에 있는 이름 모를 우리나라 자귀꽃 비슷하게 큰 붉은 아름다운 꽃나무와 야자수들이 늘어선 해변을 둘러보았다. 4차선 도로에 차가 많이 다녀도 신호등을 보행자 마음대로 버튼을 눌러 조정할 수 있어 편리했다.

이어 8시 30분, 버스는 희망봉이 있는 쪽으로 푸른 물결이 넘실대는 환상적인 해안도로를 달리고 있었다. 도로 좌측으로는 고급주택들이 경사지에 바다를 향하여 숲속에 그림처럼 들어서 있고, 우측 해안가로는 곳곳에 주차장이 있는데, 주차장 아래는 주택이란다. 옥상을 주차장으로 이용한다는 것이 조금은 신기했다.

특히 태풍이나 지진 등 자연재해가 없어 해안가 주택허가가 된다고 했다. 이 지방은 바람이 많이 불기 때문에 바람 대비만 하면 된다는 것이다.

15분 후, Camps Bay 뷰 포인터 주차장에 도착했다. 7개 Bay 중 하나인 켐스 베이는 라이온 헤드(Lion's Head) 뒤부터 이어지는 테이블 마운틴 12폭 산세가 절벽의 풍광을 이루고 그 산자락으로 고급 주택들이 들어서 있었다.

눈이 시리도록 파란 물빛과 한없이 부드러운 백사장이 아늑한 만을 이루고 열대식물들로 조경을 잘 해두어 천혜의 관광명소이기에 지나가는 관광객 차량은 전부 이곳 주차장에 들러 주위의 풍광을 감탄 속에 둘러보고 영상으로 담고 있었다.

우리 일행은 이곳에서 10여 분의 시간을 보내고 Hout Bay로 향했다. 월요일인데도 해안선을 따라 많은 승용차가 시원하게 달리고 있었다. 주위의 산들은 산불로 인하여 민둥산으로 변해 있었고, 금어초 비슷하게 생긴 붉은색 꽃들이 진달래처럼 군락을 이루고 있는 이색적인 풍광에 모두 환호성을 울렸다.

9시 10분경, 아름다운 풍경의 어촌마을 Hout Bay에 도착했다. 선착장에는 많은 관광객이 붐비고 목각과 조개 등으로 다양한 토산품을 만들어 파는 노점상들이 늘어서 있는데 상인은 전부 흑인들이다.

갈매기가 수없이 비행하는 항만에는 좌측으로는 어선들이 우측으로는 호화요트들이 계류 중이었다. 그 중간을 관광객들을 실은 유람선이 드나들었다.

9시 30분, 우리도 물개들이 서식하는 도이카 섬(Duiker Island)으로 향했다. 소요시간은 15분 정도이다. 약간의 파도에도 유람선이 상당히 출렁이는데 구명조끼를 입지 않아 약간은 불안했다.

마을 뒤 기묘한 바위산(센티넬 산)을 돌아가니 엄청나게 떠 있는 다시마 군락지 속에 있는 넓은 바위섬 위와 물 위로, 1마리가 100kg가 넘어 보이는 엄청난 수의 물개들이 우리들을 맞이하고 있었다. 처음 보는 광경이라 관광객들은 탄성을 내면서 앞다투어 사진으로 담아냈다. 장관을 이루는 희귀한 장면들, 물개들의 천국을 동영상으로 열심히 담으면서 10여 분을 관람했다.

관람하는 총 소요시간은 왕복 시간을 포함 40여 분이었다. 쉴 새 없이 유람선이 움직이고 있었다. 선착장에서 유람선에 내릴 때는 장애인

노인들이 독특한 의상을 입고 음악을 연주하면서 구걸하고 있었다.

일행은 다시 버스에 올라 1908년에 착공하여 1917년에 죄수들을 동원하여 완공한 채프먼스 피크 드라이버(Chapman's Peak Drive) 유료 도로에 들어섰다. 이곳 절벽 해안 길을 내는데 500여 명의 사망자가 나왔다고 했다. 이 9km 구간의 통행료는 미니버스가 한화로 15,000원 정도라니 상당히 비싼 편이다.

도중에 있는 전망대에서 버스를 세우고 마주 보이는 아름다운 Hout Bay와 멀리 물개섬 등 주위 풍광을 영상으로 담았다. 그리고 부근의 산록변에 화사하게 핀 노랗거나 붉은 야생화 군락지를 둘러보았다. 또 이곳은 007 영화의 배경이 되기도 한 긴 대서양 절벽 길이다.

해안가 야산들은 계속해서 산불로 인한 민둥산으로 황량했지만 무수한 야생화들이 대신하고 있었다. 옥색 바다 물빛과 하얀 포말이 이는 긴 해안을 지났다. 산록변 풍광이 좋은 곳마다 마을이 있고 마을 주위에는 햇빛에 빤짝이는 대형 '유칼리' 나무들이 풍광을 이루고 있었다. 어떤 곳은 가로수로 조성되어 있어 시원한 그늘을 제공하고 있었다.

남아공은 석유를 제외하고는 모든 광물이 생산되는 데, 다이아몬드의 주산지국이고, 또 이곳에는 반도체에 들어가는 희토류도 생산하여 한국으로 수출한다고 했다. 타조들이 한가로이 쉬고 있는 농장을 지나는데, 세계 타조 사육의 50%를 남아공에서 한다.

11시 40분, 테이블마운틴 국립공원 입구에 도착 입장료를 내고 케이프 포인터와 가까이에 있는 희망봉으로 향했다. 가끔 돌출된 바위산 이외는 굴곡이 완만한 구릉 지대가 이어지고 있었다. 이곳은 2,000여 종의 식물과 250여 종의 동물과 조류가 서식한다고 했다.

이름 모를 야생화가 다양한 색상을 자랑하며 군락을 이루어 눈을 즐겁게 하고 있었다. 그리고 나무들도 수고 1m 내외의 관목으로 북유럽의 툰드라 지역을 연상케 했다. 화창한 날씨 속에 펼쳐지는 풍경이 모두가 흥미로웠다.

케이프타운 시내에서 이곳 케이프 포인터와 희망봉까지는 약 55㎞이다. 12시 5분 케이프 포인터(등대가 있는 곳) 주차장에 도착하니 버스와 승용차가 만원이었다. 등대로 올라가는 후니쿨라(Funicural) 탑승 출입구 건물 위로 휘날리는 태극기가 유난히 먼저 눈에 들어왔다.

풍광이 좋은 해안가 Sea Pood 식당에서 랍스타. 새우 등 푸짐한 해산물로 점심을 한 후, 13시 20분 후니쿨라(Funicural)를 타고 등대가 있는 해발 248m 정상으로 올라갔다.

등대 옆에 있는 이정표에 방향별로 파리 9,294km, 시드니 11,642km, 뉴욕 12,541km 표시 팻말이 있었다. 물론 한국의 서울이 없어 서운했다. 바다를 향하여 왼쪽은 인도양, 오른쪽으로는 대서양 등 사방을 둘러보았다. 끝없는 수평선을 바라보며 아프리카의 남쪽 끝에 서 있다는 것을 실감했다. 오른쪽 발아래에 옥 같은 푸른 물이 하얀 포말을 쏟아내고 있는 희망봉을 영상으로 담았다.

도보로 하산하면서 러시아 푸틴 대통령이 기념 촬영을 한 케이프 포인터 팻말에 서서 정상 등대를 배경으로 사진 한 장도 남겼다.

14시 10분, 버스는 눈 아래 보이는 희망봉으로 향했다. '희망봉이 아프리카 대륙의 최남단'이자 '대서양과 인도양이 만나는 곳'이라고 생각하지만, 사실과 다르다고 했다.

아프리카 최남단이자 대서양과 인도양이 실제 마주치는 지점은 희망봉에서 남동쪽으로 약 160㎞ 떨어진 '아굴라스 곶(Cape Agulhas)'이란다. 그러나 많은 사람들은 희망봉이 '아프리카의 최남단'으로 알고 있기에 지금도 관광객이 끊이지 않는다. 15분 정도 둘러서 희망봉 주차장에 도착하니 이곳 주차장도 관광객들로 넘쳐나고 있었다. 희망봉 표시 간판을 배경으로 영상으로 담으려 해도 관광객이 많아 쉽지 않았다.

희망봉

아프리카 최남단 끝자락
대서양과 인도양의
화합의 물결이 출렁이는
그 이름도 눈부신 희망봉

언제 한번 밟아보려나. 염원
지구를 반 바퀴 돌아

달콤한 현실이
감동의 파도를 일으켰다.

억겁의 세월을 두고
사나운 해풍이 빚어낸 기기묘묘한 바위들
아름다운 만물상(萬物相)을 이루고

옥색 바다의 푸른 파도는
새하얀 비말(飛沫)의 꽃을 피우면서
세월의 향기로 젖어들었다.

망망대해의 지친 항해에
안도의 숨을 내뿜는 반가운 이정표(里程標)
영원을 두고
희망의 불꽃으로 타오르리라.

희망봉 정상으로 오르는 길은 멀리서 보면 풀 한 포기 없어 황량했지만, 가까이 오르다 보니 바위들이 풍우에 잘 다듬어진 만물상 같아 가파른 길을 기분 좋게 올라갔다.

정상 바다 끝쪽 기묘한 바위가 있는 곳에서 그 옛날 이곳을 지나갔을 선박들을 생각하고 중학교 시절 입담 좋은 지리 선생님이 자기가 희망봉을 직접 다녀오신 것처럼 하시던 이야기를 떠올려 보았다. 벌써 선생님은 고인이 되신 지 오래되었지만, 그 제자는 60년이 다 되어서야 희망봉을 밟아보는 소원을 풀었다.

15시 10분, 버스는 아프리카에 사는 '자카스 펭귄(Jackass Penguin)'이 서식하는 볼더스 비치로 향했다. 예정 소요시간은 30분이다. 아름다운 사이먼스 타운(Simon's Town) 앞 주차장에서 내려 걸어서 볼더스 비치 해안가로 내려갔다. ('사이먼스 타운'이라는 마을 이름은 케이프의 초대 총독이었던 시몬 반 데 스텔이 이곳을 겨울 정박지로 삼았던 1743년부터 총독의 이름에서 따온 것이란다. 그리고 1806년에 케이프가 영국인들의 손에 넘어가면서 이곳은 영국인들의 해군기지가 되어 지금까지 사용하고 있다.)

이색적인 수목들과 아름다운 바위들을 보면서 200여m 가다가 입장료를 내고 들어가니 해변에 기나긴 목책 관람로(觀覽路)가 나왔다. 목책로(木柵路)를 따라 둘러보았다.

이 볼더스 해변(Boulders Beach)에는 몸길이 약 30㎝ 정도의 아프리카 펭귄 3,000여 마리가 살고 있다. 작은 펭귄들이 이곳저곳 바위나 모래밭에 몰려 있는데, 밀려드는 관광객들 탓인지 모두가 생기를 잃어 측은해 보였다.

귀한 장면들을 영상으로 담고 16시 20분, 국립식물원으로 향했다. 소요시간은 60분이다. 버스는 푸른 파도가 넘실대는 해안도로를 계속해서 달렸다.

　16시 40분경에는 해안선을 벗어나 완만한 산마루를 넘고 있었다. 이곳도 역시 바위산으로 이루어진 민둥산이고, 도로변에는 생소한 수많은 야생화가 이어지고 있어 시선을 뗄 수 없는 아름다움 때문에 즐거운 시간을 가졌다.

　갈지자 급경사 길을 넘어가니 케이프타운 시가지 일부가 보이고 이어 왕복 4차선 도로가 나왔다. 도로 중앙 분리대에는 분홍색과 흰색의 유도화가 한창 꽃을 피우고 있었다.

　곧이어 17시 15분, 테이블마운틴 산자락에 있는 커스텐보시 국립 식물원 정문에 도착했다. 커스텐 보쉬 국립식물원(Kirstenbosch National Botanical Garden)은 1913년에 36ha에 7,000여 종의 남아공의 자생 식물로만 조성 전시하고 있단다.

　많은 열대식물과 꽃들을 1시간 이상 둘러보면서 부지런히 영상으로 담았다.

18시 30분 시내로 향했다. 해안가에 있는 2010년도 바구니 모양의 월드컵 경기장 가까이에 있는 식당에서 한식으로 저녁을 한 후, 어둠이 내려앉는 라이언 헤드 뒤 꼬부랑길을 오르기 시작했다. 케이프타운의 야경을 보기 위해서다.

라이언 헤드(Lion's Head)에 연이어 있는 시그널 힐(Signal Hill)은 사자의 머리에 이어 바닷가로 길게 이어진 사자의 엉덩이(Lion's Rump)라고도 불리는 곳이다.

시그널 힐의 뷰포인트부터 약간 낮은 곳에 위치한 라이온 배터리(Lion Battery)에서는 매일 정오에 대포를 쏘는 눈 데이 건(Noon Day Gun) 행사가 진행된다.

과거에 선박이 무사히 돌아오는 것을 기념하여 발포하던 것이 하나의 전통으로 자리 잡았다. 발포는 자동으로 이루어지고 있다. 현재 세계에서 사용하는 대포 중 가장 오래된 것 중 하나란다. 시그널 힐 능선 도로에는 버스와 승용차가 뒤엉키어 혼잡했다. 주차장도 북새통을 이루고 있었다. 350m 높이의 언덕에서 바라다보는 케이프타운 야경은 화려한 네온은 없어도 눈부실 정도로 아름다웠다.

밤하늘을 밝히는 야경을 처음이고 마지막이라 생각하며 어둠 속에서 마음으로 영상으로 열심히 담았다. 21시가 지나서야 지난밤 투숙했던 호텔로 돌아왔다.

2016년 11월 8일 (화) 맑음

아침 7시에 호텔을 나와 케이프타운 공항으로 향했다. 시내로 출근하는 차량은 편도 3차선이 주차장을 방불케 할 정도로 차가 밀리고 있었다.

공항 가는 길은 막히지 않아 시원하게 달리는 우리 버스로 뒤돌아보니 저 멀리 테이블마운틴이 작별의 아쉬운 손짓을 하고 있어 마지막으로 영상으로 담았다. 너무 빨리 도착하여 탑승 수속을 끝내고 탑승 시까지 시간이 많이 남아 무료한 시간을 보냈다.

9시 55분, 케이프타운을 이륙한 Sa322 여객기는 요하네스버그 공항으로 향했다. 케이프타운 외곽지대는 지형 따라 간이 경지정리가 일부 되어있고 이어 날카로운 험한 바위산이 펼쳐지고 있었다.

솜털구름이 험산 봉우리들을 남기고 포근히 감싸고 있는 풍경을 영상으로 담아보았다. 계속해서 여객기는 파란 하늘을 이고 흘러가는 흰 구름 사이로 바람을 가르면서 나르고 있었다.

어느 사이에 구름이 걷힌 지상의 야산 구릉 지대는 심한 가뭄 같은 현상으로 황량하기 그지없었다. 물론 인가도 보이지 않고 죽죽 뻗은 아스팔트 도로와 긴 띠를 이루는 소하천이 보였다. 경작지도 없고 오직 타들어 가는 야산만 보였다.

11시 10분경, 요하네스버그 공항이 가까워지니 하얀 솜털 구름을 곳곳에 흩쳐놓은 그 아래로 검푸른 수목과 녹색 경작지가 보이기 시작했다. 조금 지나자 경지 정리가 된 밭들이 보이고 숲속에 늘어선 주택들은 무척 평화로워 보였다. 공항이 가까워질수록 단층 붉은 주택들이 잘 정리된 도로를 따라 대형 마을을 이루고 있는데, 아파트 등 고층건물은 보이지 않았다.

11시 40분에 요하네스버그 공항에 도착했다. 공항에서 내리니 외기 온도는 26도로 적당했다. 기다리고 있던 훤칠한 키에 미남인 김종현 씨는 부친을 따라 남미에서 12년 어린 시절을 보내고 이곳 아프리카에 온 지도 14년이나 되었단다.

미니버스에 트레일러를 달아 짐을 싣고 왕복 8차선 도로를 30여 분 달려 중국식당에서 중식을 했다. 이곳은 치안상태가 좋지 않다고 했다. 개인 총기 소지가 쉽기 때문에 경찰도 쉽게 접근치 않는다고 했다. 빈부 격차가 심한 도시이고, 우리 교민은 3,000명 정도란다. 미국은 어느 도시를 가도 최하 3만 명 이상인 것을 감안하면 너무 적은 것 같았다.

요하네스버그는 해발 1,750m에 위치하여 비교적 더위가 덜한 고지대이나, 연간 강우량이 60mm에 불과해 물이 귀한 곳이다. 그래도 4계절이 뚜렷이 구분될 정도로 여름에는 영상 36도, 겨울에는 영상 1도 정도이다. 그리고 요하네스버그는 아프리카에서 가장 큰 도시이고, 교통의 중심지로서 역할을 하고 경제도시이기도 하다. 부근에는 높은 산이 보이지 않았다.

버스는 흑인들의 우범지대인 남서쪽에 있는 소웨토로 향했다. 만델라 주거지를 방문하기 위해서다. 시원한 왕복 8차선에 들어섰다. 소요시간은 40분 예상이다.

소웨토(Sweto)의 지명의 유래는, 'SOuth WEstern TOwnships(남서 거주 지역의 줄임말)'에서 각각 따온 말이다. 지역 주민과 국민의 대부분은 'So Where To(그래서, 어디로)'라고 부른다. 소웨토는 남아프리카 공화국 가우텡주의 요하네스버그 내의 도시권 D구에 있는 지역이다. 주로 흑인 거주지역이다. 면적은 150평방킬로미터이고 인구는 약 100만 명 정도이다. 요하네스버그는 금 때문에 급성장한 도시란다. 땅이 넓어서인지 고속도로는 동서남북 사통팔달로 시원하게 뻗어 있었다.

얼마를 달렸을까, 야산들이 나타나고 주택들이 밀집한 마을들이 끝없이 이어지고 있었다. 이곳은 대중교통이 부족하여 자가용 없이는 다닐 수 없어 차가 없는 일반인들은 택시 기능을 하는 봉고차를 이용한단다.

커다란 굴뚝 2개가 있는 화력 발전소를 지나기도 했다. 소웨토가 가까워오자 함석으로 벽과 지붕을 덮은 집단 주거지가 나타났다. 우리나라 6·25사변 당시와 비슷한 주거 상태로 함석이 녹이 슬어 더욱 비참해 보였다. 하루에 1불로 생활하는 가구가 많다고 하니 생활형편이 짐작이 갔다.

회사에 다니는 사람의 평균 월급이 30~40만 원, 경찰도 40만 원 정도란다. 그래도 생활물가가 싸기 때문에 생활이 가능하다고 했다. 보이는 사람은 전부 흑인뿐이다.

만델라 집을 가기 전에 넓은 잔디밭과 나무들이 있는 규모가 상당히 크고 산뜻한 '문디' 성당을 지났다. 1944년 만델라가 대통령이 되기 전에는 흑인들은 3인 이상 다니지를 못하게 했다니 과거 우리나라 계엄사태 시절이 떠올랐다. 따라서 중요사항 의논은 이곳 문디 성당을 이용했단다.

사거리에 있는 만델라 주택 전경

드디어 사거리에 있는 붉은 색의 만델라 주택 앞에 주차했다. 만델라는 귀족 출신으로, 인권운동가로 활동했고, 장신(長身)으로 한때는 복싱 선수 생활도 했단다. 부근의 주택들은 도로를 따라 모두 깨끗하게 단장을 했고, 노점상과 식당도 보였다. 후문 출입구로 들어가서 입장권을 사면 입구를 지키는 건장한 체격의 흑인 두 사람이 철문을 열어준다. 주택은 25평 정도 작은 규모였고, 생활공간을 전부 공개하고 있었다.

만델라는 어린 시절부터 대통령이 되기까지 가족들과의 생활, 그리고 노벨상 등 모든 유품을 정리해 두고 있었다. 만델라는 1990년 백인의 마지막 대통령 프레데리크 빌렘데 클레르크(FW Declerk)에 의거 석방되고 이어 1993년에 프레데리크 빌렘데 클레르크 대통령과 함께 노벨 평화상을 수상했다. 그리고 프레데리크 빌렘 클레르크 대통령은 만델라의 대통령 당선을 돕고 자기는 부통령으로 보좌하였다는 믿기지 않는 사실을 확인했다.

만델라는 부인이 세 사람으로 에블린 은토코 메이즈(1944~1958년), 위니 마디키젤라 만델라(1958~1996년), 그라사 마셀(1998~2013년), 이다. 3번째 부인 그라사 마셀(1998~2013년)은 모잠비크 대통령 영부인으로 있다가 남편과 사별하고 만델라를 만나 다시 영부인이 된 세계 유일의 인물이다.

백인 대통령 시절에는 남아공 전체에 백인이 30%나 되었는데, 흑인 우대정책으로 모든 면에서 역차별하는 바람에 현재는 8%만 남았는데 앞으로 더욱 줄어들 것이라 했다. 도로변 곳곳에 보이는 토석 야적장은 금 채굴에서 나온 잔토 더미인데 아주 정리를 잘 해두었다. 남아공의 다이아몬드 주산지는 컴벌리 지역이란다.

만델라 주거지 가까이에 있는 2010년도 실시한 월드컵 경기장 외관을 둘러보았다. 지금은 활용도가 낮아 그의 방치상태라는데 외관 전체를 울긋불긋 페인트로 단장을 해두어 멀리서도 눈에 잘 보였다. 버스는 대통령궁이 있는 행정수도 프리토리아(Pretoria)로 향했다. 고속도로 주변에 넓은 면적에 큰 마을들이 끝없이 이어지고 숲이 많은데 전부 인공조림으로 조성했단다. 사통팔달 시원하게 뚫린 고속도로 왕복 10차선에는 자동차가 도로를 가득 메우면서 흐르고 있는 것이 이색적이었다.

센추리얼이라는 소도시를 통과하여 15시 55분 프리토리아(Pretoria)에 도착했다. 먼저 도로 앞 야산 중턱에 있는 대형건물 프리토리아대학 건물이 눈에 확 들어왔다. 프리토리아는 요하네스버그에서 60km 떨어져 있고, 면적 688평방킬로미터이고, 인구는 75만 명이다.

시내에 들어서서 박물관을 마주한 고풍스런 시 청사를 둘러보고 이어 시내 중심광장을 두 바퀴 돌고는 대통령 궁으로 향했다. 고층건물이 많아 도시다운 모습이고, 시내 가로수는 모두 자색의 아름다운 꽃을 피우는 자카란다였다. 일부 늦게 핀 꽃들만 있고 만개한 꽃을 보지 못해 아쉬웠다. 7만 그루의 꽃이 만발하면 장관일 것 같았다.

16시 20분, 프리토리아 외곽에 위치한 약간 높은 곳에 있는 대통령 궁(Union Bulding) 외관을 둘러보았다. 지역에서 생산되는 황토색 돌(석질이 좋지 않음.)로 정교하게 쌓은 거대한 건물이었다.

시내를 내려다보는 곳에 앞에는 계단식 넓은 정원이 있었다. 정원의 중앙에는 청동 7톤으로 만든 높이 9m의 팔을 벌리고 있는 거대한 만델라 청동입상이 주위를 압도했다.

대통령궁 앞 넓은 도로변에는 세계 각국의 대사관들이 있다. 제일 먼저 미국 대사관 앞을 지났다. 퇴근 시간이라 교외로 빠지는 차량 때문에 교통 체증이 심했다.

17시 15분경, 시간의 여유가 있어 도로변에 있는 대형 쇼핑몰 Men Lyn에 들렀다. 한창 증축 중인데도 일부 개업을 하고 있었다. 교통의 요충지에 있어 완공하면 거대한 명물이 될 것 같았다. 모두들 기념으로 쇼핑을 했다. 필자도 카드를 이용했다.

이어 한인이 경영하는 식당에서 한식으로 저녁을 하고, 20시 30분, 인근에 있는 LEGACY 호텔 105실에 투숙했다.

2016년 11월 9일 (수) 맑음

7시 35분 요하네스버그 공항으로 향했다. 아침 출근길이라 시내로 진입하는 편도 4차선은 수km가 정차수준으로 차가 밀리면서 출근전쟁을 하고 있었다. 역시 공항으로 가는 길은 교통 흐름이 좋았다.

도로변에는 눈에 익은 올리버나무. 유칼리나무 등이 보이고, 바람

에 흔들리는 사이프러스와 야자수가 남국의 정취 열대지방의 풍광을
더하고 있었다. 고속도로 중앙분리대에 전신주는 전 구간에 가로등
벽을 이루고 있을 정도라 교통의 편의를 도모하고 있었다. 공항이 가
까워지니 도로 양안으로 대형 물류 창고들이 많이 보였다.

8시 10분, 공항에 도착 출국 수속을 거쳐 10시 30분, Sa48 여객기
로 Livingstone 공항으로 향했다. 기내방송에 일본말 방송은 있어도
한국말 방송이 없어 아쉬웠다.

리빙스톤(Livingstone) 공항 주변은 나무들이 고사한 것처럼 황량
했고, 하천이 있는 곳은 수목이 울창했다. 12시 30분, 잠비아에 있는
리빙스톤 공항에 여객기가 큰 충격으로 착륙하는 바람에 승객들이
모두 깜짝 놀랐다. 필자도 처음 경험해보는 착륙 충격이었다.

리빙스톤 공항은 아주 작았다. 비행기에서 내려 200m 정도를 입국
장까지 걸어서 갔다. 외기온도가 36도라 숨이 막힐 정도였다. 현지 흑
인 가이드 만델라를 만났다. '만사 오케이.'로 불러 달라고 해서 모두
들 웃었다. 풀과 나무가 말라붙은 것은 건기의 가뭄 탓이라 했다.

일부 나무는 연초록 새싹을 틔우고 있는데 지금부터 우기라 곧 녹
색 공간을 이룰 것이라 했다. 평야 지대를 지나는데도 경작지는 하나
도 보이지 않았다.

온통 붉은 꽃으로 화려하게 단장한 큰 나무들이 이 가뭄 속에 호기심
의 눈길을 모았다. 마른나무 사이로 멀리 Zambezi 강이 일부 보였다.

13시 20분, 잠비아 국경지대에서 출국 수속(현지가이드가 여권으로
일괄 처리 받음) 후 빅토리아 대협곡 다리를 지났다. 10여 분 후, 짐바브
웨(Zimbawe) 국경에서 우리 일행은 버스에 대기해 있고, 또 일괄 입
국 수속을 받아 짐바브웨에 입국했다. 레인보우(Rainbow) 호텔에 여
장을 풀고 중식 후, 14시 55분경 세계 3대 폭포 중 하나인 빅토리아

폭포 관광에 나섰다.

약 5분 거리에 있는 주차장까지 버스로 갔다. 주차장에는 다른 버스들도 있었다. 주차장 부근에는 크고 작은 목각 등 다양한 지방 토산품들을 대규모로 진열하여 판매하고 있었다.

도로 맞은편이 빅토리아 폭포 출입구라 우리는 걸어서 이동했다. 빅토리아 안내표시가 있는 간판을 지나면 특이한 모양의 갈대 지붕이 있는 매표소를 거처 입장했다. 매표소를 지나자마자 대형 현황판 앞에서 빅토리아 폭포의 개요와 관람코스에 대한 설명을 들었다. 현 가이드의 간단한 영어 설명을 모두들 잘도 알아들었다. 빅토리아(Victoria) 폭포를 원주민들은 '천둥과 번개를 동반한 영원히 솟아오르는 연기'라 부르며 경배의 대상으로 삼았단다.

숲속 오솔길을 한참 들어가니 1855년 이 폭포를 발견하여 세상에 알린 영국의 탐험가 리빙스턴 대형동상이 있었다. 데이비드 리빙스턴은 이 폭포를 영국 국왕에게 헌정하는 의미로 영국 여왕의 이름을 따 빅토리아 폭포라고 이름을 붙였다.

아프리카 남부 잠비아와 짐바브웨의 국경을 가르며 인도양으로 흘러가는 잠베지(Zambezi) 강 중류에 넓이 1,676m, 낙차 108m로, 세계에서 가장 긴 빅토리아 폭포는 유네스코에서 지정하는 세계자연유산 중에 하나이다.

빅토리아 폭포

거대한 잠베지 강을 수놓으며
천둥 치는 빅토리아 폭포

천칠백 미터를 꿈틀거리는
백 미터 낙차(落差)의 새하얀 폭포수

대지를 가르는 굉음(轟音)은
하늘에 솟구치고

천지를 뒤덮는 비말에 어리는
황홀한 무지개의 향연

가슴을 얼어붙게 하는
감동의 여운에
넋을 잃고 숨도 멎었다.

뜨거운 열기를 달래는

장엄한 풍광

억제치 못할 궁금증
헬기로 돌아보니

언제나 추억담으로 살아날
한 폭의 아름다운 수채화였다.

심한 가뭄으로 악마 폭포와 본류 폭포만 수량이 많고, 나머지는 수량이 너무 적어 검은 절벽에 실 폭포를 이루고 있었다. 하류로 향하는 관광코스와 전망대를 따라 내려가며 굉음과 비말이 쏟아지는 풍광을 열심히 동영상으로 담았다.

폭포물이 옷깃을 적시기도 했지만, 더위를 식혀 주어 오히려 반가웠다. 모두들 물에 신는 신발 등 만반의 준비를 했지만, 수량이 적어 그렇게 필요치 않았다. 잠베지 강물이 깨끗하기에 암반 위로 떨어지는 폭포수는 나이가라 폭포처럼 언제나 깨끗하다고 했다. 언제나 황토물인 이과수 폭포 와는 대비가 되었다.

햇빛이 구름 사이로 얼굴을 내밀 때는 눈부신 반원형 무지개가 화려한 자태를 뽐내었다. 하류로 내려갈수록 실 폭포를 이루고 있어 상당히 아쉬웠다. 마주 보는 잠비아 쪽 수량이 적은 폭포 위에서 몇 사람이 수영하고 있었다.

16시 30분, 폭포 관광을 끝내고 출입구로 나왔다. 이어 버스는 잠베지강 선상유람을 위해 출발했다. 잠베지 강은 총 2,574km로, 앙골라를 비롯해 10개국을 거쳐 인도양으로 흐른다. 가는 도중에 멀리 리빙스턴 도시가 잠베지 강 숲 너머로 보였다. 유람선에 오르기 전에 원주민 남녀 몇 명이 민속악기와 춤으로 관광객들의 관심을 끌면서 주머니를 열게하고 있었다.

16시 50분, 유람선에 올랐다. 맥주. 와인과 각종 음료수를 안주와 함께 무한 리필을 하고 있었다. 유람선은 깨끗한 강물을 천천히 가르며 상류로 올라가는데 강 좌우로 열대우림은 처음 보는 새들이 날아다니고 간혹 악어와 코끼리. 하마들의 유영을 하고 있어 동영상으로 담았다. 선상으로 부는 산들바람은 35~36도의 땀을 씻어 내리고 파란 하늘의 흰 구름은 이국적인 낭만으로 다가왔다.

2시간의 유람이 끝날 무렵에는 수면에 닿을 듯 날아다니는 새들의 군무가 붉은 저녁노을과 함께 취기로 함께 녹아들었다.

유람선은 강에 큰 섬을 중심으로 돌면서 빅토리아 폭포가 하얀 비말을 뿜어내는 폭포 상류 가까이 까지 내려갔다가 선착장으로 되돌아왔다.

어둠이 내려앉는 속에 버스에 올라 가까이에 있는 공간이 탁 터인 식당에서 와인을 곁들인 서양식 식사를 했다. 저녁 식사 때 옆자리에 앉은 노르웨이, 네덜란드에서 온 관광객들에게 우리 일행 중 한 분이 영어로 한국서 왔다는 소개를 하고 또 노래를 하겠다고 알려 주고는 아리랑, 만남 등 3곡을 합창하였는데, 모두로부터 박수와 함께 카메라 세례를 받는 즐거움을 누리기도 했다. 호텔로 돌아오니 20시가 넘어서고 있었다.

2016년 11월 10일 (수) 흐림

7시 40분, 사파리 투어를 위해 호텔을 나섰다. 이곳 빅토리아 오늘의 일기예보는 아침에 25도, 낮 최고는 35도이다.

보츠와나(초배) 국립공원까지는 1시간 소요 예상이다. 버스는 끝없는 평야지 직선도로 2차선을 달리고 있었다. 다니는 차량도 대형 물류 차량이 가끔 보일 뿐 버스나 승용차는 많지 않았다. 도로 주변의 수목들은 한국의 3월 하순 날씨처럼 이제 나뭇잎이 돌아나고 잔디는 말라 있었다. 금년에는 우기가 늦게 시작하지만, 얼마 지나지 않으면 초록 물결로 뒤덮일 것이라 했다.

특이한 점은 상록수가 거의 보이지 않아 더욱 황량해 보였다. 또한, 이런 평야지 좋은 땅을 과일나무 등 경작을 전혀 안 하고 있는 것도 이상했다.

8시 3분경, 도로를 횡단하는 코끼리 가족 8마리가 차량통행을 막고 있어 잠시 정차를 했다. 역시 아프리카답게 야생 코끼리를 쉽게 볼 수 있었다. 아스팔트 상태를 보니 지난밤 비가 조금 내린 것 같았다. 흙먼지를 잠재울 정도였다.

8시 17분경, 약간 낮은 지형으로 내려가다가 이내 평원으로 올라서고 있었다. 어디를 보아도 상록 활엽수는 보이지 않아 이곳이 열대지방인가 의심이 갈 정도였다.

8시 40분경, 초베강 너머로 나미비아(Namibia) 나라의 땅이 보였다. 8시 55분, 사파리 지프차를 타고 보츠와나(Botswana) 초베 국립공원Chobe national park)으로 향했다. 보츠와나는 노비자 국가이다. 면적 582평방킬로미터이고, 인구는 218만 명이다.

여권으로 확인을 받은 후 차에서 내려 소독약제가 있는 발판을 거쳐 사파리 차에 올랐다. 9시 11분, 보츠와나가는 길 좌우에는 자동차가 많았다. 주변의 나라보다 잘사는 것이 눈으로 확인되고 있었다.

초베 국립공원 입구

보츠와나에 들어서고 나서는 도로변에 채소나 과수 재배하는 것을 간혹 볼 수 있었다. 잠비아, 짐바브웨, 보츠와나, 나미비아 등 4개국 국경지대에 있는 초베 국립공원은 초베 강을 끼고 있어 습지가 많은 곳이다. 드디어 국립공원에 들어섰다.

이곳의 원주민들은 부시맨(Bushman)으로 알려져 있는 유목민들이다. 멧돼지들이 새끼들을 거느리고 어슬렁거리고 초베강을 따라 지나가니 임팔라, 멧돼지 등이 이 한가로이 먹이를 찾고 있었다.

국립공원에는 다양한 포유동물과 450여 종의 조류가 서식하고 있다. 그리고 대개 동물들은 가족끼리 공생을 하고 있다. 사자, 표범, 코끼리, 코뿔소, 버펄로, 그리고 기린, 얼룩말, 하마, 악어 등이 서식하고 있단다.

황토빛 거친 땅 평원에는 대경목은 전부 고사(枯死)하였고, 어린 나무들은 코끼리가 먹고 부러트려 완전히 망가져 황량하기 그지없었다. 지상에 늘려 있는 것은 코끼리 배설물뿐이었다.

코끼리 7만 마리가 서식한다고 하니 코끼리 천국 같았지만, 먹을 것이 많이 부족할 것 같았다. 코끼리 큰 것은 한 마리 무게가 6톤이나 된다고 했다. 무리 지어 다니는 코끼리를 가끔 만나는데, 한번은 코끼리 수십 마리가 우리 지프차 앞뒤로 지나갈 때는 숨을 죽이고 가만히 있기도 했다.

강변에는 임팔라, 버펄로 등이 많이 보였다. 그리고 표범과 기린 등 처음 보는 이름 모르는 동물들을 영상으로 담고 있던 중, 11시 40분경, 덤불 속에 사자 3마리 쉬고 있는 곳으로 가까이 갈 때는 개방된 지프차라 긴장 속에 숨을 죽이고 살펴보기도 했다.

12시 30분에 사파리 투어는 끝나고 가까이에 있는 초베 강변에 억새로 지붕을 이은 야외풀장이 있는 대형식당에서 점심을 했다. 세계 각국에서 온 관광객들로 붐비고 있었다.

　13시 30분, 초배 강가에 대기하고 있는 모터보트로 강 주변의 투어에 나섰다. 강의 좌측은 보츠와나이고 우측은 나미비아이다. 곳곳에 임팔라, 악어 등이 있었고 다양한 새들도 많았다. 하마가 육지에 새끼와 풀을 뜯고 있을 때 몸집이 버펄로보다 훨씬 큰데 놀랐다.

  코끼리와 버펄로가 강을 건널 때는 그 많은 큰 악어들이 덤비지 않는 것도 신기했다. 다양한 종류의 포유동물과 조류들을 둘러보고, 16시 20분에 짐바브웨에 있는 고아원 방문을 위해 출발했다.

  도중에 차를 세우고 수령 5천 년을 자랑하는 거대한 바오밥 나무를 영상으로 담았다. 필자가 지금까지 보아온 나무 중 가장 큰 것이었다.

수령 5,000년의 바오밥나무

보츠와나출국과 짐바브웨 입국 절차도 신속하게 진행되었다. 16시 20분경에 소나기가 세차게 내리더니 이내 멀리 저녁노을이 지고 있었다. '행복한 세상 만들기 나눔의 시간'을 갖기 위해 짐바브웨 어느 마을 길을 들어설 때 또다시 비가 내리기 시작했다.

한참 비포장 골목길을 지나 고아원에 도착하니 비가 쏟아지는 속에 3~7세나 되어 보이는 어린이 30여 명이 대문 밖에서 쏟아지는 빗속에 맨발로 서서 환영의 노래를 부르는데 가슴이 찡해 왔다.

사전에 연락을 받고 모두들 준비해간 다양한 물품들을 내놓았다. 어떤 분들은 추가로 현금($)을 내놓기도 했다. 큰 것은 아니지만 작은 보탬이 되기를 바랐다. 해외여행 중에 이런 경험은 처음이다. 정말 좋은 행사인 것 같았다.

호텔에 와서 잠시 쉬었다가 18시 40분 가까이에 있는 민속식당으로 가서 전통음악과 춤을 관람하면서 다양한 야생고기를 맛보면서 호텔로 돌아오니 21시를 넘고 있었다.

2016년 11월 11일 (금) 맑음

7시 40분 빅토리아 폭포 관람 헬기를 타기 위해 대기하고 있는 승용차로 출발했다. 15분 정도 달려 헬기 계류장에 도착했다. 탑승에 대한 주의 사항을 듣고, 8시 조금 지나 2대 중 작은 헬기로 빅토리아 폭포 상공으로 비행했다.

지상에서 보는 것과 마찬가지로 부근의 야산은 우리나라 겨울 산 같이 황량했다. 가까이에 있는 리빙스톤 시가지(마을)는 잘 정리된 거리 따라 녹색 나무들이 많이 보였다.

그 옆으로 잠베지 강의 푸른 나무들이 에워싸고 빤짝이는 물빛은 어제께 유람선으로 강 가운데 섬을 한 바퀴 돌아본 곳이 손에 잡힐 듯 보이고, 그 하류로 광폭으로 흩어져 내리는 물이 1.7km로 빅토리아 폭포를 이루고 있었다.

　지금은 갈수기라 악마의 폭포와 본류 폭포를 제외하고는 실 폭포를 이루거나 거대한 바위 절벽만 남아 있었다. 헬기가 3차례 선회를 하면서 물보라 솟구치는 폭포 주변을 도는데, 무지개가 순식간에 나타났다 사라지는 것을 반복했다. 수량이 많은 전 구간의 폭포수를 보지 못해 아쉬웠지만 남아 있는 폭포의 위용도 대단했다.

　떨어지는 폭포수는 갈지자(之)의 하류협곡 바닥으로 포말을 일으키며 내려가고 있었다. 헬기에서 주변의 풍광을 동영상으로 열심히 담아냈다.

　폭포 주위는 강물의 습기가 미치는 곳은 나무들이 녹색의 아름다운 빛을 뿌리고 있었다. 10여 분의 헬기 관람을 끝내고 호텔로 돌아왔다.

　8시 40분, 호텔을 나와 잠비아 국경으로 향했다. 9시 23분, 잠비아 출국 여권 확인받은 후 다시 짐바브웨 국경으로 향하는데, 곳곳에서

50~200억 불의 화폐 단위 지폐를 1, 2$에 팔고 있는데 위정자의 잘못으로 인한 인플레이션의 비참한 경제 현실을 보는 것 같았다. 일행 중 몇 사람은 호기심으로 화폐를 사기도 했다. 국경지대에서 빅토리아 하류의 폭포를 다시 관람했다.

실 폭포를 포함 수직 절벽의 풍광이 아름다워 동영상으로 담으면서 상류로 올라갔다. 멀리 비말을 쏟아내고 있는 폭포도 줌으로 당겨 영상으로 담았다. 그리고 헬기에서 내려다본 협곡을 가로 지르는 아치형 다리 위에는 차량 몇 대가 보이고, 그 아래 협곡으로 번지점프를 하고 있었다. 역시 뛰어내리는 장면을 줌으로 당겨 동영상으로 담아보았다.

날씨가 얼마나 가물었는지 주위의 수목 중 일부 상록수는 위조(萎凋)가 심해 회복불능 상태였다. 무더위에 땀을 뻘뻘 흘리면서 관광을 끝내고, 10시 18분, 리빙스톤 공항으로 향했다. 소요시간은 20분이다. 10시 43분에 공항에 도착했다.

출국 수속 후, 13시에 요하네스버그 공항으로 향했다. 역시 여객기까지 걸어가서 탑승을 했다. 2시간여를 날아 요하네스버그 공항에 도착했다.

요하네스버그 공항은 아프리카의 교통 중심지답게 계류 중인 비행기도 달관으로 보아 인천공항보다 많아 보이고, 면세점도 많아 보였다. 비행기 이착륙을 바라보면서 무료한 시간을 보낸 후 17시 55분 Sa286편으로 홍콩으로 향했다.

비행시간은 13시간 10분 걸려 다음날 12시 45분(홍콩 현지 시간) 홍콩 도착 14시 20분 Oz724(아세아나기)기로 인천공항으로 향했다. 소요시간 3시간 30분, 18시 50분(한국 시간)에 인천공항에 무사히 도착했다.

💬 COMMENT

tlsdydrlf		감사합니다. 저는 아프리카를 가보지도 않고 갔다 온 것 모양으로 구경 잘하였습니다. 소산 문재학 님 덕분으로, 건강하시고 행복하세요. 감사합니다.
예	**화**	아프리카 여행기를 상세히 보고 있습니다. 빅토리아 폭포와 케이프타운의 제일 끝자락 인도양과 대서양의 경계선 희망봉에서 쓴 기행문을 내가 경험한 듯 알뜰히도 적어 주셨네요. 감사합니다.
진 달 래		천박한 땅 아프리카 여행기를 자세히도 적어주셨습니다. 비록 가보지는 못했지만, 글과 사진 몇 번 더 읽어 보렵니다.
은	**빛**	직장과 가정으로 아직 해외여행을 많이 못 했습니다. 이렇게 여행기로 조금 자신을 배워가겠습니다.
꿀	**벌**	아프리카 여행기를 상세하게 올려주셔서 감사히 읽고 갑니다. 시인님, 언제나 여행 다녀오시면 카페에 올려주셔서 고맙습니다. 항상 건강하시고 즐거운 날들 되세요.
홍 두 라		지금 저가 아프리카 여행을 온 기분입니다. 여행을 즐기고 있습니다.

송 백	소산 님의 아프리카 여행기 잘 보았습니다. 이렇게 상세하게 글 올려주시어 책상에 편안히 앉아 즐거운 마음으로 구경 잘했습니다. 고맙습니다.
雲海 이 성 미	아프리카 여행도 하셨나 봅니다. 생소하고 문화가 다르기에 궁금한 것도 많은 곳인데 저도 언제 가보고 싶지만, 쉽지 않는 아프리카 부럽기도 합니다. 선생님.
白雲 / 손 경 훈	세세한 설명과 가본 듯한 현상을 일으키는 고운 글 고맙습니다.

이집트 아부다비
여행기

2018. 10. 11. ~ 10. 11. (11일)

황금 물결이 출렁이는 풍성한 가을에 고대문명의 흔적을 찾아 나일강이 흐르는 이집트를 가기 위해 인천공항으로 향했다. 지루한 기다림 끝에 11일 새벽 1시 아티하드(EY873) 편으로 아부다비 국제공항으로 출발했다. 비행 소요시간은 9시간 10분이다.

2시경, 창밖을 보니 중국내륙의 어느 중소도시를 지나는데 어둠 속에 은가루를 뿌린 듯이 아름다운 삶의 그림자가 흘러가고 있었다. 중국의 전력 사정이 상당히 좋아 보였다. 한국 시간 11일 10시 현재, 아부다비 국제공항 주위로는 조용히 새벽의 깨우는 불빛들이 사막 위로 쏟아지고 있었다. 현지 시간 5시 30분(한국보다 5시간 늦음), 하늘 위의 궁전이라는 대형여객기가 착륙하는 느낌도 없이 사뿐히 내려앉았다.

입국 수속을 마치고 6시 40분, 밖을 나오니 외기온도가 24℃, 예상보다 기온이 낮아 기분이 좋았다. 현지가이드 정○미 씨를 만나 버스에 올랐다.

도로변 가로수는 수고(樹高)가 낮은 가로수와 그 아래 이름 모를 나무들이 푸른 자태를 자랑하고 있었다. 이 나무들은 모두 바닷물의 염도를 낮추어 두바이와 같이 검은 호수를 깔아 매일 2회씩 급수를 하여 키우고 있단다.

식수는 2시간 거리에 있는 오아시스 물을 정수하여 이용한다고 했다, 아부다비(Abu Dhabi)도 그린벨트가 있다. 용도는 나무를 심기 위해서란다. 인구 115만 명의 아부다비는 아랍에미리트 수도이고 1인당 GDP 10만 달러나 되는 부자나라이다. 세계 6위의 산유국 아랍에미리트(약칭 UAE)는 아부다비에서 석유의 대부분인 96%(두바이 4%)를 소유하고 있단다.

따라서 7개 토후국(아부다비, 두바이, 샤르자, 아지만, 움알쿠와인, 라스알카이마, 푸자이라)이 연합하여 형식적인 연방의 통치를 하는데 부의 나라 아부다비 왕이 대통령을, 두바이가 부통령 등 각부장관을 맡고 있지만, 실질적인 모든 삶은 각각 토후국에서 독자적인 왕정으로 처리하고 있다고 했다.

도로를 벗어나면 가까운 곳에도 나무가 없었다. 주택 부근에도 나무가 거의 없었다. 상시 급수를 안 하면 나무를 살릴 수 없기에 가정주택에 나무가 많은 집은 부잣집, 즉 부의 상징이 된단다.

도로변 가로 등은 한국의 일반 전주의 2배 높이에 원형으로 전구를 6개씩 달아 볼을 밝히는 것이 특이했다. 사막의 3~5층 주택들을 지나 Mafiqg Hotel에서 뷔페로 아침을 했다. 아부다비는 전기도 풍부하지만, 1kW당 100원(한국은 기본 300원에 누진제)이나 이곳은 누진제가 없어 값싼 전기를 풍족하게 사용하고 있다.

8시 5분, 루브르박물관으로 향했다. 아부다비의 땅은 전부 정부 소유이고 정부에서 소득 정도에 따라 땅의 지상권을 분양해 주면 각 가정에서는 능력에 맞추어 집을 짓는다고 했다. 참고로 이곳 사막의 모래는 석회석이 많아 집을 지어도 붕괴되는 일이 없다고 했다.

급수가 안 된 식물은 고사 직전이고, 일부 사막에 있는 풀은 짙은 안개로 생명을 유지한다고 했다. 8시 25분, 좌측으로 멀리 보이는 물결 모양의 대형 건물은 신공항으로 내년(2019년)에 개항 예정이라 했다. 왕복 12차선 양측으로 야자수 가로수를 심고 하층에 꽃으로 조경을 잘 해두어 시선을 즐겁게 했다.

얼마를 갔을까? 백사장 너머로 푸른 바다가 보였다. 아부다비는 200여 개의 섬으로 구성되어 있고 해안 곳곳에는 맹그로브 나무가 서식하고 있어 삭막함을 들어내고 있었다.

아부다비 야스 섬에 위치한 이색적인 양식의 지붕이 붉은 대형 실내 테마파크인 페라리 월드(Ferrari World, 면적이 9ha)를 지났다. 야스 섬의 리조트 종합 개발 사업의 일환으로 조성이 진행되어 2010년 11월 4일에 개장했다. 삼각형의 붉은 지붕은 페라리 월드는 전통적인 이중 곡선을 하고 있으며, 최고 높이는 48미터나 된다. 그리고 얼마 안 가서 2009년도에 독특한 빌딩 타운으로 준공한 뉴욕대학도 좌측으로 보였다. 유능한 강사진으로 구성된 뉴욕대학은 급식비까지 무료 제공을 하며 인재를 양성하고 있단다. 물론 취업도 100% 보장된다고 하니 부러웠다.

더디어 루브르박물관에 도착했다. 2008년에 구상하여 지난해(2017년) 11월에 개관한 루브르박물관은 박물관 중심부를 덮고 있는 돔 모

양의 지붕이 이색적이었다.

　이 원형 지붕은 6개의 층을 만들면서 기둥을 세우지 않았고 모양이 다른 7,850개의 구멍이 뚫려 있어 이를 통하여 건물 내부로 들어오는 빛이 아름답다고 했다. 이 박물관을 설계한 사람은 프랑스 건축가 쟝 누벨이다. 그리고 프랑스 루브르박물관에서 300점 소장품을 대여받아 전시하고 있단다. 루브르박물관은 외관만 둘러보면서 영상으로 담고 아부다비 시내로 향했는데 도중에 다리 위에서 루브르박물관 바라보니 정말 바다 위에 떠 있는 건물 같았다.

　좌측으로는 아름다운 고층 빌딩 숲을 오른쪽은 쪽빛 바다를 끼고 한참을 달려 이명박, 박근혜 대통령이 머물렀다는 에미리트 팰리스(Emirates Palace) 호텔 앞에 도착했다.

에티하드 타워와 에미리트 팰리스 호텔 전경(우측 낮은 건물)

　도로 건너편에 있는 에티하드 타워(Etihad Towers)는 5개의 타워(74층 300m)의 옥색 유리창으로 이루어진 복합 건물의 눈부신 자태가 아침 햇살에 그 위용을 자랑하고 있었다. 에미리트 팰리스 호텔의 대형정문 앞에 시원한 분수를 포함하여 에티하드 타워를 포함하여 동영상으로 담고 바다 건너 코니쉬 비치로 갔다.

　해변에서 마주 보는 에미리트 팰리스 호텔 전경과 에티하드 타워 등을 한 장에 영상으로 담고, 우측에 있는 거대한 백색 왕궁은 줌으로 당겨 동영상으로 담았다.

아부다비 왕궁

아부다비의 왕궁

검은 황금으로 이룩한
사막 위의 나라 아부다비

이백여 개의 섬과 섬을
뜨거운 혈관으로 엮어
풍요로운 삶을 구가하고 있었다.

쪽빛 바다에
긴 그림자를 드리우는
미려하고 현란한
고층 빌딩 숲을 지나면

바다 위에 둥둥 떠 있는
순백의 거대한 왕궁

숨 막히는 아름다움에
짜릿한 전율의 파도가
밝은 햇살에 녹아내리고

무한 가능의 손길이 빚은
기적 같은 예술의 걸작품이
황량한 사막에
새하얀 경탄의 빛을 뿌리고 있었다

세계 어디에서도 보지 못한 아름다운 왕궁에 눈부신 햇살이 부서
지고 있었다. 부자나라답게 상상도 못 할 화려한 건물을 자랑하고 있
었다.

10시 10분, 버스는 그랜드모스크로 향했다. 아부다비의 본섬에
있는 세이크 자이드 그랜드 모스크(Sheikh Zayed Grand Mosque)는
UAE 초대 대통령 세이크 자이드가 이슬람국가 화합을 위해 1996년
도 시작 10년만인 2007년에 완공한 모스크다. 면적은 축구장 6개(5

만㎡)의 크기이고, 82개의 돔과 1천 개의 기둥 (상단에는 황금색 야자수 잎으로 장식함)을 순백의 이탈리아 대리석으로 만든 건물이다.

또 실제로 종교의식이 행해지는 사원으로, 4만 명이 동시에 기도를 할 수 있다. 이곳을 방문하려면 여자는 눈과 손발 이외는 전부 가려야 했다. 검은 옷(히잡)의 유래는 옛날 전쟁이 잦을 때 밤에 여자를 보호하기 위해서이기도 했단다.

모스크 앞에서 철저한 검문검색을 거쳐 들어가서 순회하는 전동차를 타고 모스크 출입구에 내렸다. 대형 모스크 주위로 맑은 물을 저장하여 아름다운 풍경을 이루면서 내방객들의 더위를 식혀 주고 있었다.

크고 작은 82개의 돔으로 둘러싸인 중앙광장을 둘러보고 많은 관광객들 사이로 황금 야자수 잎으로 장식된 천 개의 매끄러운 대리석 기둥을 영상으로 담았다.

세계 최대의 화려한 페르시아 융단(무게 35톤, 천 명 이상의 이란 여성들이 손으로 2년 넘게 만들었다고 함)이 깔린 예배실로 갔다. 폭신폭신한

촉감이 좋은 융단 위로 또 세계 최대 크기(높이 15m, 무게도 12톤)의
탄성을 자아내게 하는 휘황찬란한 샹들리에(7개)가 관광객들을 맞이
하고 있었다.

필자가 세계여행하면서 본 것 중 가장 거대하고 현란한 샹들리에로
생각되었다. 너무 아름다워 시선을 떼지 못할 정도이고, 여러 개의 샹
들리에 주위로는 관광객들이 앞다투어 영상으로 담아내고 있었다.

기분 좋은 관람을 하고 11시 30분 아부다비 국제공항으로 향했다.
14시 20분, EY655 소형 여객기로 카이로 국제공항으로 출발했다.
소요시간은 3시간 50분 예정이다.

16시 10분, 여객기 창밖에는 눈부신 사막 위에 수없이 떠 있는 뭉
게구름은 처음 보는 신비로움을 자아내는 풍경이라 동영상으로 담아
보았다.

얼마 후, 흰 구름 사이로 하강할 때는 햇살이 쏟아지는 사막 위의 모
래들이 작은 파도를 이루고 있었다. 그리고 아파트가 끝없이 나타났다.

황량한 사막의 활주로에 여객기가 내렸다. 그래도 넓은 공항 곳곳에 여객기가 보였다. 현지 시간 16시 30분(시차 7시간)이다. 외기온도는 21도, 기분 좋은 온도였다.

카이로 공항 출국장

입국 수속을 한 후 현지인 가이드가 준비한 버스를 타고 석식을 위해 17시 5분 한인촌에 있는 식당으로 향했다. 소요시간은 1시간 예상이다.

이집트에 11년 살았다는 김O희 씨의 해박한 지식의 흥미로운 이집트 이야기에 시간 가는 줄 몰랐다. 1922년 영국으로부터 독립한 이집트는 면적 1,002,450㎢ 중 사람이 살 수 있는 곳은 나일강 주변을 포함해서 겨우 4%이고 96%는 사막이다. 인구는 2017년도에 1억을 넘어섰다고 했다. 카이로는 면적 528㎢이고, 인구는 약 2,000만 명으로, 그중 교민은 1,000명이란다.

왕복 8차선 도로변은 대형 야립 간판이 다음 간판이 보이지 않을 정도로 설치해 두었다. 그리고 도로에는 차선이 보이지 않았는데 대부분 차들이 차선을 지키지 않아 방치해두고 있다고 하니 접촉 사고가 많을 것으로 생각되었다.

도로변에는 가로수가 상당히 많았고 생기도 넘쳐흘렀다. 외곽지대를 지나 17시 15분경부터는 교통 체증이 심했다. 간선도로 주위에는 10층 내외의 신축 건물들이 다닥다닥 붙어있을 정도이고, 새로 짓는 아파트도 많았다. 어둠이 내리면서 넓은 도로는 자동차 불빛으로 가득했고, 도로 양측 건물의 1~2층의 상점들은 활기찬 삶의 향기를 뿌리고 있었다.

조금 지나자 교통 체증이 다소 풀리면서 19시 10분경 교민이 경영하는 식당에 도착했다. 저녁 식사 후 복잡한 시내로 들어와 타흐리르 광장(투탕카멘의 황금관이 있는 고고학 박물관이 광장 주변에 있음) 뒤 나일강변에 있는 힐튼호텔에 20시 10분에 도착했다.

호텔 출입 시에도 소지품을 검색기로 검사하고 있었는데 처음 겪어보는 일이다. 903호실에 여장을 풀었다.

2018년 10월 12일

7시에 호텔을 나와 후루가다로 향했다. 소요시간은 6시간 예정이다. 타흐리르 광장을 지나자 이내 고가도로에 진입했다.

남세스 중앙역을 거치면서부터 나타나는 희색 빛 낡은 건물들이 즐비한 올드 카이로는 재건축이 시급할 정도로 허름했다. 잠시 후 7~8층의 밀집지역의 아파트 옥상에는 접시 안테나가 가득했다. 버스는 시원하게 달리고 있었다. 오늘 외곽으로 빠지는 도로가 한산한 것은 이슬람교도들의 공유일인 금요일이기 때문이란다.

7시 28분경부터는 도로 양측으로 저층아파트들이 밀집해 있었다. 곧이어 풀 한 포기 없는 왕복 6차선 도로를 버스는 달리고 있었다. 도중에 벽면이 독특한 아파트가 시선을 끌고 있어 영상으로 담아 보았다. 되돌아보니 멀리 매연과 모래바람에 잠긴 희뿌연 카이로 시내는 폐허의 도시 같아 보였다.

7시 45분, 고속도로 톨게이트를 통과하자 2017년에 개통했다는 왕복 4차선 시원한 고속도로가 우리를 맞이하고 있었다. 승차감도 좋았다. 역시 풀 한 포기 없는 고속도로에 가로등만 외롭게 줄을 잇고 있고 가끔 고속도로 보수 공사하는 곳도 있었다.

'사하라'는 사막이라는 뜻으로, '사하라 사막' 하면 '역전 앞'과 같은 표현이라 했다. 8시부터는 구릉지 야산이 나타나고, 전기 철탑이 지나가고 있었다. 물론 주위는 메마른 사막이다. 얼마 후 고속도로 지선으로 돌아 나오자 왕복 6차선이 나타났다. 앞으로 자파하라(ZAFAHARA) 휴게소까지는 1시간 남았다.

8시 50분부터는 험한 산들이 나타났다. 수천 년 동안 비 한 방울 없는 죽음의 땅이다. 이러한 곳에도 베드인(사막의 유목민)들이 살고 있다니 그 비참한 삶은 짐작하고도 남음이 있었다.

고속도로 인터체인지 부근 황량한 들판에 신규 아파트 단지를 조성하고 있었다. 생계수단도 문제지만 식수는 어떻게 해결하는지 궁금증에 앞서 걱정되기도 했다.

9시 23분, 도로변 양측으로 대규모 풍력발전기 수백 대가 줄을 맞추어 서서히 돌고 있었다. 이렇게 대규모 풍력발전단지는 처음 보는 것 같았다. 곳곳에 고속도로 개통을 앞두고 톨게이트와 주유소공사를 한창 하고 있었다. 몇 년 후면 이런 황량한 사막에도 수많은 자동차가 운행될 것이다.

9시 46분, 유일한 휴게소인 ZAFAHARA에서 잠시 숨을 돌리고 10시 10분 후루가다로 향했다. 이윽고 버스는 시원한 홍해 바다를 끼고 달리고 있었다.

자파하라(ZAFAHARA) 휴게소

　해변에 붉은 불꽃이 활활 타고 있는데 가스 불꽃이라 했다. 그러고 보니 해안가를 따라 검은 가스관이 끝없이 이어지고 있었다. 11시경 해안가에는 대형 백색의 원형 가스 저장탱크 5개가 삭막한 사막 위에 우뚝 서 있었다.

　도로변에 반가운 녹색 나무 군락지를 지나니 해상에 거대한 가스 채굴(?) 시설 6기가 있었다. 11시 30분부터는 풍력발전기 수십 개가 바람의 희롱을 받고 있었다. 눈을 시원하게 하는 푸른 물결이 넘실대는 홍해 바다를 끼고 버스는 계속 달리고 있었다.

　가이드는 기원전 이집트 왕조의 흥망성쇠에 관한 이야기를 하고 있었다. 계속하여 좌측은 바다이고 우측은 안타깝기 그지없는 황량한 사막지대이었다. 12시 30분부터 도로변에 함부로 버린 쓰레기들과 함께 무척 반가운 녹색 지대가 나타났다.

12시 53분, 후루가다에 도착했다. 상당히 큰 마을로 휴양지답게 다양하고 이색적인 건물들과 아름다운 수목들이 가득했다. 한참을 더 달려 후루가다 외곽에 있는 HILTON HURGHADA Long Bech 리조트 호텔에 도착했다. 이곳에도 검색 절차를 거쳐서 호텔에 들어가 배정받은 방에 여장을 풀고 뷔페식 중식을 했다.

　오후에는 호텔 내에 있는 풀장의 몇 곳에서 제공하는 무한 리필의 각종 음식과 주류를 맛보면서 바닷가로 나갔다. 풀장에는 수영복 차림의 세계인들 여행객이 많았다.

　하얀 포말을 일으키며 여객선이 지나가는 바다는 수심에 따라 다른 색상의 바닷물이 신기할 정도로 아름다웠다. 모래도 산호모래인지 밟아도 꺼지지 않았고, 부드러운 촉감의 유혹에 따라 썰물의 바다를 100여m를 걸어 들어가면서 이국의 정취를 맛보았다.

　호텔로 되돌아오면서도 수영장과 해안가 바에서 무한 리필 되는 위스키와 맥주를 들이키며 사막 사파리 투어를 생략한 기분을 마음껏

즐겼다. 수만 평에 이르는 롱비치 리조트의 아름다운 풍경에 흠뻑 젖어 오후의 여유를 즐겼다.

2018년 10월 13일

8시 30분, 호텔을 나와 아름다운 홍해의 해저관광에 나섰다. 열대수(熱帶樹)로 잘 조성된 도로를 따라 후루가다로 가는데 우측 해안가로는 다양한 디자인의 휴양시설이 좌측으로는 황량한 사막이 있었다.

20여 분을 달려 도착한 후루가다 시내는 5~6층의 다양한 자태의 소형 아파트들이 시선을 사로잡았다. 곳곳에 신축하고 있는 건물도 많이 보였다. 좁은 골목길을 지나 반원형 해안가에 도착하니 백색의 유람서 수십 척이 정박해 있었다.

9시로 예약한 노란색 소형 ROYAL SEA SCCOPP의 반 잠수함에 승선했다. 선상에 햇빛가림 시설과 그 아래 고정된 안락의자에 앉아 바다로 나갔다. 바닷물이 푸르다 못해 처음 보는 검은 청색의 빛이 호기심을 불러일으키고 있었다.

그림 같은 해안가의 풍경을 영상으로 담으면서 25여 분 들어가더니 일행들을 배 아래로 내려가도록 했다. V자형 좁고 어두운 통로에 의자를 양측으로 안도록 하여 투명유리를 통해 바닷속을 보도록 해두었다.

하얀 산호 가루가 모래처럼 곳곳에 있어 다양한 형상과 색상의 산호초들 위로 열대어들이 가랑잎처럼 쏟아지거나 흩어지는 광경이 아름다웠다. 산호초 골짜기를 지나면서 다이버에 의한 물고기 몰이 때

문에 수족관보다 많은 물고기가 유리창으로 쏟아지면 함선 내에서는
탄성으로 가득했다.

이어 일행들 일부는 먼저 나가서 스노클링을 하기도 했다. 천혜의
산호초와 열대어들의 유영을 영상으로 담고 10시 33분 후루가다 항
구로 향했다.

잊지 못할 추억을 가슴에 담고 리조트로 돌아와 잠시 휴식을 갖고,
12시 10분, 시내에 있는 독특한 맛의 Sea Food로 중식을 하고, 13
시 20분, 룩소르로 출발했다. 6시간 소요 예정이다. 왕복 4차선 도
로 좌우에는 사막이 계속되고 있었다. 얼마 지나지 않아 좌우 측으로
산들이 있는 산골을 통과했다. 그리고 100m 내외 정도 떨어진 좌측
의 반대로 가는 교행도로는 어디로 사라지고, 우리 일행은 교행 차량
을 만날 수 없는 편도 2차선 외로운 길 산속을 달리고 있었다.

산의 형태를 하고 있었지만 수천 년을 생물이 살 수 없는 죽음의
땅이라 썩은 나무그루터기 하나 없었다. 간혹 평지에는 몽실몽실한
가시로 무장된 고사 직전의 사막초(?)가 비명을 지르면서 바람에 흔들
리고 있었다.

10시 30분부터는 도로 양측으로 급경사 험산이 계속되었다. 간혹 녹색의 나무가 몇 그루 있는 곳에는 주택 같은 것이 보였다. 가이드 이야기로는 유목민이라 했다. 어떻게 이런 척박한 곳에서 살아가는지 궁금했다. 전주가 지나가고 있어도 전기는 대개 자가 발전기를 사용하고 있다고 했다. 식수는 다양한 방법으로 해결한다고 했다.

사막초를 당나귀나 낙타가 먹는다고 해도 그나마 사막초도 가축을 먹일 만큼 많지 않았다. 도로 곳곳에 소형기관총 등으로 무장한 경찰이 검문하고 있었다. 사막을 통과하는 관광객들의 안전을 위해서란다.

황량한 산악지대 사막에는 전기 철탑이 유일한 삶의 흔적으로 느낄 수 있을 뿐이다. 도중에 평지에 있는 간이 휴게소에서 잠시 쉬었다. 얼굴까지 검은 천으로 가린 여인이 당나귀와 그 새끼를 몰고 나와 어미 등 위에 새끼를 올려놓고 사진을 담을 때마다 1$씩 돈을 받고 있었다. 필자도 귀여운 당나귀 새끼를 영상으로 담았다.

16시 57분경, 도로변에 일부 경작하는 들판이 나오는가 했더니, 주택들도 보였다. 나일강이 가까이에 있다고 했다. 역시 생명은 물을 가까이하면서 살아가야 했다. 이곳에는 사탕수수 재배를 많이 한다고 했다. 들판에는 야자수 사이로 채소 등 다양한 작물을 재배하고 있었다. 좌측으로 길을 바꾸자 폭 7m 정도의 물이 가득한 수로가 2차선 도로를 따라 계속되고 있었다.

17시 11분, 되돌아보니 멀리 붉은 석양이 들판을 넘어가면서 마지막 빛을 뿌리고 있었다. 상당히 넓은 들판에는 이름 모를 작물들이 풍성하게 자라고 사탕수수 대를 싣고 가는 당나귀들도 가끔 보이는 평화로운 농촌이었다. 이곳은 당나귀가 중요 운반수단이란다.

얼마를 갔을까? '테마'라는 도시를 지났다. 18시 20분, 어둠 속에 람세스 2세가 살았다는 룩소르(Luxor)에 도착했다. 나일강을 끼고 있는 룩소르는 면적 416㎢이고, 인구는 50만 명 정도 도시다. 룩소르는 이집트 고대왕국의 수도였던 곳으로, 최성기 B.C. 1500년에는 천만 명의 인구가 살았단다.

지금은 카르낙 신전과 룩소르 신전 그리고 라인강 서편에 있는 왕들의 무덤 군이 있는 왕가의 계곡(vally of the king)은 유명 관광지로 남아 있다.

어둠 속에 넓은 나일강 양측으로 대형 크루즈들이 밝은 조명으로 나일강을 밝히고 있었다. 우리 일행은 룩소르 신전 바로 앞에 정박한 M/S QEEN OF HANZA 크루즈 414호에 여장을 풀고 선상식당에서 뷔페로 저녁을 했다.

선상에서 야간 조명이 밝게 들어온 고대 유적지 룩소르 신전을 영상으로 담았다. 룩소르 신전은 18왕조 초반의 파라오들이 지었던 초기신전을 토대로 룩소르 신전을 본격적으로 증축하기 시작한 것은 아멘호테프 3세이고, 이후에 세티 1세, 람세스 2세, 세티 2세 등 19

왕조의 파라오들이 증축하였다.

룩소르 신전은 룩소르의 3신 아멘과 그의 아내 무트, 그리고 아들 콘수를 위해서 지어진 것이라 했다. 룩소르 신전에 있는 오벨리스크 중 하나는 프랑스 나폴레옹이 이집트 침공 시 프랑스로 가져가 콩코드광장에 전시해 두고 있다.

룩소르 신전

19시 10분 마차로 룩소르 시내 야간 투어에 나섰다. 다소 불결하고 어두운 시내를 이곳저곳 골목길을 누비면서 재래시장을 찾았다. 처음 보는 열대과일 등 다양한 물건들을 파는 시장은 활기가 넘쳤다. 또 곳곳에 실물 크기의 여자 마네킹 여러 개를 한 줄로 진열 길을 점유해가면서 판매에 열을 올리는 이색적인 풍경도 있었다.

어두운 뒷골목을 돌아 나올 때 재건축이 시급한 낡은 아파트에도 사람들이 우리 일행에게 손을 흔들어 주었다. 40여 분의 마차 투어를 끝내고 돌아오니 20시를 지나고 있었다.

6시 10분 카르낙(karnak) 신전으로 향했다. 소요시간은 10분, 인근 지역이다. 하폭이 200m 되어 보이는 나일강 건너편 평지에는 수목이 무성하게 자라는데, 뒤편 수천 년 동안 비가 오지 않은 민둥산(왕가의 계곡 쪽)에는 지금도 뜨거운 햇살로 달구어지고 있었다.

카르낙 신전은 30ha나 되는 방대한 면적에 기원전 2000년부터 건립되기 시작하여 역대 왕에 의해 천 년 세월 동안 증개축으로 조성되어왔단다. 카르나크 신전은 룩소르 신전 북쪽 3km 지점에 있다. 현존하는 신전 가운데 최대 규모이다.

카르낙(karnak) 신전의 일부

6시 20분, 카르낙 신전 주차장에 도착했다. 카르낙 신전에서 소로(小路) 3km 룩소르 신전으로 이어지는 골목길은 스핑크스길이라 했다. 옛날에는 카르낙 신전까지 나일강 물이 들어온 흔적이 있는 석축을 지나면 출입구 양측 약 15m 정도에 숫양 머리형의 스핑크스 상

(40개)이 도열해 있다. 이곳을 지나면 제1탑문이다. 대부분 돌은 세월이 흐를수록 단단해진다는 사암으로 이루어져 있었다.

　제1탑문을 지나 넓은 공간을 지나면 제2탑문으로 이어진다. 제2 탑문을 통과하면 제19왕조의 창시자 람세스 1세로부터 3대에 걸쳐 건설된 높이 23m의 상형문자가 새겨진 거대한 기둥이 134개가 시선을 압도했다. 당시의 화려했던 신전의 위용을 짐작해 볼 수 있었다.

　이곳을 지나면 18왕조의 투토모스 1세가 세운 오벨리스크(31m)와 그의 딸 여왕 하트세프수트가 세웠다는 오벨리스크(21m) 하늘을 찌를 듯이 서 있다. 1개의 무게가 1천 톤이 넘는 붉은 화강석을 900km나 떨어진 아스완에서 운반해 왔단다. 신전 안으로의 운반은 강물 범람 시에 운반했을 것으로 추정했다.

　이곳 주위에는 상형문자가 새겨진 붉은 화강석이 많이 보였다. 투토모스 3세 때 가장 넓은 영토를 확보했다고 했다고 했다. 성스러운 호수 북서쪽에 자리 잡고 있는 신성 풍뎅이상과 깨어진 오벨리스크의 거대한 윗부분의 섬세한 상형문자 등을 무더위 속에 둘러보고 8시 40분 왕가의 계곡(vally of the king)으로 향했다. 이곳으로 가려면 나일강은 크루즈 같은 큰 배가 많이 다니기에 교량이 1곳뿐이라 40여 분이나 둘러가야 했다. 왕가의 계곡은 3500년 전, 신왕조 시대에 도굴을 막기 위해 피라미드를 짓지 않고 골짜기에 공동묘역을 만든 왕릉의 계곡이다.

　이곳의 조성이유는 개미도 한 마리 살 수 없는 건조지역이고, 나일강의 범람 우려도 없고, 또 산 정상이 피라미드를 닮아있고, 암석이 파기 좋은 석회암이기 때문이란다.

　9시 30분, 왕가의 계곡 입구에 도착했다. 왕가의 계곡으로 오르는 길은 비가 오지 않는 곳이라 계곡 바닥을 아스팔트로 포장을 해두었는데, 주위의 흰색 토양과 대조적이었다. 검색소를 지나 안으로 들어가니 대형 관리 사무실 정중앙에 왕들의 무덤 위치를 표시해둔 유리 모형도가 있었다. 이곳부터 사진 촬영이 금지되어 모든 것을 눈으로 담아야 했다. 산골짜기 끝에 있는 산정상은 피라미드 형상이라 신기했다. 그 산 아래 왕들의 무덤이 있다.

왕가의 계곡

전동차로 약 5분 정도 올라가니 기원전 16세기부터 11세기경에 만들어진 신 왕국 파라오들을 위한 공동묘지 앞이다. 곳곳에 무덤들의 입구가 있고 안내 팻말들이 있었다.

현재 시간 10시 정각이다. 관광객들이 정말 많이 와 있었다. 제일 먼저 좌측에 있는 무덤은 KV(왕의 계곡 표시 약자) 6(발견 순서)는 람세스 9세였다. 도굴 방지를 위해 대형 석회석 산에 굴을 100~200m 깊이 파서 관을 숨겼지만, 도굴꾼들을 막을 수 없었단다.

왕가의 계곡에서 도굴당하지 않은 투탕카멘 묘는 관광객들을 위한 편의 시설물 건너편에 있었다. 3곳의 무덤을 둘러보기로 했다. 시야에 들어오는 제일 위쪽 무덤에 들어가니 입구 상당히 높은 벽면에는 선명한 상형문자가 빼곡히 들어찬 것이 백 수십 미터나 이어지고 있었다. 굉장했다. 천정이 약간 그을리기는 해도 상형문자는 천연 컬러로 남아 있었다. 땅속이 시원한데 이곳은 외기온도와 별 차이 없이 무덥기만 했다.

두 번째 방문 무덤은 람세스 2세의 11번째 아들로 벽면은 앞서 본 무덤과 비슷했으나, 급경사로 200여m를 내려가야 했다. 역시 이곳도 무더워서 땀을 흘려야 했다.

세 번째는 람세스 9세 무덤으로 입구부터 100여m의 완경사 벽면이 이어지고 있었다. 간단히 둘러보고 11시 20분 왕가의 계곡을 빠져나와 가까이에 있는 이집트 최초의 여왕이 만든 웅장한 3층의 테라스식 하트셉수트(Hatshepsut, 고대 이집트 제18왕조의 5번째 파라오임) 장제전(葬祭殿)으로 향했다.

장제전(葬祭殿) 전경

뒤편은 절벽이 병풍처럼 둘러싸인 정중앙에 장제전이 자리 잡고 있었다. 이곳 주차장에도 관광 차량이 많이 와 있었다. 1997년 총기 난사 사건으로 관광객 70명이 사망한 곳이다.

요란한 호객행위가 있는 긴 매장을 지나 툭툭이를 타고 3,500년 전에 지어진 장제전으로 가 3층까지 간단히 둘러보았다. 풀 한 포기 없는 삭막한 땅이었다. 땀이 나도 날씨가 건조해 그런지 옷이 젖지 않는 것 같았다.

다시 버스는 아침 햇살이 비칠 때 마치 살아있는 사람처럼 흐느끼는 소리를 낸다는 그리스 시인이 신화에 나오는 신의 이름을 붙인 멤논의 거상(Colossi of Memnon)으로 향했다. 크고 작은 유적지 몇 곳을 지나자 높이 21m 무게 1천 톤의 거대한 통 돌로 만들었다는 멤논의 거상이다. 많이 훼손되어 있었다.

제18왕조인 아멘호텝 3세(Amenhotep)의 신전으로 지진과 고대 여행자들에 의해 파괴되어 현재는 신전을 지키는 2개의 거상만 남아 있다. 잠시 차에서 내려 멤논의 거상을 영상으로 담았다.

다시 나일강가로 가서 모터보트를 타고 숙소인 크루즈로 13시 5분 돌아왔다. 선내식당에서 중식을 하고 잠시 쉬었다가 15시에 크루즈가 움직이기 시작하여 선상 위로 올라갔다.

선상에는 파라솔 아래 200여 개의 의자가 있고, 한편에는 넓은 선상품장에는 30여 명의 남녀 외국인들이 수영복 차림으로 풀장에 들락거리거나 긴 의자에 누워 햇빛에 몸을 태우고 있었다.

넓은 나일강에는 비슷한 크기의 대형 아파트형 크루즈 20여 대가 운행 중이거나 정박을 하고 있는데 처음 보는 낭만적인 풍경이었다.

4층 아파트 같은 나일강의 크루즈

나일강(Nile River)

이백오십만 년 세월에 녹아있는
죽음의 땅 사하라를 관통하며
장장 육천육백 킬로미터의
거대한 생명의 숨결 나일 강

굽이굽이 돌아가는 강줄기 따라
곳곳에 찬란한 고대문명의 꽃

수천 년 역사의 흔적들이
탄성의 빛을 뿌리고 있었다.

아파트 같은
대형 크루즈 수십 대가
장관을 이루는 선상유람
낭만과 여유가 넘쳐나고

삭막한 사하라에
감미로운 생명수를 적시면서
삶의 불꽃을 지피는
위대한 생명의 젖줄

오늘도 유유히
그리고 아스라이 흘러가고 있었다.

필자가 탄 크루즈는 조용히 수면 위로 미끄러지고 있었으나, 지나가는 크루즈는 물보라를 일으키며 속도를 내는 것도 있었다. 19시 시원한 강바람이 부는 선상에서 티타임일 때 붉은 낙조가 연출하는 짙은 실루엣이 환상적인 수채화를 그리고 있었다. 이어 바비큐로 진행하는 여유로운 저녁 식사는 나일강 밤을 즐겨보는 아름다운 추억으로 남을 것 같았다.

  8시에 대기하고 있는 마차에 3인 1조씩 탑승하여 가까운 거리에 있는 가장 온전하게 보존된 에드푸 신전(호루스 신전)으로 향했다. 상당히 많은 마차들이 불꽃 튀는 경쟁을 했다. 시가지는 지저분하고 복잡했다. 마차 못지않게 오토바이를 태양 가리개 등으로 개조한 차량(?)도 많았다.

  수십 대의 마차가 대기하고 있는 곳을 지나서 매표소를 거치면 거친 석산을 양측으로 거느린 에드푸 신전 제1탑 문이 반긴다. 에드푸 신전(Edfu Temple), 일명 호루스(Horus) 신전(神殿)은 기원전 237년 프톨레미 2세에 의해 착공되어 기원전 57년 사이에 6대에 걸친 약 180년간에 걸쳐 건립되었단다.

에드푸 신전(Edfu Temple) 입구

  오랫동안 모래 속에 숨겨져 있었다가 1860년에 발견되었다고 했다. 가이드의 설명을 들으면서 잘 보존된 유적지를 영상으로 부지런히 담았다. 양식은 탑문, 열주(列柱), 중심축의 본당(本堂)이 있고, 많은 조상(彫像)이나 부조(浮彫)로 장식하였다. 넓은 벽면에도 빈틈없이 상형문자 등으로 기록이 되어 있었다. 카르낙 신전과 같이 원형의 대형 열주 18개 있는 곳을 지나 맨 안쪽에 호루스의 지성소(至聖所)가 있는 곳에서 돌아 나왔다.

주마간산 식으로 관광을 끝내고 10시 10분 다시 마차를 타고 크루즈로 돌아왔다. 크루즈는 11시부터 서서히 상류로 향하고 있었다. 강변 양측으로는 울창한 수목이 있고 그 너머로는 야산들이 앙상한 뼈대를 드러내고 있었다. 유유히 흐르는 강폭은 일정했고, 강변으로는 야자수 등 수목과 풀들이 무성하여 보기 좋았다.

16시 5분, 강변에는 7층 내외의 아파트 몇 동이 나타났다. 조금 지나자 집단 마을이 있는 곳의 강변에는 양수용으로 보이는 대형 취수 파이프 6개가 강물에 잠겨 있었다. 이것으로 양수(揚水)하여 생활용수나 농업용수로 이용하는 것 같았다.

콤옴보 신전(Kom Ombo)

17시에 나일강가의 언덕 사탕수수밭 가운데 거대한 황토빛 성전이 눈길을 사로잡았다. 콤옴보 신전이다. 콤옴보 신전(Kom Ombo)은 기원전 180년 전에 완공되었단다. 이 신전은 남쪽 신전에는 악어 머리를 가진 신 세베크(Sobek)가 있고 북쪽 신전에는 매의 머리를 가진 신 호루스(Haroeris) 신전이다.

많이 허물어지긴 해도 대형 원형 기둥들과 벽면에 섬세하게 새겨 놓은 상형문자와 조각 등은 선명하게 남아 있었다. 콤옴보 신전 곳곳에는 색상이 아직도 남아 있었다.

그리고 이해하기 어려웠지만, 고대 달력의 시초가 되는 3계절을 표시한 벽면의 문양 등을 설명을 들으면서 영상으로 담았다. 어둠이 내려앉으면서 신전 곳곳에 불이 들어왔다.

18시 5분, 인근에 있는 악어 미라박물관을 둘러보았다. 강변에는 대형 크루즈 20여 대가 정박하여 현란한 불빛으로 불야성을 이루고 있었고 어둠 속에 관광객들은 엄청나게 밀려들고 있었다. 아이스크림을 먹으면서 강변 풍광을 즐긴 후 크루즈로 돌아왔다.

2018년 10월 16일

크루즈는 밤새 운항하여 아스완 시내 도착했다. 4시 30분 크루즈에서 내려 대기하고 있던 버스에 올라 강변에 기암괴석 등으로 풍광이 아름답다는 아스완 시내를 어슴푸레한 가로등 불빛을 따라 찾아보면서 아부심벨로 향했다.

4시 50분, 1902년에 영국기술진에 의거 준공한 올드 아스완댐(1차 아스완댐) 위를 지나갔다. 어둠 속에 길게 줄을 잇고 있는 가로등도 졸고 있었다. 이어 중앙 분리대가 없는 4차선 도로를 지나는데 차량이 간혹 지나갈 뿐 한산했다. 5시 18분, 검문소에서 1차 경찰 검문을 받은 후, 어둠 속 2차선 사막 길을 달렸다.

교행 차량이 적어 버스가 속도를 내고 있었다. 끝없는 평지에 인가도 없는데도 중간중간에 있는 가로 등이 길을 안내하고 있었다. 5시 30분, 먼동이 트기 시작했다. 송전 철탑이 버스와 함께 동행을 하고 있었다. 교행 차량은 찾아보기 힘들 정도였으나 교통 표지판은 가끔 보였다. 넓은 사막에 외로운 주유소를 처음으로 지났다. 도로 포장상태는 좋았다.

5시 50분, 멀리 지평선에 사막을 물들이는 아침노을 속에 유난히 붉고 큰 태양이 솟아오르고 있어 동영상으로 담았다. 6시 13분, 주유소 뒤편으로 모래 언덕이 보였다. 포장길 옆으로 2차선 정도의 모래를 수십km 다듬어 놓은 것을 보니 도로 확장 계획이 있는 것 같았다.

7시 현재, 외기온도 26도, 아부심벨까지 아직도 1시간 남았단다. 토시카 운하까지도 20분 남았단다. 이 운하(수로) 작업은 나일강이 1년에 3개월 정도 범람하는데, 그 피해를 줄이기 위해 1902년 영국에서 1차 아스완댐을 설치한 후, 나세르 대통령이 1960~1970년에 준공한 제2차 아스완댐으로 생긴 거대한 인공호수 나세르 호수(길이 500km, 저수량 1,570억 톤)의 물을 관계용수로 끌어들여 이용키 위한 거대한 수로 작업이다. 그러나 재정 등 여러 가지 사정으로 지금은 사업이 중단되어 있단다.

도로변 우측으로 높이 2m 정도의 돌담이 수km나 쌓고 있고 좌측으로는 일부 나무가 심겨 있는 것을 보니 가까운 곳에 관계용수가 있는 것 같았다.

7시 20분, 폭 20m(?)나 되어 보이는 수로에 푸른 물이 가득히 흘러가고 부근에는 띄엄띄엄 주택들과 함께 과원이 조성되고 있었다. 그리고 얼마 지나지 않아 제2토시카를 보수작업을 하고 있었다. 7시 28분, 제2검문소를 지나면서 차 중에서 준비된 도시락으로 아침을 했다. 7시 52분, 제3검문소를 통과한 후, 8시 10분, 아부심벨(Abu Simbel) 마을에 도착했다. 작은 마을이지만 왕복 4차선 도로는 관광지답게 열대수(熱帶樹)와 아름다운 꽃들로 조성하여 사막 가운데 별천지를 이루고 있었다.

아스완에서 남쪽 320km에 위치한 람세스 2세의 신전은 이집트를 상징하는 대표적인 신전으로 수단 공화국과의 국경 지대인 이집트 최남단에 있다. 고대 이집트 19왕조의 파라오 람세스 2세가 건설한 신전이다.

수천 년을 모래에 파묻혀 있던 것을 1817년 스위스 고대 이집트 학자에 의해 발굴되어 그 모습을 드러냈다. 아부심벨은 발굴 당시 안내인을 맡았던 이집트인 소년의 이름이란다. 1979년 유네스코 세계 유산에 등재되었다.

원래는 나일강 절벽에 있던 것을 아스완 하이댐 건설로 수몰 위기

에 놓인 것을 유네스코에서 기금을 조성하여 1968년 원형 그대로 현재의 곳으로 이전했다.

람세스 2세 신전 앞 4개의 파라오들의 석상은 높이가 20m나 된다. 신전 안 깊이는 65m이다. 신전 내부는 촬영이 금지되어 눈으로만 담아야 하기에 아쉬움이 있었다. 함께 옮겨 나란히 있는 사랑과 행복의 여신 부인인 네페르타리 신전도 둘러보았다. 30도를 넘는 무더위 속에서도 관광객이 많이 몰려들고 있었다.

9시 50분 관광을 끝내고 아스완 하이댐으로 향했다. 11시 10분부터 10여 분 동안 멀리 지평선에 일어나는 신기루를 처음 보았다. 약간의 높은 지형은 산처럼 보이고, 그 아래 잔물결이 이는 틀림없는 오아시스가 보였다. 사진이나 동영상으로 담아보았지만 잘 나오지 않았다. 사람은 착시현상을 일으켜도 기계로 담는 영상은 정확한 실상이 있어야 했다.

13시 10분, 아스완 하이댐에 도착했다. 아스완댐 건설 목적은 나일강의 범람을 막고 관개 및 농경과 전력발전을 위해서다. 나일강은 여름마다 3개월 동안 범람하는 것이 수천 년간 반복됨으로써 강 유역의 토양을 옥토로 만드는 환경을 제공해주었지만, 강 주변 거주 인구가 지속적으로 증가하고 농경지를 보호할 필요성이 커지면서 댐의 건설을 1960년 소련의 자금과 기술지원을 받아 시작하여 1970년 아스완 하이댐을 완공됐다.

높이 111m에 길이 3,830m, 호수의 길이 500km, 저수량 1,570억 톤(우리나라 제일 큰 소양댐 저수량의 54배)이나 되는 거대한 규모다. 돈은 소련이 냈기 때문에 준공기념탑에는 아랍어와 러시아어가 나란히 쓰여 있단다.

멀리 보이는 기념탑을 보면서 댐 둑으로 올라갔다. 군사 지역이라

군인들의 삼엄한 경비가 있었지만, 관광버스는 쉽게 통과했다. 댐 둑 위에서 발전소를 비롯한 주위 풍광을 영상으로 담았다.

아스완 하이댐 위 둑

이곳에서 생산되는 전기는 이집트 전기 수요의 절반을 차지할 정도이고 댐으로 인한 수단에도 피해 보상 차원에서 일부 송전을 하고 있다고 했다. 현재의 위치에서는 댐 규모를 실감 할 수 없었다.

13시 30분, 올드 아스완댐으로 향했다. 댐 하류 강바닥은 거친 암반이고 강변 주위로는 주택들이 많이 들어서 있었다. 그리고 댐 상류 일부에는 하얀 요트들이 많이 보였다. 올드 아스완댐을 지나 아스완 시내로 돌아왔다. 6~7층 아파트가 즐비한 시내 왕복 6차선 도로에는 교통 체증이 약간 있었다. 어디를 가나 강변을 약간 벗어나면 250만 년 동안이나 비가 오지 않은 대사막지대이다.

15시 10분, 미완성 오벨리스크가 있는 유일한 붉은 화강석의 옛날 채석장으로 갔다. 무더위 속에 길이 41m, 무게 1,267톤이나 되는 오벨리스크의 만드는 과정을 돌아보았다.

16시, 관광을 끝내고 아스완 시내로 들어와 '펠루카'라는 돛단배를 타고 나일강의 풍광을 여유롭게 슬겼다. 강변에는 기묘한 바위들이 많아 호기심을 자극하고 있었다. 그리고 아파트형 크루즈 수십 척이 강변에 정박해 있고 수면 위로 미끄러지는 수많은 돛단배가 이색적인 풍광을 연출하고 있었다.

17시 30분 나일강 가운데 있는 작은 바위섬에서 현지식 '따긴'으로 저녁을 했다. 그리고 모터보트로 강을 건너 아스완역으로 가서 20시에 출발하는 카이로행 열차에 올랐다. 좁은 2인 1실 침대 열차로 상당히 불편했지만, 그래도 추억에 한 페이지로 남을 것 같았다.

2018년 10월 17일

아침 6시 10분, 열차 차장 밖에는 철길 따라 나란히 넓은 수로가 이어지고 수로 너머로는 무성하게 자라는 야자수를 비롯한 농작물이 아침 햇살에 풍요로운 풍경을 그리고 있었다. 수로 변 큰 나무에는 많은 백로(白鷺) 무리가 밤샘을 했는지 조용히 쉬고 있었다. 아침은 열차에서 친절한 역무원이 제공하는 식사로 충분했다.

7시 50분, 녹색 들판 사이로 간혹 보이는 주택들은 붉은 벽돌 2층 집들이었다. 이어 시내가 가까워오자 미관상 좋지 않은 5~6층의 아파트들이 쏟아지고 있었다. 8시 30분, 카이로 역에 도착하여 수화물을 찾아 정리하고 9시에 버스에 올라 고대하던 피라미드로 향했다. 왕복 8~10차선 시내 중심고가도로 주변은 다양한 형태의 아파트들이 숲을 이루고, 옥상에는 TV 위성 접시 안테나가 가득했다.

피라미드 가까이에 있는 2차 대전 당시 열렸던 카이로회담 호텔을 지나기도 했다. 그리고 이내 신규로 대형 박물관을 신축하고 있는 앞을 지나 9시 24분 피라미드 주차장에 도착했다. 이집트에 있는 130여 개 피라미드 중 대형 피라미드 3개가 이곳 기자(Giza) 언덕에 있었다. 이곳에서 카이로 시내가 내려다보였다.

기원전 2560년에 조성한 제일 높은 케오페 피라미드(쿠푸(Khufu)왕으로 추정)는 높이 146m를 20년 동안 260만 개(크기 50cm에서 2m, 평균 무게 2.5톤)의 사암으로 외관을 쌓고 내장은 900km 떨어진 아스완에서 운반한 붉은 화강암으로 만들어졌다고 했다.

피라미드(pyramid)

뜨거운 열사(熱沙)의 땅에
문명의 꽃을 피운
사천육백 년 세월

영생을 염원하는 소망
일백사십육 미터. 이백육십만 개의
피땀으로 이룬 거대한 불멸의 석탑

보고도 믿기지 않는
살아있는
찬란한 역사의 흔적이
세인의 가슴을 흔들고 있었다

뒤돌아보면
영생의 꿈은
아득한 하늘에 흩어지고

모두다
부질없는 빛을 뿌리는
허망한 사막의 그림자였다.

기자 피라미드는 쿠푸왕의 제1피라미드(높이 146m, 밑면이 사방 230

×230m) 이외 카프렌왕의 제2피라미드(높이 143m, 밑면이 사방 215×215m) 미케리노 왕의 제3피라미드(높이 65m, 밑면이 사방 102×104m)가 그 뒤로 있다. 많은 관광객이 밀려들고 있었다.

피라미드 앞 넓은 주차장 옆에는 관광객을 실어 나를 마차와 낙타 등이 늘어서 있었다. 이곳을 지나 좌측에 허물어진 작은 피라미드 헤테페레스(쿠푸의 어머니) 1세의 무덤으로 갔다. 내부로 내려가는 통로는 한 사람이 지날 수 있는 좁은 급경사라 허리를 굽혀야 했다. 한참을 내려가서 마지막까지 둘러보고 나왔다.

버스는 다시 피라미드 3개가 동시에 보이는 곳으로 갔다. 카이로 시내를 벗어난 모든 곳은 풀 한 포기 없는 사막이었다. 피라미드 3개 주위를 반 바퀴 돌아 도착한 주차장에는 역시 관광객들로 붐비고 늘어선 노점상 뒤로는 많은 낙타들이 관광객을 기다리고 있었다.

3개의 아름다운 피라미드를 한 장에 담을 수 있는 곳에서 사진도 담고 동영상으로도 열심히 담아냈다.

사막 위의 낙타 체험을 한 일행들과 함께 11시 30분, 다시 버스에

올라 그 유명한 스핑크스가 있는 곳으로 갔다. 제1피라미드 옆 아래 좌측에 있는 고대의 배를 복원한 박물관을 지났다. 그리고 우측 아래 조금 낮은 곳에 있는 스핑크스 뒷모습을 영상으로 담으면서 내려갔다. 스핑크스 앞에는 대형 야외 공연장이 있었다.

제1피라미드로부터 350m 떨어진 곳에 있는 무덤의 수호자인 스핑크스(sphinx)는 사자의 몸에 사람의 머리가 달린 상상 속의 동물이란다. 제1피라미드의 카프레 왕이 건설한 것으로 알려져 있고, 오랫동안 모래에 파묻혀 있었다. 전체 길이 73m, 높이 22m 얼굴 폭이 4m나 되는 석회암 언덕 바위산을 통째로 깎아 만든 것으로 보고 있다.

주차장에 도착하여 뜨거운 열기 속에 스핑크스가 있는 정면에서 설명을 듣고 스핑크스 바로 옆에 있는 장제전으로 갔다. 장제전 내부는 거대한 붉은 화강석으로 여러 가지 의식 행사를 치를 수 있도록 구조가 되어있었다. 장제전을 통과하여 참배 길로 올라가면서 스핑크스의 거대한 옆모습을 영상으로 담았다.

참배객 200~300m 지점에 제2피라미드가 있고 그 우측으로 제1피라미드가 그리고 좌측 조금 떨어진 곳에 제3피라미드가 있었다. 12

시 30분, 스핑크스 관광을 끝내고 나일강변에 있는 식당으로 향했다. 지나는 길에 카이로 시내 미완성 아파트가 많이 보였다. 이는 세금 때문에 마무리 공사를 안 하고 있다고 했다.

수목이 우거지고 풍광이 좋은 강변에 있는 크루즈 폐선을 이용한 식당에서 중식을 하고 13시 37분 타흐리르 광장 옆에 있는 고대박물관으로 향했다. 카이로 시내는 차량이 그렇게 많고 신호등이 없어도 차량 접촉사고가 잘 일어나지 않은 것이 신통했다.

도로 아무 곳이나 무단 횡단하는 사람과 우마차 등이 뒤섞여 움직이고 쓰레기도 함부로 버리고 있는데, 언젠가는 질서를 잡아야 할 필요성이 있었다.

파라오의 미라 등 25만 점의 유물이 보관된 이집트 고고학 박물관은 돈을 내야 촬영이 가능하고(동영상은 불가) 그나마 황금마스크가 있는 곳은 돈을 내어도 사진 촬영이 안 되어 눈으로 보는 것으로 만족해야 했다.

1층의 4,600년 전의 다양한 석관과 2층의 각종 침대 황금 의자를 비롯한 다양한 부장품과 창살로 막은 특별실에는 제18왕조 12대 투탕카멘(B.C. 1333~1323)의 무덤에서 발견한 황금마스크를 중앙에 두고, 그 옆에 순금 113kg로 만든 눈부신 제1겹관과 그 옆에 있는 금도금으로 장식한 제2겹관을 전시해 두었다. 제3겹의 관은 룩소르에 미라와 함께 있다고 했다.

그 이외 금 등으로 만든 아름다운 부장품을 둘러보았다. 다리가 아프도록 박물관 관람을 끝내고, 16시 30분 카이로 칸엘 칼릴리(Khan el-Khalili) 재래시장에 가서 넘쳐나는 인파 속에 다양한 상품을 50여 분간 둘러보고 분홍빛 둥근 옥돌을 기념으로 하나 샀다.

칸엘 칼릴리(Khan el-Khalili) 재래시장

한인이 경영하는 식당에서 저녁을 하고 Hilton 호텔 1226호실에 투숙했다.

6시 45분, 호텔을 나와 알렉산드리아로 향했다. 7시 시외로 빠지는 왕복 8차선에 들어서자 주위의 넓은 들판에는 파란 농작물 사이로 주택이 띄엄띄엄 나타나더니 이어 대추야자 나무가 숲을 이루고 있었다.

필자는 처음 보는 이색적인 풍경이라 동영상으로 담았다. 늦여름에 수확이 끝난 상태이나 간혹 대추야자 열매가 보이기도 했다. 이곳에도 도로변 양측으로 대형 야립 간판이 다음 간판이 보이지 않을 정도로 많이 설치되어 있었다. 때때로 사막지대로 방치한 곳이 보이긴 해도 대부분 여러 가지 열대 과일나무를 재배하고 있었다.

7시 23분부터는 올리버. 대추 야자나무 등이 풍성한 숲을 이루고 있어 시선을 즐겁게 했다. 고속도로는 차선도 있고 차선을 잘 지키고 있었다. 왕복 8~10차선 고속도로 양측으로 다시 2차선을 신설하여 지방도로로 이용하고 있었다.

도중에 고깔을 엎어 놓은 것 같은 형상에 구멍이 송송 나 있는 2~3층 높이의 독특한 원형 구조물이 곳곳에 있었는데 이는 비둘기를 유인해 잡는 시설이라 했다. 이 지방은 비둘기를 식용으로 하고 있단다.

도로변 일부 지역에는 관계급수를 하지 않아 작물이 고사된 필지도 곳곳에 있는 것을 보고 사막지대임을 실감할 수 있었다. 직선의 맑은 대형수로가 자주 보였다.

9시 10분, 알렉산드리아 요금소를 통과했다. 도로는 여전히 왕복 8차선이고 주위는 나무들이 많아 온통 녹색 바다로 출렁이었다. 손에 잡힐 듯 가까이에 습지를 끼고 나일강 지류(支流)가 지나가고 있었다.

강 건너는 아파트 알렉산드리아 아파트가 숲을 이루고 있었다. 알렉산드리아는 면적 2,679㎢ 인구 517만 명의 도시로, B.C. 332년 알렉산드리아 대왕이 이 도시를 수도로 삼고 알렉산드리아 대왕의 이름을 따서 지은 도시이다.

지중해와 나일강 삼각주의 서쪽 끝에 위치해 카이로와는 193km 떨어져 있고, 이집트 제2의 도시로 전형적인 지중해성 기후로, 연중 온화한 날씨로 살기 좋은 도시라 했다. 알렉산드리아 시내는 상당히 복잡했다. 9시 45분, 해안가로 나왔다. 버스는 동쪽 해안 끝에 있는 몬타자 궁전(Montaza Palace)으로 향했다.

오른쪽은 백 년 이상 된 아파트를 끼고 왼쪽은 지중해를 거느리고 달리는 왕복 8차선 도로는 차량으로 넘쳐났다. 도로 중앙 분리대에는 등불을 연상케 하는 이색적인 가로등이 줄을 잇고, 곳곳에 비치파라솔로 관광객을 유혹하는 해변에는 사설(私設) 백사장들이 있었다.

장장 25km 해안선 따라 고층 아파트들이 빈틈없이 늘어서 있고, 이색적인 해안 풍경이 정말 아름다웠다. 몬타자 비치 기슭의 조금 높은 구릉지(150ha)에 있는 몬타자 궁전은 1892년에 세워져 옛날에는 왕가의 여름 별장으로, 지금은 대통령 별장으로 사용하면서 국빈(國賓)들의 숙소로 이용하고 있단다.

정원에는 수백 그루의 야자나무가 있고, 스포츠 시설이며 레스토랑, 매점 등 편익시설도 갖추어져 있었다. 일반에게는 정원은 공개되어도 궁 내부는 공개되지 않는다. 궁전 바로 옆에는 별장 하나를 개조한 팔레스틴 호텔이 있었다. 24시간 개방하는 몬타자 정원은 지역민들에게는 무료로 편리하게 이용할 수 있도록 했다.

몬타자 궁전 부근의 해안 풍경 등을 돌아보고, 11시 10분 서쪽 끝에 있는 카이트 베이 요새로 향했다. 왔던 길. 아름다운 해안가를 다시 지나는데 대추야자 가로수에 노랗게 익은 대추야자가 많이 달려 있어 눈길이 자주 갔다.

11시 45분, 카이트 베이 성채(요새) 주차장에 도착했다. 카이트 베이 성채(The Citadel of Qaitbey)는 파로스(Pharos) 등대가 1303년 지진으로 크게 훼손되고 파도에 사라진 자리에 술탄 카이트 베이왕이 터키의 공격을 막기 위한 방어성으로 세워졌다.

1882년, 영국의 폭격에 의해 파괴된 것을 1894년 무하메드 알리 장군에 의해 복원되었다. 현재는 해군 박물관으로 사용되고 있다.

(※ BC 280~247년에 세워진 파로스(Pharos) 섬에 세워진 등대는 그 높이가 120~140m에 달해, 이집트의 기자 언덕에 있는 피라미드와 함께 고대 7대 불가사의 중 하나였다.)

카이트 베이 성채(요새)

잠시 둘러보고 12시 5분 버스는 복잡한 도로를 따라 시내로 향했다. 알렉산드리아 도서관으로 들어가는 도로 입구 해안가에서 해안 풍경을 바라보며 중식을 하고 도서관으로 갔다.

도서관 입구 대형 반원형 벽면에 세계 각국의 고대문자와 현재 문자를 새겨 놓았는데, 한글은 한 자씩 떨어져 있긴 해도 대형 글씨로 '세월'이라는 글이 단연 돋보이게 크게 새겨져 있어 반갑기 그지없었다.

　도서관 광장 주변의 원형 건물 등 특이한 형상의 도서관 건물을 영상으로 담았다. 도로 건너편에는 알렉산드리아 대학이 있어서인지 거리에는 학생들이 무척 많았다.

　13시 40분, 버스는 다시 카이로로 향했다. 14시 25분, 도로변 평야지에는 사이프러스와 비슷한 나무들이 바람에 흔들리고 있는 야자수 농원을 지났다. 경지정리는 되지 않아도 트랙터 등 농기계가 자주 보였다.

　지방도로 가로수도 대추야자가 많이 달려 있었다. 16시 22분 약간 멀리 있는 사막에 모래바람이 심하게 일어나 먼 곳의 시야를 가리고 있었다. 이번 여행 중 내내 모래바람이 일지 않아 편한 여행을 한 것 같다.

　카이로 시내가 가까워지자 교통 체증이 아주 심했다. 새로 짓는 박물관과 가까이에 있는 피라미드 옆을 지나가고 있어 동영상으로 다시 담아 보았다. 버스는 카이로에서 제일 먼저 생긴 일직선 중심도로 왕복 8차선 세라 하람(하람은 피라미드라는 뜻) 거리를 지나고 있는데, 여전히 교통 체증이 풀리지 않고 있었다.

　중앙 분리대에 수벽을 이루고 있는 수십 년 된 대경목 야자수를 영상으로 담았다. '마다'라는 마을에서 한식으로 저녁을 하고 호텔로 돌아오는 길에 거대한 시타델 성벽 안의 옛 도시와 아름다운 모하메드 알리 사원을 내려서 자세히 보지 못하고 차창 밖 어둠 속으로 보는 것이 아쉬웠다. 20시 45분, 호텔에 도착했다.

2018년 10월 19일

9시 30분, 호텔을 나와 카이로 공항으로 향했다. 13시 30분, EY654 편으로 아부다비 공항으로 출발했다. 소요 예정시간은 3시간 40분이다.

아부다비 공항에는 18시 55분 도착하여 연결 편으로 이동 22시 5분 EY876 편으로 인천공항으로 향했다. 소요예정시간은 8시간 30분이다.

2018년 10월 20일

11시 35분에 인천국제공항에 도착했다.

💬 **COMMENT**

수진(桃園) 강선균　소산 선생님, 좋은 여행 잘 다니십니다. 이렇게 소상하게 여정을 보여주시니 편히 세상 구경합니다. 감사할 따름입니다. 계속 건강과 건필을 기원합니다.

佳詠/海雲 김옥자	진짜 대단하십니다. 여행기에 담긴 정성으로 함께 여행을 다녀온 듯 생생하네요. 문재학 선생님, 고맙습니다.
꿀　　벌	'이집트 아부다비 여행기' 알뜰하게 쓰신 글에 감탄이 절로 나옵니다. 웅장한 건축물과 사막과 바다, 그리고 멀고 험난한 길 가지 않아도 아름답고 힘든 여행이란 것이 느껴집니다. 사진과 여행기 글 감사합니다.11일 동안 관광을 하려면 쉴 틈 없이 다니셔야 하는데, 그만큼 시인님께서 체력이 따라주시니 징말 축복받으신 분입니다. 나라마다 여행 다녀오신 것을 빠짐없이 글로 엮어서 카페에 올려주시니 가보지 못한 나라에 대해서 알게 해주셔서 너무 감사합니다. 여생 동안 늘 오늘같이 건강하시고 행복하시기를 기원합니다.
상　록　수	광활한 이집트에 여행은 많은 고적과 대추야자 나무가 참으로 많았던 기억이 다시 떠오릅니다. 다니기 바쁘셨는데 기록하시는 여유까지 있으셨습니다. 부럽습니다. 아부다비 여행기 감사합니다.
강　나　루	글을 보니 좋아서 가보고 싶은 곳입니다
성　을　주	이집트 아무다비에 여행 온 기분입니다. 멋진 여행기에 감사드립니다. 10월도 얼마 안 남았네요. 남은 날 마무리 잘하시고 추워지는 날씨에 건강 조심하시고 행복한 시간 보내시기 바랍니다.
산　유　화	귀한 여행 다녀오셨군요. 축하합니다. 오래전에 아랍에미리트에 출장 갔었는데, 석유 부국으로 전기세 물세 대학에 유학까지 공짜라고 들었어요. 이집트는 카이로 일원만 보았는데 룩소르가 좋다고 들었어요. 여행을 제대로 하신 것 같네요.

은퇴자의 세계 일주 3: 아메리카, 아프리카

펴 낸 날   2023년 12월 25일

지 은 이   문재학
펴 낸 이   이기성
편집팀장   이윤숙
기획편집   윤가영, 이지희, 서해주
표지디자인 윤가영
책임마케팅 강보현 김성욱
펴 낸 곳   도서출판 생각나눔
출판등록   제 2018-000288호
주   소   경기도 고양시 덕양구 청초로 66, 덕은리버워크 B동 1708, 1709호
전   화   02-325-5100
팩   스   02-325-5101
홈페이지   www.생각나눔.kr
이 메 일   bookmain@think-book.com

• 책값은 표지 뒷면에 표기되어 있습니다.
ISBN   979-11-7048-644-2(04810)
SET ISBN   979-11-7048-641-1(04810)

Copyright ⓒ 2023 by 문재학 All rights reserved.
· 이 책은 저작권법에 따라 보호받는 저작물이므로 무단전재와 복제를 금지합니다.
· 잘못된 책은 구입하신 곳에서 바꾸어 드립니다.